キミ達の青い空

―八王子空襲から七十五年―

前野　博
MAENO HIROSHI

目次

一　八王子空襲の夜

「キミちゃん、ここは危険だわ。もっと向こうの山の方へ逃げよう」

昭和二十年、八月二日になったばかりの深夜のことであった。八王子の上空は、アメリカ軍B29爆撃機の大編隊に覆われた。突如として、焼夷弾が雨霰の如くに、八王子の町に降り注いだ。町は瞬く間に火に包まれた。爆撃はしつように繰り返され、三時間近くも続き、市街地は全くの火の海と化したのであった。

隆の母、大野キミは、その時、二十三歳であった。

「キミちゃん、こっちへ来なさい。ここなら大丈夫よ！」

隣の家のおばさんが、防空壕の入り口から顔を出し手を振って、キミを招いていた。

「由江ちゃん、隣のおばさんが呼んでいる。あそこへ行こう」

キミの体はガタガタと震えていた。

「町の中にいては、駄目よ！　あの山まで逃げるのよ。空を見て！」

由江が空を指差した。

B29爆撃機から投下された照明弾により、八王子の町も空も明るく見通せることができた。爆音を響かせ、数え切れない程のB29爆撃機が空を覆いつくしていた。

ザッザッザッーと凄い音を立てて、空から焼夷弾が降ってくる。爆発と同時に猛烈な炎が飛び散った。べたつく粘液が火を噴きながら四方八方の家を炎に包んでいった。ガソリンの臭いが充満していた。更に、Ｂ29の爆撃は連続した。落下する焼夷弾が空の中途でパッと分解すると、子どものような小型焼夷弾が無数に飛び出し、バラバラと地上へ向かって突進してきた。

この小型焼夷弾は、直径五センチ長さ三十五センチほどの六角棒状のＭ50というテルミット・マグネシュウム焼夷弾であった。親のＭ17集束焼夷弾が空中で分解すると、内蔵された百十本のＭ50焼夷弾が落下を開始する。Ｍ50焼夷弾の後尾には、垂直に落下するようバランスを取るために、リボンが取り付けられていた。そのリボンが燃え、火の雨のようになり、八王子の町に小型焼夷弾が降り注いだのであった。人家に激突し、爆発し、閃光を発し、火を撒き散らした。勿論、逃げ惑う人々の頭の上にも降ってきた。Ｂ29爆撃機は、八王子の町に、六十七万七百五十本のＭ50焼夷弾を投下していったのである。火が火を呼び、合流し、旋風を巻き起こし、破壊的な大火災となった。町は火柱を噴き上げて燃え上がり、炎熱地獄の中を人々は逃げ惑ったのであった。

近所の家の塀が、バリバリと音を立てて燃え上がった。キミは、由江の手を握り、体を硬くした。足はすくんでしまっていた。

隣の家の防空壕の蓋が閉められた。

「キミちゃん、行くわよ！」

由江がキミの手を引っ張り、火の手が上がっていない浅川の方へ向かって駆け出した。背後の市街は、真っ赤な火炎に包まれ炎上していた。激しい雨音のような音を立て、焼夷弾が無数に落ちてきた。地上に激突して、閃光を発して爆発し、四方八方に火を噴き出した。

「危ない！」

由江がキミの体を抱くようにして、引き止めた。前方を走っていた若い男の背中に焼夷弾が直撃した。背負っていたリュックが燃え上がり、火玉が飛び散った。男ははじけるように地面に叩きつけられ、身動き一つしなかった。降下してきた焼夷弾が、男の背中で爆発したのであった。キミが一歩先に出ていれば、爆風と飛び散る火炎を直接浴びるところであった。由江の衣服や防空頭巾から白煙が立ちのぼっていた。

二　認知症

明るいのは嫌だと、キミは言う。

「外は、明るく晴れて気持ちがいいよ。山は紅葉で色づいてとてもきれいだ。雪を被った富士山も遠くに見えるよ」

隆は、カーテンを少し開けて、西の山並みを見た。

「苦しいよ！

苦しいよ！

何とかしておくれ」

いつものことであった。

キミの誕生日が来る。九十六歳になる。まだ生きるであろうし、隆もそう願っていた。

キミがこの施設に入って、三年が経っていた。五年前から認知症の症状が現れ、急速に介護が大変になった。一人暮らしのキミの家に、隆が泊まりこむことになった。昼間は、隆の妻と姉が、交互にキミの面倒を見に来ていた。

だが、それも限界であった。キミの認知症が進み、昼夜が逆転するような生活となった。日中、キミは寝ていることが多く、夜になると徘徊し、屋外に飛び出すこともあった。糞便の後片付けも以前より面倒になってきた。家での介護を無理して続けると、隆自身が危険な状態になりそうであった。

幸い、隆の父親がキミに残してくれた、それなりの財産があった。妻が、隆達の家からそう遠くない所にある介護施設を見つけてきた。キミが施設に入るのを嫌がるかと思ったが、すんなりと入居してくれた。

「家に帰りたいかい?」

時々、隆が母に訊くことがある。

「いいよ、ここでいい。ここにいるよ」

キミは隆の心を見透かしたように返事をする。

「キミさん、キミさん、これからお部屋の掃除をしますからね」

介護担当の若い女性、由美子さんが部屋に入って来た。

「いつも悪いわね。この人とても良くしてくれるんだから、隆、お礼を言っておくれ」

キミは、まだ、自分の名前も倅の名前も分かるのであった。隆は、由美子さんに頭をちょっと下げて、日頃、母が世話になっている礼を言った。

「由江ちゃん、そんな所にいないで、こっちに来なさいよ。ねえ、由美子さん、こっちに来るように言ってあげて」

部屋の入り口の方を、キミがじっと見ていた。誰もいなかった。キミはしきりに手を振って、そこにいるらしい由江ちゃんを呼んでいた。

「幻視や幻聴は仕方ないですよね」

由美子さんが、ベッドの上を片付けながら言った。菓子の紙包みやカスが散らばっている。

「認知症が進んでいるんですかね？」

隆は、キミの視線を追う。洗面台の辺りを見ていた。

「そんなことはないと思いますよ。食欲もあるし、排泄も規則正しいし、健康ですよ。問題はないですよ」

由美子さんは、ベッドの端に座っていたキミを抱くようにして、椅子の方に移した。

「由江ちゃん、こっちに来てよ。お話しましょう」

洗面台に向かって、キミが言う。

隆は、洗面台に歩み寄ってみた。

「これ、私の息子の隆よ。由江ちゃん、知っているわよね。とても、いい子なのよ」

洗面台の鏡にキミの姿が映っている。痩せて縮んで、皺だらけの醜い老婆がいる。うれしそうに笑っていた。

「由江さんって、お若いんですよね。この間、キミさんに由江さんの年齢を聞いたら、二十三歳と言ってましたよ」

由美子さんが腰をかがめて、ベッドのゴミを掃いているのが鏡の中に見えた。若い女性の尻の線がくっきりと浮き出ていた。白い制服は欲情をそそるものだと隆は思った。隆の視線は、由美子さんの豊かな胸に向かう。

「隆、何を見ているんだい？」

鏡の中で、キミが隆を睨んでいた。

キミは、隆がおかしなこと、いやらしいことを想像しているのが、分かるのだ。昔から、そうだった。昔を思い出し、隆は背筋が一瞬ヒヤッとした。

「また、イヤラシい本を机の中に隠しているんでないのかい？　まったく、おまえは、しょうがない子だね」

「突然、何を言うんだい？　人がびっくりするようなこと、言わないでほしい」

隆は、由美子さんの方に向かって苦笑いした。由美子さんは、吹き出しそうな笑いを必死にこらえていた。

「由江ちゃん、その男には、気をつけるんだよ。女には手が早いからね。傍に近寄らない方がいいよ。こっちに早くおいでよ」

――何だよ。まだ続くのかよ。止めてくれよ。ボケると言っても限度があるよ。ばあさん、息子の俺のこと、何だと思っているのだ。

「女には気をつけろ、と言っているのに、自分の方から近づいて行くんだからね。困った息子だよ」

——俺を何歳だと思っているのだろうか？　七十歳に近く、老人と呼ばれる年齢なんだからな。隆は苦笑いを続けるしかなかった。

「キミさん、息子さんが困っていますよ。それ位にして由江ちゃんとお話をしたらどうですか？」

由美子さんは、隆の方をチラッと見た。キミの言うことを信じはしないだろうが、丸っきりという訳でもなさそうだ。由美子さんの目が興味深げに輝いていた。

「隆、もう帰りなさい！　男は、ここにいては駄目よ。これから、女だけでお話をするんだから。ねえ、由江ちゃん！　由美子さん！」

由美子さんは、清掃の作業を続けている。キミは窓の方に向きを変えた。

「由江ちゃん、お菓子でも食べる？」

キミには、窓際に立っている由江が見えるのだろうか？　由美子さんは、キミの話に合わせているだけで由江が見えるはずはない。隆は、母の妄想に最近よく現れる由江のことをイメージしようとした。母の若い時の友達だとは聞いているが、詳しいことは知らない。隆はもう一度窓の方を見てから、部屋の扉を開けて外に出た。廊下を行く隆の背中に、母の部屋から三人の笑い声が聞こえてきた。

三　キミと由江

由江ちゃんは、キミの友人・小林由江のことであった。山梨県の上野原から八王子の床屋に働きに来ていた。キミの実家の大野理髪店は八幡町にあり、由江の働く山村理容店は隣町の八木町にあった。キミは父親を十七歳の時に亡くした。妹が三人、兄が一人、母親は家事をするので手一杯、兄とキミとで床屋を続け、何とか一家の生活を支えていた。

その兄に召集令状が来た。兄がいたから、何とか床屋の仕事をこなしてきた。一人で切り盛りしなければいけないと思うと、キミは目の前が暗くなった。

「姉ちゃん、わたしも手伝うから、頑張ろうね！」

妹にそう言われても、何の励みにも手助けにもならなかった。でも、働かなくては、食べてはいけない。昔からの客は、娘たちに同情して、散髪に来てくれた。客の方も、一、二度は、下手でも我慢してくれるが、限界は目に見えていた。

そんな時、父親の親友であった、山村理容店の主人が、大野理髪店に援助の手を差し伸べてくれた。父親が死んだ時も、何かと手助けしてくれた。今度は、その時以上に、キミを助けてくれたのであった。

「由江ちゃんが、手伝いに来てくれるの？」

「そうよ、山村の旦那が、大野の床屋へ、暫く行って、手伝ってこいと言うのよ」

キミは、父親の存命中、山村理容店によく連れて行かれた。その頃から、由江は山村理容店に見習い住み込みとして働いていた。由江とキミはすぐに仲良しになった。理容師としては、他人の飯を食べて、修業を積んだ由江の方が、キミより上であり、一人前であった。

「由江ちゃん、ありがとうね！　山村の旦那には、本当に感謝していますよ」

キミの母親は、これで何とかやっていけると、胸を撫でおろした。由江は、山村理容店から大野理髪店に通って働いた。由江の給料は、山村理容店から出ていた。山村は若い時に、キミの父親に生命に関わることで助けてもらったことがあった。山村は、その恩を忘れなかった。

キミの兄が戦地ニューギニアから、最後の病院船に乗せられて日本に帰って来たのは、昭和十八年のことであった。由江は、二年の間、大野理髪店の手助けに行っていたことになる。その間に、キミの腕は上達し、理容師として十分仕事ができるようになった。

昭和十九年六月、マリアナ沖海戦において、日本海軍は壊滅的敗北を喫し、西太平洋の制空権と制海権は、アメリカ軍の支配するところとなった。アメリカ軍は、八月には、サイパンとテニアンに飛行場を建設し、航空兵力の増強をはかり、日本本土爆撃の攻撃態勢を整えていった。

日本本土空襲の迫る中、政府は、大都市防空の足手まといとなる、老人や子どもを地方へ疎開させる計画を立てた。この八王子市とその周辺の町や村にも、親元を離れた子ども達が続々と到着し、寺や公会堂などの施設に宿泊して疎開生活を開始したのであった。

「今日は、学童疎開の子ども達の散髪だそうよ」

八王子の理容組合から、勤労奉仕に出向くようにとの要請が来て、キミと由江は、市役所前からトラックの荷台に乗せられた。トラックは、市内から離れ、元八王子村の方へ向かった。山の木々が紅く色づき始めていた。キミと由江の他に、三人の女性の理容師が同乗していた。皆、顔なじみだし、年齢も近く、勤労奉仕というと大体一緒に動員されていた。

荷台の真ん中には、麻袋が積まれていた。

「何が入っているのかしら?」

キミが麻袋に手を触れた。

「芋ですよ。子ども達の食事です。ようやく届いたのです。子ども達が腹を空かせて待っています」

荷台の端に座っていた戦闘帽に国民服の男が、顔を上げた。女達は一様に驚いた顔をした。皆、荷台の端に座っているのは、年配の気難しい男だろう位にしか思っていなかった。戦闘帽を深く被り、下を向き、本を読んでいた。大声で話したり、笑い声を上げたりしたら、

「この非常時を、お前らは、何と思っているのだ!」

と、怒鳴られそうな気がした。実際、色々な場所で、若い娘達はよく怒られていた。おしゃれも、お化粧もできない。昭和十九年の秋、モンペ姿に防空頭巾、それが女性の外出時の制服となっていた。

痩せてはいるが、目元の涼しい、優しい感じの若い男性が、キミの方を見てニッコリ笑った。

「ハァ！」

キミは目を丸くして、男の顔を見た。由江も、仲間の三人の女達も、男の方を見たまま、唖然としていた。

若い男は珍しかった。多くの若い男が軍隊に召集されていたからだ。

「僕は、品川区の国民学校の教員で、村上と言います。今日、八王子の床屋さんが勤労奉仕に来て、子ども達を散髪してくれると聞いていました。君達がそうなんですね？」

「そうですよ。私達が生徒さん達の散髪に行きます」

由江が声を上げ、村上の視線を自分に引き付けた。

トラックが砂埃を巻き上げ、走って行く。時折、道路の凹みにタイヤが入り、突き上げる震動に体が浮き上がった。キミの気持ちも何かふあっと舞い上がったような感じがした。

——この男の人は、東京の国民学校の先生だという。やはり、ちょっと、八王子の男達とは違う。誰か分からないけれど、俳優さんに似ている。素敵な人だ！

キミは、一度に楽しい気分になった。

トラックは次第に、疎開児童の宿泊施設である元八王子村の公民館に近づいて来た。トラックの荷台では、由江が一人占めするかのように、村上と話をしていた。キミは、村上とその後ろの移り行く景色をぼんやりと眺めていた。

四　徘徊

施設から緊急の電話が入った。

日暮れが早くなっていた。四時、少し暗くなっていた。隆の妻は、朗読の会があるからと言って、外出していた。

「キミさんの姿が見えないんです。施設内もくまなく探したのですが、発見できませんでした。施設の外も今探していますが、まだ見つかりません。ひょっとすると、隆様が、お母様をおうちへ連れて帰ったのではないかと、思いまして」

施設長の太田の声であった。

「まさか、施設の方に黙って、そんなことするはずはありませんよ。それで、どういうことなんですか？

母がいないんですか？」

「はぁー、キミさんが、いないんですよ」

「とりあえず、今すぐ、そちらへ向かいます。とにかく、母を探してください」

キミのいる介護施設は、隆の家からそう遠くはない。自転車で急げば、十五分位で着く。

隆は妻に連絡しようと思ったが、朗読の会の最中だから、携帯の電源は切っているだろうと、しないでおいた。家から出た時は、慌てていたが、人通りが少しある道路に出て、自転車のスピードを緩めた。辺りをじっと見た。ひょっとして、キミが歩いていないかと、姿を探した。施設の部屋では、やっと歩いている状態に見えた。

でも分からない。キミは以前家にいる時、何度か徘徊したことがあった。かなり遠くの方まで行ってしまったこともある。その時より、体力が衰えているといっても、昔から突然物凄い力を発揮することがあった母である。ひょっとして、施設から遠く離れた、この商店街を歩いている可能性もあると、隆は気づいた。

——そうだ！　母が住んでいた家へ寄ってみよう。まさかとは思うが、念のためだ！

この商店街の先の駅に近い所に、キミの家はある。キミが施設へ入るまで、隆が一緒に寝泊まりしていた家である。以前は、この家の一階で商売をして、生計を立てていた。その後、隆の父が死んでから、一階を洋品店に貸し、二階をキミの住居としていた。二階は、キミが施設へ移る前と同じ状態である。隆が時々、様子を見に行く。

隆の妻は、もうキミがこの家に戻ってくることはないのだから、処分したらどうなのかと言う。施設の費用はだいぶ掛かるが、今のところ何とかやっていける。隆は、キミが生きている間は、この家はこのままにしておきたいと思っていた。

隆は、二階の階段の入り口の前に、自転車を止めた。一応念のためだと思い、階段を登ろうとして、上を見た。誰もいないはずの、二階の母の部屋の灯りがついていた。先日、部屋の様子を見に来た時、電気を消し忘れたのかと隆は思った。少しずつ自分も老耄の気が出てきているのかとイヤな気持ちになった。

「山野さん！」

隆の後ろで声がした。隆の姿を見掛けた、洋品店の店長の大場さんが、店から出て来ていた。

「お母さん、お帰りになったんですね。お元気そうで、良かったですわ」

「えっ、本当ですか？」

まさかと思った。隆は、信じられなかった。念のためとは思ったが、九十九％あり得ないことだと思っていた。

「あれっ、山野さん、お母さんが帰ってくるの、ご存じなかったのですか？」

「いや、施設の方から、母が帰るなんて、聞いていなかったもので」

母が行方不明で探しているところだとは、店長の大場さんには話せなかった。隆は、まだ信じられなかった。

「本当に母でしたか？」

「そうでしたよ、確かに山野さんのお母さんでしたよ」

隆の強い口調に、大場さんは、一瞬、戸惑ったようだが、はっきりと言った。

この家から施設までは、三キロメートルはある。一人で歩いて来たのだろうか？　店長は続けた。

「それに、お母さんに付き添いの方が一緒でしたわ。最初、山野さんの奥さんかと思いましたが、良く見ると、若い女の方でした。介護施設の方なのかなと思いました」

隆は、更に驚いた。

母は、誰かに付き添われ、この家に帰ってきたのだ。

それは、誰なのだろうか？　隆は混乱した。

大場さんが、隆を不思議そうな顔をして見ていた。

「すいません。とにかく二階へ行ってみます」


二階は、どの部屋も灯りが点いており、明るかった。キミが、応接間のソファに座っているのが、目に入った。隆が近づくと、母は瞑っていた目を開けた。

「隆、お腹が空いた。ご飯を食べたい」

確かに夕食の時間になっていた。

「母さん、困るじゃあないか？　勝手に、施設を抜け出したりして。みんな、心配して、大変だったんだから」

隆は、声を荒げた。でも、キミに聞こえているのか分からない。

「お腹が減ったと言っているでしょ。ご飯をちょうだいな。たくさんよ。二人分よ。由江ちゃんと一緒に食べるんだから。隆、早くして」

キミは、そう言いながら、ソファに体を横たえた。本当に三キロの道を歩いて来たのだろうか？　疲れがどっと出たみたいで、キミは横になり、目を瞑った。

「駄目だよ、こんな所に寝ては。今、向こうの部屋に布団を敷くから、ここで寝ては駄目だよ」

隆も次第に冷静になってきた。とにもかくにも、キミがこの家にいてくれたことに感謝しなければいけない。一件落着である。まずは、部屋へ連れて行って、キミを布団に寝かせることであった。

「太田さん、母がいました。母は住んでいた家に戻って来ていました。すいません、ご迷惑をかけました」

隆は、施設に連絡した。謝るのは、施設長の太田の方だと思うが、まあ、仕方ない。これからまだ母が世話になるのだから……。暫くしたら、車を出して、迎えに行くと太田は言っていた。

「さあ、母さん、起きて。布団に入って寝た方がいい」

隆は、ソファに横になっている、キミの体を起こそうと、背中に手を回した。すると、キミがぱちっと目を開け、隆の顔をじっと見た。

「由江ちゃんは、まだ戻って来ないかい？　買物に行ってくると言って出て行ったんだけどね。由江ちゃんと一緒にいると、本当に楽しいわ。今日は、良いお天気だから、お散歩しましょう。そして、キミちゃんのお家に行って、お食事しようって！

どうしたのかね、由江ちゃんは？　遅いね」

——えっ、この家まで母を連れて来たのは、由江なのか？

若い女の人が母に付き添っていたと、大場さんは言っていた。隆はきっと通り掛かりの若い女性が、心配して親切に母をこの家まで連れて来たのだと考えた。母はその女性のことを由江だと思い込んでいる。母のせん妄がまた進んだのかと隆は思った。

「隆、眠い、本当に眠いわ！

布団の中で、眠りたい。眠い！」

キミは目を閉じると、すぐに寝息を立て、眠りの世界に入っていった。隆は背中に回した手に力を入れ、キミを抱きかかえ、キミの部屋へ入り、ベッドに横たえ、布団を掛けた。部屋の中は、ベッドもポータブルトイレも、キミが施設へ移る前と同じにしてあった。キミは身動き一つしなかった。深い眠りに入ったようであった。

隆は応接間に戻り、施設長の太田に携帯をかけ、明日の朝、自分が連れて帰る旨を伝えた。そして、妻にも今日は家に帰らず、母の家に泊まると連絡した。

五　学童疎開

八王子と周辺の町や村には、品川区の国民学校初等科の三年生から六年生までの学童六千五百名が移動し、集団疎開を実施していた。

当初は、地方に親戚等がある家の子どもを疎開させる縁故疎開が中心であった。だが、戦局の悪化により、本土空襲必至の状況となった。日本全国で六十万人の学童の集団疎開が開始された。東京区部では、二十万人の学童が、宮城、山形、福島、茨城、栃木、群馬、埼玉、千葉、新潟、静岡、山梨へと分散して、集団疎開が実施されたのであった。

「もう、着きますよ。あそこに見えるのが、僕と子ども達が暮らしている隣保館です」

村上が指を差した。

広場で遊んでいる子ども達が、近づくトラックに気がついたようだ。

「おおい！　食料を運んで来たぞ！」

村上が立ち上がり、手を振った。

「村上先生だ！　村上先生だ！」

子ども達の歓声が聞こえた。トラックが到着すると、子ども達が一目散に集まって来た。

「さあ、みんなで手伝って、炊事場へ運んでくれ」

村上は数人の大柄な男子をトラックに引き上げ、食料の運搬を任せた。

由江と三人の理容師は、素早くトラックを降りた。キミは何となく、トラックの上に取り残される感じになった。キミは、トラックを降りようとして、下を見ると、意外と高いので、一瞬、足がすくんでしまった。

「後ろ向きに降りるようにするんだ。そう、そこへ、足をかけて」

村上が、トラックの下に来ていた。

村上の手が、キミの胴をぐいっと掴んだ。

キミの体が宙を飛んで、地面に着地した。

村上は小柄なキミを、女子の児童を取り扱うような気持ちで、抱きかかえたのかもしれない。

キミの体に、村上の力強い感触が鮮明に残った。瞬間の出来事であったが、キミには、時間が暫く止まっていたかのように思えた。やがて、キミの心臓がドキドキと音を鳴らし始めた。由江と三人の仲間はあっ気に取られ、その様子を目を丸くして見ていた。

「みんな、集まれ。今日は、八王子の床屋さんが、みんなの髪の散髪に来てくれた。先生達の痛い散髪ではなく、優しくきれいに散髪してくれる。みんな、感謝の気持ちを込めて、挨拶しよう」

村上が、子ども達を呼び集めた。

「こんにちは。よろしくお願いします」

広場一杯に子ども達の声が響いた。

品川区の南原国民学校の三年生から六年生までの児童で、元八王子村に集団疎開している百七十人が、この広場に集まっていた。元八王子村では、隣保館に三十名、ほかに百四十名が、寺院、公民館に分散して生活を送っていた。この他に、二百人が恩方村に集団疎開をしていた。

「さあ、三年生から並んで、順番に頭をきれいにしてもらおう。みんな、お姉さん達の言うことを聞いて、行儀良く座っているんだぞ」

村上の指示で、広場の端の木の下に散髪する場所が準備された。

「いくつなの？」

「九歳！」

キミは、前に座った女の子の髪を櫛で梳いた。やはり、シラミがいるようだ。目の細かい櫛で何度も梳くと、随分シラミの卵が少なくなった。でき得る限り髪を短くしたおかっぱ頭に仕上げる。

シラミ駆除の洗剤を使って、頭をゴシゴシと洗う。一人の散髪に、かなり時間が掛かった。シラミとノミは、衛生、栄養状態の良くない集団疎開の共同生活では、仕方のないものであった。


「お母さんの手みたい」

女の子がキミの手に触れ、頬ずりした。親元から離れて、三ヶ月が過ぎているはずである。

「お母さん、面会に来てくれた?」

キミは、女の子を抱き寄せた。まだまだ、幼い子どもであった。母親が恋しいのだろうし、母親もこの子のことが心配でならないだろうと、キミは思った。

「来てくれたわ。たくさん食べ物を持って来てくれた。でも、すぐ帰ったの。また来るから、いい子でいるのよと言って。もうすぐ、お母さんが来ると思うわ」

女の子はキミの胸の中から離れると、遠くにあるバスの停留所の方を見た。

「えつ子、さあ、次の人と交代しなさい」

村上が女の子に声をかけた。

次の順番の女の子がキミの前に座った。

えつ子は、まだ停留所の方を見ている。

「親が、子どもに面会できるのは、月一回と決まっているのですよ。えつ子の母親は、面会に来たばかりだから、暫く来られない。でも、来るのではないかと、バスの停留所を見ている。どの子どもも同じですよ。親に会いたいし、一緒にいたいんですよ。寂しいんです」

村上は、由江がバリカンでくりくり坊主にした男の子の頭を撫でながら言った。

元八王子村から八王子の駅まで行って、電車に乗れば、品川には一時間半ほどで到着する。北関東や、東北に集団疎開した学童に較べれば、ずっと便利であった。面会は月一回とは言うものの、病気に罹ったり、緊急の用事がある場合は、親が迎えに来て、家に帰ることができた。

最初の内は、親も何かと理由をつけては、子どもに会いに来たし、家に連れて帰ってもいた。でも、十一月になると、そういう訳にはいかなくなった。いつ空襲されるのかと、危惧が増してきていた。親も、食料の調達、防空訓練や勤労奉仕と忙しくなった。月一回の面会に来るのが、やっとの親が多くなった。

集団疎開先の食料事情も悪くなった。いじめも増えてきた。腹は減るし、嫌なことが多くなった。親に会いたい、家に帰りたい気持ちが募っているのがよく分かった。逃げ出す子どもも少なくなかった。八王子駅で、駅員や巡査に捕まって、連れ戻される。うまく逃れて、親元に帰っても、二、三日経って、親と一緒に帰って来た。

「可哀相だけれど、この非常時だ、誰もが大変で辛い思いをしている。子ども達に我慢を強いるのも、仕方のないことだ」

村上が空を仰いで、言った。高尾の山並みが、夕日に染まっていた。キミ達の散髪の勤労奉仕も、ようやく終わった。村上の運んできてくれたお茶を飲みながら、キミは村上の気持ちはよく分かると思った。

「ねえ、おばさん達、今度、いつ来るの?」

男の子が傍に立ち、キミの袖を引っ張った。

「こら、おばさんとは、失礼だろう。恵介、お姉さんと呼びなさい」

村上の指が、恵介の頭を弾いた。

恵介の髪は、かなり伸びていた。今日、散髪をしてやれた子ども達は、全体の三分の一ほどであった。

「わたし達が今度来るのは、いつになるのかしら?」

キミは由江の方を見た。

「今月の勤労奉仕の予定は、いっぱいよ。来月になるか、それも、理容組合で決めることだから、何とも言えないわね」

戦局が厳しくなるに連れて、若い娘達は勤労動員され、勤労奉仕に出る日が多くなっていた。月一回が今は週三回になっていた。キミ達は、散髪の仕事が主であったが、山へ入っての薪拾いや、軍需工場の手伝いにも出かけて行った。

「来月になっちゃうのか!」

恵介ががっかりした声を上げた。

「そんながっかりすることはないさ。恵介の頭は、明日早速、先生が散髪して、きれいにしてやる」

村上が言った。子ども達の散髪は、通常、先生や寮母さんによって行われていた。専門の理容師と違って、上手ではない。虎刈りだったり、髪が揃っていなかったりと、子ども達からは評判が悪かった。

「先生の散髪は、痛いから、嫌だよ」

恵介が頬を膨らませた。

西の山並みが夕焼けに染まり始めていたが、キミの頭の上の空はまだ青かった。空気が冷たくなってきた。キミは空を見上げ、静かで、とてもきれいだと思った。このところ、空襲警報が発令されることが多くなっていた。

「来週、何とか時間を取って、散髪に来るわ」

突然、由江が声を上げた。

「キミちゃん大丈夫よね？」

「えっ！」

キミは驚いた。由江の有無を言わせぬ表情を見た。

「大丈夫だと思うわ」

キミは首を傾げながら答えた。

「あなた達は？」

「難しいわ。お店から家の仕事まで、いっぱい溜まっているのよ。休みも欲しいし」

他の三人は、もう疲れて、早く帰りたい感じであった。

「由江さんとキミさんが、来週また来てくれるんですか！　ありがたい、みんな喜びますよ」

村上は、子ども達の健康・衛生状態が日々悪くなっていくのが気がかりであった。村の人達も良く協力してくれる。それでも、大勢の子ども達の生活は厳しかった。シラミやノミが、更に子ども達の体力を奪っていた。

村上が満面に笑みを浮かべて喜んでいた。

「恵介、由江さんとキミさんが、来週も散髪に来てくれるって。良かったな！　おまえは、来週、一番に散髪してもらえばいい」

村上は、ハリネズミのような恵介の頭を撫でた。

「もうすぐ八王子行きのバスが来ますよ」

寮母さんが柱時計を見ていた。今度来るバスが八王子行きの最終バスであった。

「さあ、みんなで、お姉さん達を見送ろう」

「行こう！　行こう！」

村上の呼びかけに応えて、子ども達の間から声が上がった。子ども達の宿泊施設である、隣保館からバスの停留所までの道を、大勢の子ども達がキミ達を囲みながら賑やかに進んで行った。

——あれ、由江ちゃんはどこ？

キミは、子ども達と一緒に歌を歌って、歩いていた。ふと気づくと、横にいたはずの由江がいなかった。列の後方を見た。由江と村上が楽しそうに話しながら二人並んで歩いていた。キミの胸の辺りがキュッと締め付けられ、歌が止まってしまった。

「お姉ちゃん、どうしたの？」

えつ子がキミの顔を見上げていた。えつ子は、キミの手をしっかり握っている。キミのもう一方の手は、別の女の子が握っている。

「何でもないわ。歌いましょう！」

キミは、顔をえつ子に近づけ微笑んだ。

「歌おう、お姉ちゃん！」

えつ子の元気な声が響いた。恩方の方から、寺の鐘が聞こえてきた。夕焼けが空いっぱいに広がり始めていた。

六　キミの家

キミはぐっすりと眠っていた。一階の洋品店のシャッターが下りる音がした。閉店の時間は午後八時だ。洋品店は全国展開している会社であったが、このところ営業成績の悪い不採算店の店を大分閉めているらしい。店長の大場さんは、この店に移ってきてから五年にはなるだろうか？　四十の半ば位になるのではないか、高校生と中学生の子どもがいるという。どうもシングルマザーらしい。

「この通りも、最近人通りが少なくなりましたね」

先日、出会った時、大場さんは言っていた。

「いやあ、そうですかね！」

隆は、空とぼけたような返事をしていたが、駅前通りの通行量の減少は、歩行量調査によっても明らかだった。大場さんの言葉が、この一週間、隆の頭にこびりついていた。一階の洋品店の賑やかさも以前ほどではなかった。客もおらず、店員が手持ちぶさたにぼんやりしている様子を何度となく、隆は見ていた。

「八王子店の閉店撤退が決まりました」と、大場さんから言われる日が近づいているのだろうか？　次のテナントが見つかるまで時間も掛かるだろうし、その時は、家賃の値下げを要求されるのは目に見えている。近所の店舗賃貸の相場は、相当下がっている。

洋品店の今の家賃から、キミの月々の介護施設料金を捻出していた。隆達夫婦は、年金と貯蓄を切り崩しながらの生活であった。家賃の値下げになれば、隆達の生活を相当に切り詰めなければ、キミの施設暮らしは維持できない。その時は、キミを自分の家に引き取ればいいと兄弟達は言うかもしれない。

だが、それは無理であった。認知症の進んだキミを再び自分で世話をするなど、隆には気力も体力もすでになかった。妻の咲子もご免だと言っているし、その時は駅前通りの家を処分するべきだと、主張していた。処分と言っても、そう簡単に行くはずはない。面倒なことが山積みしている。

キミは気持ち良さそうに寝ていた。隆は、キミのベッドの下に布団を敷いたが、まだ寝るには早いと隣の部屋でテレビを見ていた。駅前通りから、時々、酔っ払いの騒ぐ声が聞こえてきた。以前の駅前通りは、もっと騒々しかった。二十四時間営業をしている、コンビニ、カラオケ、インターネットカフェ、ファミレスと、並んでいるが、客の入りは今ひとつであった。客引きだけが増えている感じであった。

「報道ステーション」が終わった。

「わかったわ、帰るわよ。傍へ寄らないで、あっちへ行っておくれ！」

突然、キミの叫び声が聞こえた。

隆は、テレビを消した。

――やっぱり、母は、落ち着いては寝ないだろうな。まあ、いいや。私も、寝ようとすれば、苛立つだけだ。そのつもりで、母の部屋で、横になっていればいい。

「母さん、どうした？」

「ほらっ、あそこにお父さんがいるだろう」

キミはベッドに腰かけ、部屋の隅にある仏壇を指差した。

「そうだよ、父さんは、あそこにいるよ」

そこには、父親の位牌がある。キミの目に父、幸助の姿が映っているのだろうか？　幸助が死んで、二十年が過ぎていた。その父の十七回忌の時からキミに認知症の症状が現れた。

「おまえは、隆かい？　お父さんかい？」

「なに言ってるんだい、母さん！　俺だよ、隆に決まっているだろう」

「そうなのかい。それにしても、お父さんに良く似てきたね。頭のはげ具合、細い目、顎の格好、お父さんそのものだね。嫌だね。見てごらん、あそこにいる、お父さんそっくりだよ」

キミはそう言って、また仏壇を指差した。隆には父の姿が見えない。キミには見えているのだろう。それにしても、自分が父に似ていようが、そんなことはどうでもいい。余計なお世話だ。確かに、最近、隆はお父さんに良く似てきましたねと、言われることが多くはなった。

「わかったよ、もういいから、寝たらどう？」

「おしっこしたい」

「何だよ、いやになっちゃうな！」

隆はキミを立ち上がらせ、紙おむつを下ろし、ポータブルトイレに座らせた。紙おむつも濡れていた。

隆は、以前使用していた紙おむつが残っているはずだと戸棚の中を探した。おしっこの流れ出る音が聞こえる。続いて、キミが唸った。

「隆、うんちも出たよ」

——なに！　何だよ！

隆は、がくりと、力が抜けた。臭いが漂い始めた。

「がんばって、全部だしちゃいな！」

隆は、キミに背を向けたまま叫んだ。

父の幸助が見ているだろうにと、隆は思った。

しばらくして、

「隆、終わったよ」

キミが気持ち良さそうに笑っていた。

健康そうなうんちが、ごろっと便器の中に転がっていた。隆はトイレットペーパーで、きれいにキミの尻を拭った。

「しっかり、掴まっているんだよ」

新しい紙おむつにキミの両足を入れ、引き上げた。ひからびた、しわだらけのキミの尻は軽かった。一時、その感触が、隆の両手に残った。

隆は、キミをベッドに戻すと、臭いの元を断つために、急いで便器を提げてトイレへ向かった。

——これで、朝まで静かに寝てくれると、ありがたいのだが。

風呂場で便器を洗って、キミの部屋へ戻った。

「隆、帰ろう。施設へ連れて帰ってちょうだい」

キミがベッドに座って、足をばたばたさせていた。

「どうしたの？　今は、真夜中だよ、もうちょっと我慢すれば、朝になる。それから、帰ろうよ」

「嫌だ！　帰るよ」

キミは不愉快そうに、顔をしかめていた。そして、仏壇の方を指差した。

「お父さんがね、しつこく、帰れって言ってるよ。汚いしわだらけのおケツなんか出して、みっともないって、怒ってる」

——仏壇の前に、まだ親父は立っているようだ。こんな時に出て来て、親父よ、余計なことを言わないで欲しい。

ゴミ収集のトラックが止まる音が聞こえた。隆は、時計を見た。午前一時になっている。いつも、この時間になると、前のハンバーグ店のゴミを取りに来る。深夜だからかなり音が響く。キミの介護で、この家に泊まっていた時、隆は必ず目が覚めた。

「親父よ！　見ての通り、母さんの介護で大変なんだ。要らんこと言って、混乱させないでくれ。母さんを静かに寝かせてやってくれ」

仏壇の方に向かって、隆は怒鳴った。

「隆、もういいよ。そんなに怒らなくていいから。お父さん、首をうなだれ、しゅんとしている」

「それじゃあ、母さん、おとなしく寝てくれよ」

隆は、キミの体を横にして、頭を小さな枕の上に乗せた。

「明日の朝、施設に帰ろうね」

キミはそう言って、一旦、目を閉じた。ところが、キミはすぐに体を起こし、また、仏壇の方を見た。

「頼むから寝てくれよ」

隆はキミの肩に手を置いた。すると、キミは隆の手を取り、頬ずりした。

「寂しいよ。わたしは、一人ぼっちだよ」

「そんなことないだろう。俺が、こうして、母さんの傍にいるだろう」

「そうだね、隆、おまえがいるね。わたしの大事な息子だよ。とてもいい子だ」

キミは、隆の手を離さないまま、じっと仏壇の方を見ていた。キミは、悲しい顔をしていた。

「お父さんはね、お春さんがいるから、わたしは必要ないんだ。邪魔なんだわ。ほら、見てごらん、お父さんとお春さん、並んで仲の良さそうなこと」

「えっ、なに、お春さんがいるの？」

「ほら、仏壇の前に、お父さんとお春さんが一緒に並んで立っているじゃあない。お春さんが腕に抱えている赤ちゃんは、明彦だね」

「なんだって！」

仏壇の中には、二つの位牌がある。一つは、二十二年前に亡くなった父、幸助の位牌である。もう一つは、昭和二十年に亡くなった、父の前妻の春と息子の明彦の位牌である。目をいくら凝らしても、隆には見えない。認知症の幻視なのか、それとも霊が現れているのだろうか？　隆は、仏壇の中を覗き込んだ。

父の写真は、いつもより何かにやけているように見えた。お春さんは、死んだのが三十七歳、それより少し若い時の写真だ。相変わらずきれいであった。

「お父さんはね、若くてきれいなお嫁さんがいいんだわ。わたしがね、この家からいなくなって、喜んでいたんだ。わたしが、お父さんのため、この家のため、一生懸命がんばって働いてきたことなど、みんな忘れてしまっている。勝手な人だよ。お父さんは！」

キミは、仏壇の方をじっと見ていた。

「母さん、もう寝た方がいい」

隆は、寝かしつけようとキミの体にそっと手を回した。

「寝るわ。どうでもいいわ。お父さんの好きなようにすればいいさ」

キミは目を瞑り、隆の腕の中に体を預けた。

「おまえは優しいね。いい息子だよ」

キミは穏やかな顔に戻っていた。このまま、落ち着いて寝てくれさえすればいいのだ。隆は、キミを横たえ、布団をかけた。

「まだ、お父さんとお春さんはいるかい?」

なんと答えたらいいのだろうか? 隆には、父もお春さんも明彦も見えない。

「いないよ。みんな、仏壇の中に帰ったんだね」

「そうかい、それは良かった。もう夜も遅いからね。みんな、寝た方がいいよ。おまえも、早く寝るといいよ。明日の朝、学校に遅れると大変だからね」

七　幸助とお春

あれから一週間が経ち、キミと由江は約束通り、元八王子村の寺や公民館に集団疎開している国民学校の生徒達の散髪にやって来た。

「由江さん、キミさん、助かります。子ども達も喜んでいますよ。早速、お願いします」

村上の明るい笑顔が、キミにはまぶしかった。気持ちが浮き立つのが、自分でも分かった。

「前回と同じ場所でいいですか?」

由江が素早く反応して、散髪の準備に掛かった。キミの視線はまだ村上から離れなかった。

「すいませんね。今日も天気は良さそうですから、そこでいいです。さあ、順番に、頭を刈ってもらおう。先週、散髪してもらった生徒は残って、勉強を続けなさい」

隣保館に宿泊している学童は三十人、前回は半数が散髪を終えていた。

「僕が一番だよ」

恵介が、キミの所に駆けて来た。前回は、恵介の前で、散髪は終了となってしまった。

「恵介、行儀良くしているんだぞ」

「はい！」

「キミさん、お願いします」

村上は、運んで来た椅子に恵介を座らせ、言った。

「はっ、はい！」

キミは、村上に見つめられて、顔が火照るような感じがした。キミは作業を始めた。村上が、まだキミの方を見ている。何か不審そうな顔だった。

突然、

「お姉ちゃん、何も見えないよ。どうするつもり？」

恵介が叫んだ。キミは、恵介の体を覆う白い刈布を、頭にすっぽり被せ、そのままにしていた。村上の怪訝そうな顔は、そのせいであったのだ。キミは思わず、恥ずかしくて、手で顔を覆った。

「いやだあ、ごめん、ごめん、恵介くん」

キミは、慌てて、恵介の頭から白布を取り、体に被せた。

「キミちゃん、どうしたのよ。しっかりしてよ」

由江の手は休まず動いて、前に座った子どもの頭を半分ほど刈り上げていた。由江は、ちらっと村上を見て、微笑んだ。村上もくすりと笑っていた。

「僕は相即寺へ行って、散髪の済んでいない子どもを呼んできます」

村上は背を向け、駆け出した。


「恵介くんの家は酒屋さんなの?」

キミのバリカンは、恵介の頭をきれいに刈り上げていた。

「そうなんだけれどね。今は、開店休業みたいなものなんだ。母ちゃんが留守番して、父ちゃんは徴用で近所の軍需工場で働いている。売る物がないからね。月三回の配給の仕事だけらしいよ」

品川も八王子も同じようなものだった。食料、衣料の生活必需品は配給制となり、充分な暮らしはできなかった。いつも腹を空かせているし、衣服も質素で、継ぎを当ててボロになるまで着ている状態であった。

「恵介くんは、お兄ちゃんが一緒だからいいよね」

恵介には、六年生になる兄がいる。集団疎開では、兄弟姉妹は一緒に暮らすというのが原則であった。

「そんなことはないよ。母ちゃんにボクの面倒をよく見るように言われているものだから煩くてしょうがない。どこかで、こっちを見ていないかな？」

恵介が、キミのバリカンが動いている最中に、ぐるっと頭を回して、隣保館の方を見ようとした。

「駄目、頭を動かしちゃ！」

キミは、左手で、恵介の頭を強く押さえた。そして、キミは、最後の部分、恵介の頭の頂点にバリカンを走らせた。その時、キミは、ちらっと隣保館の方を見た。

恵介を一回り大きくしたような男の子が、窓から体を乗り出し、こちらをじっと見ていた。

朝の内は良く晴れていた空に、雲が漂うようになってきた。お昼になる頃には、十人の子ども達の頭がきれいになっていた。

「次の子どもが終わったら、休憩にして、お昼にしましょう」

村上が、ふかしたサツマイモをざる一杯に入れて、賄い場から戻って来た。キミは、急に空腹を感じた。朝食は箸がようやく立つような雑炊一杯を食べただけだった。妹三人には少しでも多く食べさせてやりたかったし、徴用で武蔵野町にある中島飛行機武蔵製作所へ働きに行っている兄には、しっかりと食べてもらわねばならなかった。配給だけでは、とても満足な食事はできなかった。貧乏な床屋の長女のキミは、母親を手助けして、懸命に家計のやりくりをしていた。

キミののどがゴクンと言い、お腹がグーと鳴った。

キミに頭を刈ってもらっていた女の子が、クスクスと笑い出した。それを受けて、由江が散髪している女の子も、こちらはもっと激しく笑い声を上げた。

昼食は、隣保館の板の間に、子ども達と輪になって座って、キミはお腹一杯にサツマイモを食べた。由江が呆れた顔をして、キミを見ていた。由江は、村上を気にしているのか、遠慮がちにサツマイモを食べていた。


昼食が終わり、キミも由江も、隣保館の中でゆっくりと寛いでいた。庭で遊ぶ、子ども達の歓声が聞こえる。

「何か聞こえない？」

由江が言った。

「うん？」

キミが耳を澄ました。飛行機の爆音のようだった。

その時、村役場の方からサイレンが鳴り響いてきた。

「空襲警報だ！　全員、防空壕の前に集まれ！」

村上が、子ども達に向かって叫んでいた。

キミも由江も庭に飛び出して行った。

防空壕は隣保館の裏の崖下にあった。

「キミさん、由江さんも、防空壕に避難した方がいい」

村上が、手を振って、二人を呼んでいた。

キミは、上空を見上げた。雲が広がりつつあったが、はっきりと青空を飛行する飛行機の大編隊を見ることができた。銀色の翼が日の光を反射して輝いていた。かなり高い所を飛んでいた。キミは、映画を見ているような感じがした。次から次へと、飛行機が飛んで行った。空襲警報は鳴り続けていた。

「どこへ飛んで行くのかしら？」

キミは、初めて見るアメリカ軍飛行機の大編隊に、好奇の眼を輝かせていた。

由江はそれに答えず、黙って空を見上げていた。

そして、

「恐い！」

と言って、キミの手を握った。

この日、昭和十九年十一月二十四日早朝、サイパンのイスリー飛行場を飛び立ったB29百十一機は、伊豆半島沖より日本本土に侵入し、昼頃、八王子上空を通過、当時の日本最大級の軍用機発動機工場であった中島飛行機武蔵製作所の爆撃に向かったのであった。

B29の大編隊が元八王子村の上空を通過してから暫くすると、東の方角から高射砲の発射音や、爆弾の爆発音が空気を震わせて響いてきた。

「始まったな！　日本軍の高射砲部隊が、アメリカの飛行機を撃ち落としているんだ！」

村上が、キミ達の後ろに立っていた。

子ども達は、防空壕に避難している。

東の空には、雲が広がっていた。雲が稲光のような閃光を発していた。爆発音が、間断なく聞こえた。小高い丘の上が赤く染まり、黒煙が立ちのぼっていた。キミと由江は、互いの手を握り、身を固くして、東の空を見ていた。

東の空から伝わってくる爆発音や震動は、一時間程で止んだ。東の小高い丘の上を、黒煙はまだ流れている。元八王子村の空襲警報のサイレンもいつの間にか止み、村上の指示で、子ども達も防空壕から出て来ていた。

「東京が空襲されたの?」

子ども達は、不安だった。親の住んでいる、東京の方角から黒煙が立ちのぼっている。

「大丈夫よ、お父さんもお母さんも、お家も無事よ。あんなアメリカの飛行機などにやられるもんですか! 日本軍は強いんだから、心配ないって」

キミは、そう言ってから、何とも不安になった。そうでなかったら、どうなっているのだろうか? 日本軍が強ければ、アメリカの飛行機が、飛んで来る訳はないのに。子ども達は、納得したかのようにうなずき、キミや由江と一緒に、東の空を見ていた。

村役場に様子を聞きに行っていた村上が戻って来た。

「被害のことはよく分からないが、品川の方は大丈夫とのことだ。敵機は太平洋上に出て行った。空襲は終わった。もう、心配は要らない。普段の生活に戻るように」

村上が、子ども達に向かって言った。

キミと由江も、子ども達の散髪を続けた。気分も体も何か落ち着かない一日となった。子ども達も、いつもの活発さがなく、不安げな感じであった。物音に敏感に反応し、時折、空を見上げていた。

この日から、日本本土の空襲は、本格的になった。昭和二十年三月十日の東京大空襲まで、軍の関連施設や軍需工場のある地域が空襲の対象となった。その地域が壊滅的状態となると、次に、人家の密集している大都市市街地への無差別焼夷弾空襲となったのである。

「空襲は、武蔵野の中島飛行機製作所だったらしい。キミ、一郎がまだ帰って来ていないんだよ」

キミが、自宅に着くなり、不安げな顔をした母親の梅が玄関に顔を出した。キミの兄の一郎は徴用され、中島飛行機製作所へ働きに行っていた。

「えっ！」

「三鷹駅の空襲で、中央線は電車が止まっているらしい。そのせいで、帰って来られないのだと思うんだけれど、心配だよ。何もなければいいんだけれどね」

「駅まで行って様子を見て来ようか？」

キミが、母の気持ちを察して言った。

「そうかい。そうしてくれると有難いね。帰って来たばかりで悪いけれど、じゃあ、キミ、行っておくれ」

六年前に夫を亡くし、頼れる男は長男の一郎一人であった。一郎は軍の召集を受け、ニューギニアまで行ったが、病気に罹ったおかげで、何とか内地に戻って来ることができた。一郎は、背も低く、風采も上がらず、ニューギニアで罹ったマラリアのせいで、時々出る高熱に苦しめられていた。母の梅は、娘四人よりまず一郎のことが心配でならなかった。

「シズとヒサは、どうしたの？」

すぐ下の妹フサは、店で男の子の頭を刈っていた。ようやく、理髪の仕事ができるようになっていた。シズは、十二歳、ヒサは九歳、まだ遊び盛りで、集団疎開に来ている子ども達と同じであった。

「遊びに行ったきり、戻って来ないね。キミ、もう一つ頼みがあるんだけれどね」

「何なの？」

「山野の洋服屋へ寄って、お春に、この卵を届けて欲しいのよ」

母の梅が、風呂敷包みをキミに手渡した。

春は、梅の一番しまいの妹であった。

山野洋服店は、八王子駅の近くにあった。春の夫は山野幸助、洋服の仕立て職人であった。幸助と春との間には、四人の子どもがいた。そして、今、春のお腹の中に五番目の子どもがいたのであった。

「お春おばさんの具合は、どうなの？」

「ひどいつわりが続いているようだよ。この間、行った時も、寝たままだった。顔色が悪く、げっそりしていた。他の病気でないといいのだけれどね」

非常時体制の下で配給生活が続いていた。一般の家では、慢性の食料不足であった。栄養のある物を食べる機会も少なく、空腹を満たせれば良しとしなければならなかった。

空は雲に覆われ、夜の暗さが街に忍び寄っていた。先程までキミがいた、元八王子村の西の空に少し赤みが残っていた。甲州街道沿いに連なる八王子の商店街も、戦時体制の最中、開いている店も疎らで、人通りも少なかった。キミの大好きな大福餅を売っている店も閉まっていた。駅の方からの人の流れが多くなった。

「思った程、中島飛行機への空襲は、酷くはなかった。第三工場辺りは死傷者が出たが、後は、大丈夫のようだ。それより、都心の方に爆弾を落としていったようだ」

山野洋服店の前で、駅の方から歩いて来た人の声を、キミは耳に止めた。

「兄が、中島飛行機に勤めに行っているのですけれど、第一工場は、大丈夫でしたか？」

キミは反射的に、その男に訊いた。

「えっ、第一工場？　おう、そっちは、無事だった。ケガ人も出ていないようだ」

男は、突然、通りすがりの若い娘に声を掛けられたので、驚いた顔をしていた。

「電車は、動いているんですね？」

キミは胸を撫で下ろし、更に訊いた。

「中央線は、遅れはあるが、動き出しているよ」

駅からの人の流れが更に多くなった。そこに留まっているのが、通行の邪魔であったし、男も帰りを急いでいるようであった。

「ありがとうございます」

キミは、道の端に寄って、頭を下げた。

頭を上げると、キミの目の前は、山野洋服店であった。山野洋服店と書いたガラス戸の向こうで、山野幸助がミシンを踏んでいた。

「こんにちは」

と言ってから、キミは、もう「こんばんは」だったかなと思った。店の電灯は、ミシンを踏む山野幸助を浮かび上がらせていた。ダダダダダダ！　響いていたミシンの音が止んだ。

「やあ、キミちゃんか！」

山野幸助が、キミを確認するまで少し時間が掛かった。目の焦点がようやく合ったようであった。

山野幸助は、四十一歳。軍隊に召集されるには年を取っているが、昭和十七年には召集年齢は四十五歳までに引き上げられていた。戦局の悪化に伴い、兵力の補充が必須の課題であった。病弱の妻と、四人の子どもを抱えた男にも、いつ赤紙が届くか分からなかった。

「おじさん、母から、お春おばさんへ渡してくれと、預かって来ました」

キミは、風呂敷包みを幸助に渡した。

「おっ、これは卵だね。有難い、これから夕食の仕度をしようと思っていたところだ。栄養のある物を、お春に食べさせてやれるよ」

「おじさんが、料理をするんですか？」

「そうだよ。お春に無理はさせられない。酷いつわりがまだ続いている状態なのだ。貧血もあるしね」

山野幸助がお春に優しいというのは、親戚中でも評判のことであった。お春は、駅前小町と呼ばれたほどの美人であった。

幸助は、西多摩の農家の次男であり、仕事柄都会風に装っていたが、中味は典型的な田舎者であった。洋服仕立業の修行を五年した後、この八王子駅近くに店を出した。昭和六年のことであった。腕が良かったのと、店が駅近くだったおかげで、それなりに繁盛していた。隣が肉屋で、そこのばあさんが独り者の幸助の世話を焼いてくれた。店の前にカフェがあり、青線のような商売をしていた。そこの女給がからかい半分に幸助の店に、よく遊びに来ていた。台所に上がり込んで、ご飯や菓子を勝手放題に食べたりしていた。幸助は仕事が忙しいのと、気弱なところもあり、文句も言えなかった。

ところが、肉屋のばあさんはそうはいかない。普段から節操のない、女給達に対して、不快感と侮蔑でカリカリしていた。山野の家に女給が上がり込んでいるのを見るや、怒鳴りつけ、それでも出て行かなければ、箒を振り回し追い出していた。

女給達は、ばあさんに見つからないよう、山野洋服店に侵入するようになった。ばあさんは、このままだと幸助が軍門に下って、女給を女房にするような羽目に陥るのではないかと、心配になった。そこで、ばあさん、幸助の嫁さん探しにやっきとなった。

近所に、三宝庵という蕎麦屋があり、そこに駅前小町と呼ばれる、お春という娘がいるのは聞いていた。断られて元々と、話を持って行くと、洋服屋は景気が良いし、なんと言っても近所に娘がいてくれることになる、こんな良いことはないと、お春の両親が喜んだ。

話は、思いがけずにトントン拍子に進んだ。駅前小町と呼ばれる美人の娘を嫁にもらえるのだから、幸助の方に文句がある訳はない。

ただ、美人の宿命と言おうか、お春は色白で細身の体が示すように病弱であった。幸助は、普通の健康な若い男であるから、性欲も旺盛であった。真面目一筋の幸助は、お春を心底愛したのだろう。見る間に家族が増えた。三人の男子と一人の女子が生まれ、更に今、お春の腹に次の子が宿っている。お春の弱い体に、子育てと妊娠の負担がのしかかっていた。戦局の悪化に伴い、食料の供給も、医療の手当ても、何から何まで不充分な状態となっていた。幸助は懸命に働き、家族を養っていた。

「幸助さんは、本当によく働くよ。お酒も飲まないし、悪い仲間もいない。真面目だからね」

「ただね、お春が、大変よ」

キミは、母と親戚のおしゃべりなおばさんの話を襖越しに聞いていた。

「お春さん、体が弱いからね」

「そうなのよ。長男、長女と生まれた時に、あんた、体が弱いんだから、子どもを作るのは、もう止めておいた方がいい、無理しては駄目よって、言ったんだけれどね。その後、二人でしょう。

そして、今、お腹の中にいるでしょう。今度も、つわりが酷いしね」

「幸助さんは、お春さんが、やつれ、痩せ細っているのは、自分のせいだってことが分かっているのかね。やつれたところが、また良いなんて、毎晩、迫っているのと違うかね。夫婦の仲が良いに越したことはないけれど、度を過ぎると、どんなものかね」

「やだよ。そんなこと言って。でもね、わたしもね、そう思うわよ。お春は、きれいだからね、幸助さんも、我慢がきかないのかね」

「羨ましいと言えば、羨ましいけれどね。愛しい男に、身が痩せ細るまで、可愛がられるなんてさ。わたしなんか、もう全然だわよ。亭主の奴は、酒びたりで、物の役にも立たないんだから」

「あんたなんか、まだいいわよ。わたしは、亭主が亡くなって六年だよ。そんなこと、忘れてしまったわ。畑は乾燥して、土埃が立っているわよ」

キミの母親が言った途端、隣近所にも聞こえるような、二人の大きな笑い声が響き渡った。

——まったく、下品なんだから。

キミは母とおばさんの話を、隣の部屋で裁縫をしながら、聞き耳を立てて聞いていた。不思議な感覚が、キミの体の中を巡って行った。

死んだ父親と、母のお梅は、喧嘩ばかりしていた。悪い仲間に誘われ、父親は仕事をさぼって、遊郭に行くことがあった。そんな時の夫婦喧嘩は、物が飛び交い、卓袱台がひっくり返り、父親の顔にひっかき傷ができる程の凄まじい様相を呈した。

――仲の良い夫婦って、お春おばさんの家のことなのだろう。お春おばさん、幸せなんだろうな。でも、何か、寂しい気がする。


「お春、キミちゃんが、来てくれたよ」

幸助が、奥の部屋に声を掛けた。

「おばさん、具合はどうですか？」

「だいじょうぶよ！」

キミが奥の部屋へ入って行くと、布団に横になっていたお春が、体を起こした。顔色は良くないし、太らねばいけないのに、また痩せたようであった。産み月は二月であった。

「おばさん、寝ていた方がいいわよ」

「キミちゃんは、元気そうね。とても、明るくて、いいわよ。何か良いことあったんでしょう！縁談の話でもあるのかしら？」

「まさか！」

結婚適齢期の元気な男性は、あらかた、兵隊に取られていた。町で元気な若い男を見かけるのは珍しかった。教師の村上にしても、戦地へ行って、ケガを負い、内地に帰還したのであった。ケガは治ったようだが、時々足を引いて歩いていた。

その時、キミの脳裏に村上の顔が浮かんだ。キミは、頬が熱くなっていくのが分かった。

「お母ちゃん、お腹すいたよ！」

障子戸を開けて、三歳になる清が顔を出した。

「こんばんは、清ちゃん！」

「あっ、キミちゃんだ！」

清が満面の笑顔で、キミの胸元へ飛び込んで来た。キミは、がしっと清を受け止めた。男の子である。固く石のような感じであった。

「こらっ、清！　汚い手のままで、キミちゃんの服が汚れるでしょう。鼻水までたらしているんだから！」

長女の光子が現れ、清をキミから離そうとした。

「いいわよ」

「そうもいかないのよ、キミちゃん！　さっきまで、清は正夫と泥遊びしていたんだから。まだ、汚れが取れていないのよ」

光子は九歳になる。活発な娘で、病気がちな母親の手助けをして、弟達の面倒をよく見ている。

「正夫、そこの雑巾を取ってちょうだい。清の足に泥がまだ付いているわ」

台所から正夫が顔を出し、光子に雑巾を手渡した。正夫は、六歳、母親のお春に似て、きれいな顔立ちをしていた。キミに抱かれた、清の甘えた様子を、正夫が羨ましそうにじっと見ていた。

「正夫、お母ちゃんの所へ来るかい？」

お春が、正夫を手招きした。キミに抱かれていた清が顔を上げ、お春の方を見た。

「兄ちゃん、駄目！」

「いいよ！」

清と正夫が同時に声を上げた。そして、清がキミから離れて、お春に抱きつこうとした。

「こらっ！　汚いままで駄目でしょう」

光子が、清の襟首を掴んだと思うと、すっと抱え上げた。清が、光子の腕の中でジタバタした。

「静かにするの！」

光子が、清の頬をつねった。

「痛いよう！」

清が泣き出し、部屋の中は更に混乱した。

キミは、あっけに取られて、笑い出した。

「しょうがない子だねえ、清は！」

お春も笑った。だが、途端に咳き込んだ。咳は止まらず、酷くなった。お春は苦しそうだ。

「お母ちゃん、だいじょうぶ？」

「おばさん、だいじょうぶ？」

部屋の中に緊張が走った。キミは素早くお春の所に駆け寄り、背中をさすった。

咳は止まらない。

「お春、これを飲むんだ！」

幸助が急いで台所へ入って行った。そして、お春の前に蜂蜜を溶かした湯の入ったコップを差し出した。

「はい！」

幸助は、コップをそのままお春の口にあてた。お春は幸助の手を包むようにして、蜂蜜を溶かした湯を少しずつ飲んだ。咳が止まった。

キミは、じっと、その様子を見ていた。あこがれの映画の一場面を見ているような感じがした。キミは胸がときめき、お春おばさんを羨ましく思った。

「もう大丈夫ですよ」

お春は、コップを口から離した。

「最後まで飲んでしまった方がいい」

幸助の手に握られたコップから、残りのとろりとした蜂蜜の液が、お春の口に注がれた。お春の、細く透き通るような白い首、ごくりと飲んだ蜂蜜の液が、喉の辺りをゆっくりと落ちてゆくのが分かった。

八　昭和三十三年キミの家族

「母さん、光子姉さんが来たんだね？」

隆は、テーブルの上に残されたメモを見た。

「えっ、何？　分からない」

キミは、ベッドに座り、ぼんやりと部屋の入り口の方を見ていた。ベッドの周りがきれいになっており、ゴミ箱のゴミも片付けられていた。花瓶の花が新しくなっていた。

「洋子と祐美も一緒だったのだ。みんなに会えて、良かったじゃあないか!」

洋子は、隆の姉光子の長女、祐美は洋子の娘であり、キミの曾孫になる。メモには、「見舞いに来ました。ばあちゃん、元気で何よりです。光子、洋子、祐美、十一月二十六日」と洋子の字で書いてあった。

「知らないよ。誰も来ていないよ」

キミは虚ろな顔をしていた。

「光子姉さんが来たんだよ」

「光子がかい? 嘘だろう?」

「洋子も、祐美も一緒だったはずだよ」

「洋子ねえ! あの子は、子持ちの男と結婚したんだ。止めなと、光子にも言ったんだけどね」

キミは、洋子の結婚のことで相談に来た光子に対して、ずいぶん意固地になって反対した。まだその頃、元気だった幸助は、好きな者同士構わないよと、気楽な感じだったのを隆は覚えていた。

「やっぱり、そうなんだ。別れたんだろう?」

「別れはしないよ。みんな仲良くやっているよ」

「嘘だろう。昨日、お父さんが来て、隆の所で、別れるの別れないのと、大騒ぎしていると言っていたよ」

まったく、何を言っているのだと隆は思った。話が隆の方に飛んできた。こういう話になると、キミは、気持ちが乗ってくるのだ。目に生気が戻ってくるようであった。

洋子は、結局、旦那の連れ子とは、うまくいかなかった。その娘は、早くから家を出て、南の島の方へ行ったと思ったら、その島の男と結婚した。子どももできた。洋子の旦那は孫ができたので、南の島へよく出かける。洋子は、決して行こうとはしない。娘の祐美は、義理の姉とは仲が良いので、父親に付き従って行くという。

光子にとって、その子どもは、義理の曾孫になり、キミにとっては義理の玄孫になる。そう考えながら、隆は立ち上がり、カーテンを少し開けて、外の景色を見た。

日が陰ってきていた。施設の前にある雑貨店ののぼり旗が風に揺れている。落ち葉が風に吹かれて、施設の駐車場を走っていた。

隆が十歳になった時であった。光子の縁談がまとまった。戦争が終わって、十三年が経っており、光子は二十四歳になるところであった。キミは、三十六歳であった。

「キミちゃん、良かったね、光ちゃんの結婚が決まって。キミちゃんは、ずっと一生懸命やってきた。これで、ようやく一区切りだわよ」

キミの妹のフサが訪ねて来ていた。

「そうよね。去年はお春さんの十三回忌をやったし、今年は、光ちゃんの結婚式を迎えられる。十三年も経つんだ、確かに、一区切りよ」

隆は、キミの横に座っていた。卓袱台の皿の上には、フサ叔母さんが土産に持ってきた、焼き饅頭の残りの一個があった。隆の目は、そこから離れない。

「キミちゃんと光ちゃんのことは、親戚中で心配していたわ。光ちゃんは気が強く男勝りで、物事ははっきり言うしね、キミちゃん大変だろうなって」

そうであった。光子は、隆達兄弟の上に恐い存在として君臨していた。光子の言うことには、兄弟皆、絶対服従であった。反抗したり言うことを聞かなかったりしたら、激しく罵倒され、更には平手打ちまで飛んで来た。

「光ちゃんとはね、わりとうまくいっていたわよ。あの子は頭の良い子だから、わたしの立場をよく理解してくれていたわ」

隆は、まだキミの傍から離れない。

「向こうへ行って、遊びなさいよ」

キミが隆を押し返そうとするが、隆は動かない。焼き饅頭を注視したままであった。

「駄目よ、このお饅頭は、おばちゃんが食べるのだから」

キミは、焼き饅頭ののった皿をフサの方に動かした。

「叔母ちゃんはいいわよ。隆ちゃん、お食べ！」

フサが言うと、隆はキミの顔を見た。

「しょうがない子だね。もらいなさい」

隆は、こんな幸せなことはないという顔をして、焼き饅頭を口に入れた。そして、隣の部屋でひっくり返って、漫画の本を読み出した。

「雄さんは、いくつになるのかね？」

「二十六歳だと思うよ」

「じゃあ、次は雄さんのお嫁さんの話になるね。キミちゃんも次から次へと大変だ」

雄一は、隆の長兄で、山野洋服店の後継ぎとして、父親と一緒に仕事をしていた。この年、昭和三十三年、次男の正夫は大学二年、三男の清は高校に入学した。隆のすぐ上の姉は、小学六年生であり、隆は四年生になった。

五月には多摩動物公園が、隆の家から見える東の丘陵に開園した。父親に連れて行ってくれと頼んだが、動物園は凄い混雑で行っても人の頭を見に行くようなものだと、拒否された。

隆は、清兄から、キリンの頭が丘の上に見えると言われ、背伸びしてみたが見えなかった。そして、キリンの首のようにもっと首を伸ばさなければ見えるわけないと、清兄は、隆の頭を手で挟んで持ち上げた。その、痛かったこと、隆が「痛い！　痛い！」と叫んでも、なかなか下ろしてくれなかった。

清兄は小学生の頃から町の柔道場に入門し、稽古に通っていた。家では、体の大きな隆が稽古の相手に丁度良かったようだ。隆は、清兄にいいようにぶん投げられた。痛いこと夥しかった。

何度か、絞め技で落とされたこともあった。布団蒸しにされて、息ができなくなり、苦しみもがいたこともあった。清兄は、隆に対して、何かと冷たかった。

「清ちゃんは、最近どうなの？」

叔母のフサが、声を低めて言った。隆は仰向けに寝て、赤胴鈴之助の漫画を見ていた。隆は、ページをめくる手を止め、じっと聞き耳を立てた。

「高校生になったからって、相変わらずよ。話しかけても、ろくに返事もしない。扱い難いわよ」

「あの年頃の男の子って、そんなものだと思うわ。けれどね、姉さんが心配している、隆ちゃんへのいじめは困ったものだわね」

「いじめって、言うのかね？　柔道の相手にされ、いいように投げられ、押さえ込まれてでしょう。隆は、図体はでかくてのろまだから、ちょうどいいんでしょうね。いつも泣かされている」

キミの言い方は、隆のことを心配してというより、隆をバカにしたような感じであった。昨日、隆は清兄に投げられ、柱に頭をぶつけた。その時にできたコブがまだ痛かった。

「幸助兄さんは、清ちゃんのいじめのことは、知っているんでしょう？」

「お父さんは、家の中で柔道の練習をしていると思っているだけでしょう。あまりどたんばたんと騒々しいと、『うるさい、外でやれ！』と怒鳴るけれどね。そんなものよ。わたしが、清ちゃんのこと責めたりすると、『おまえは、自分の子どもばかり可愛がる』と不機嫌な顔して怒りだすわ」

キミの声が、一段と小さくなった。隆にはよく聞こえなかったし、どういうことだか分からなかった。

「幸助兄さん、そんな酷いこと言うんだ。キミちゃんが、どれだけ苦労して、六人の子どもを育ててきたか、分かっているでしょうにね」

「まあ、いいわよ。やっぱり自分の子は可愛いわよ。内緒で美味しい物を食べさせたり、良い物を着せたりしているんだから。だからと言って、継子いじめはしないわよ。その点を、光ちゃんは分かってくれているのよ」

隆は、ページをめくった。赤胴鈴之助の真空斬りが勝つのか、それとも竜巻雷之進の稲妻斬りか、場面は変わり、隆は一気に漫画の世界に引き込まれた。母と叔母の話は耳に入って来なかった。

「隆は、学校の成績も良くないのよ。学習塾へやらせても、全然効果がないしね。駄目だわね」

キミのがっかりするため息が聞こえた。雷之進に勝った鈴之助にしのぶが駆け寄った。隆は赤胴鈴之助の漫画を閉じ、再び母と叔母の話に注意を向けた。

「まったく、隆はとん馬なんだから。この間のことだけれどね。隆は、万引きの犯人に間違われ、警察に捕まったのよ」

「どうしたのよ。何でなの？」

フサが身を乗り出し、興味津々に訊いていた。母ちゃん、あのことを話すのは止めてくれないかと隆は思った。おしゃべりな叔母さんのことだ、親戚中に話して回るだろう。隆の憧れている従姉のみどりちゃんの耳にも入ってしまう。やっぱり、隆はアホだって！

「わたしが一人で店番していた時なのさ。隆が、店の中に入って来たのが分かった。わたしは、ちょうど、接客中だったのよ」

父親の幸助の洋服店に隣り合わせで、母親のキミは菓子店を開いていた。開店してから五年が経っていた。八王子駅への通行人が増え、菓子店の売り上げは順調に伸びていた。

「隆が店のお菓子を食べるのは、おやつのつもりで、わたしは大目に見ていた。隆は、陳列棚からキャラメルを手に取った。その時、そのまま、家の中に入って、キャラメルを食べれば問題なかったのに、通りの方へ飛び出して駆け出した。友達と遊ぶつもりだったんだろうね。わたしは、気にもしなかった」

キミが一息入れて、お茶を飲んだ。五月の晴れた日の午後であった。爽やかな風が窓から入って来る。菓子店の店番は、光子姉がやってくれているので、キミは安心して、おしゃべりに興じていた。

「それで、隆ちゃんはどうなったの？」

叔母が隆の方をちらっと見た。

——ああ、思い出すのも嫌な出来事だった。

隆は、そっぽを向いた。

「店の前を通りかかった男の人が、ちょうど、隆が店のキャラメルを手に取り、外へ出て駆け出すのを見たのよ。子どもが、キャラメルを万引きした。店のおばさんは他の客と話していて、まるで気づいていない。誰もが、そう思うわよ」

「それで、隆ちゃんは、その男の人に捕まったのね！」

「そうなんだけれど、隆は、バカよね、ちゃんと立ち止まって、その男の人に説明すれば良かったのに、恐いものだから逃げたのよ。逃げれば、その人も追うわよ。それも、駅の方に向かってよ。交番があるでしょうや。お巡りさんが、交番の前に立っていた。隆は、御用よ」

あの時は、恐かった。駆け出した途端、後ろから、

「こらっ、待て、泥棒！」と言って、鬼のような凄まじい顔をした、おじさんが追って来た。訳が分からなかった。捕まったら、大変な目にあわされそうだと、恐怖が隆を懸命に走らせた。

交番の前に、お巡りさんが立っていた。助けてもらえると隆は思った。

「お巡りさん、その子は泥棒です。捕まえてください！」

後ろから、男が叫んだ。

「こらっ、待て！」

眉毛を吊り上げ、目を大きく見開いた大男の警官が、前に立ち塞がるなり、太い腕で隆を搦めとった。

「何をしたって！

泥棒だって！

とんでもない子だ」

隆は、交番の中に連れて行かれた。恐ろしい顔をした警官が隆を睨みつけていた。隆は、恐慌状態に陥った。

「なまえは！」

「…………」

怖くて、怖くて、涙が流れ落ちた。たまらないほど、自分がみじめで悲しく、しくしく泣いた。

「聞こえない。何と言うのだ！　はっきり言え！」

警官は大きな声で怒鳴った。その顔の恐いこと、ますます心臓が縮み上がって、隆は声が出なかった。

「このキャラメルはおまえが盗んだのだな！」

「…………」

「そうなんだな、はいと言いなさい」

「違う…………」

「何だと、おまえは嘘つきか？　本当のことを言いなさい。言わないと、牢屋へぶち込むからな！」

警官が、ドンと、テーブルを叩いた。隆は、椅子から飛び上がるほど驚いた。恐怖が全身を覆った。

「お母ちゃん…………」

涙がボトボトと交番の床に落ちて行った。

「お母ちゃんだって、おまえは、弱虫だな。お母ちゃんに会いたければ、正直に言うんだ。おまえが、キャラメルを盗んだのだな？」

警官が、その恐い顔を更に隆に近づけ、言った。

「うん…………」

「よっし、それでいい。おまえは、正直な子だ」

隆を追いかけた男の人は、いつの間にかいなくなっていた。警官は、隆を連れ、交番を出た。首をうなだれ、涙を流して歩いている隆と威張って歩く警官を、通行人がじろじろと見ていた。

角の本屋の店員が、隆と警官を見ると、店の中に走って行った。本屋のおばさんが出て来た。あきれたという顔をして、隆の顔をじっと見ていた。

酒屋のはっちゃんも、店の窓ガラス越しに、目を丸くして隆と警官を見ていた。

「ここだな、おまえの家は？」

隆と警官は、山野洋服店の前に立った。警官は、隣にある菓子店を見て、手に持ったキャラメルの箱を確認した。

「おまえは、隣の菓子屋のキャラメルを盗んだのか？」

警官が、隆のわき腹を突いた。軽く突いたつもりだろうが、大きな男の警官だ、ずしんと隆の体に響いた。

隆は、「うん！」とうなずいた。

「この子は、お宅のお子さん、山野隆君ですね？」

隆は警官の前に立たされた。警官が隆の左腕をしっかり掴んでいた。

父親の幸助が、針仕事の手を止め、顔を上げた。

「はあ、そうですが……」

幸助が蔑んだ目をして隆を睨んでいた。

「実は、隆君が万引きをしましてね」

「えっ、本当ですか？」

幸助の顔が一気に険しくなり、こめかみに青筋が立った。

「このキャラメルです。隣の菓子屋から盗んだのを通行人に見つけられ、逃げたんですよ。そうだな、隆君！」

警官の手に力が加わり、隆の左腕に痛みが走った。更に、警官の恐い顔が間近に迫った。

「うん」

幸助に聞こえないようにと思ったが、駄目であった。

「この馬鹿者！　なんというまぬけなのだ！」

幸助が、物凄い剣幕で怒り出した。作業台の上にあった竹の物差しを手に持ち、隆に近寄り、振り上げた。

隆は首をすくめた。

「待って！　待って下さい。隆君がいくら悪いことをしたからって、暴力はいかんですよ」

警官が隆の前に立ち塞がってくれた。あの物差しは、物凄く痛いのであった。幸助は、隆を助けてくれない。幸助は普段から、隆の煮え切らない優柔不断さを苦々しく思っていた。この事件は、隆の意志薄弱な性格に起因していると、幸助は判断したのであった。すべてが絶望的であった。隆は肩を落とし、またしくしくと泣き出した。

「こんな子は、うちの子ではない。お巡りさんに連れて帰ってもらって、牢屋にでも入れてもらえ！」

幸助は、警官に謝罪しようとしない。警官も戸惑っていた。長兄の雄一と職人の常さんは、仕事の手を休め、隆の方を見て、くすくすと笑っていた。

長兄が立ち上がった。右手の住まいに繋がる扉を開け、出て行った。

「父ちゃん、ごめんなさい……」

隆は、何とか声をしぼり出した。

幸助は、憮然とし、口をへの字に曲げたままであった。

「山野さん、息子さんも反省している。もう、いいですよ。隣の菓子店へ息子さんと一緒に行って、とにかく謝ってくださいよ」

警官は、隆の腕を離し、隆を幸助の方へ押し出した。

その時であった。キミが、洋服店のドアを開け、飛び込んで来た。

「母ちゃん……」

隆は、母に抱きついた。大粒の涙が流れ落ちてきた。

「お巡りさん、すいません。わたしが、隆の母です。隣で菓子店をやっています。隆が、キャラメルを盗んだと間違われてしまったのですね。人騒がせなことをして、本当に申し訳ありません」

長兄の雄一がキミの所に行って、隆の様子を話してくれたのであった。

「なんだ、菓子屋も洋服屋も同じ一緒の店なのか！　あんたが、この子の母親なのだね？」

警官は、急に気が抜け、呆れた顔をしていた。

「そうです。本当に申し訳ありません」

隆は、キミの体にしがみついて泣きじゃくっていた。

「分かった、もういい。以後、気をつけることだ」

警官は、振り上げた拳の行き場に困ってしまった。警察の権威を下げる訳にはいかない。その大きな体を、更に大きく見せようと、胸と腹を突き出した。

「おい、隆君、今回のこと、よく反省することだ。みんなに迷惑をかけたのだからな」

警官は、母親にしがみつく隆の頭を軽く小突いた。本人は、軽くのつもりだったのだろうが、隆はその力の強さを、また思い知らされた。非常に痛かった。

警官は帰って行った。途端、今度は、父親の持った物差しが隆の首筋を打った。痛みが走った。その痛さ、目玉が飛び出るかのように強烈であった。

「隆のバカたれが！　この恥さらしめ！

キミ、おまえが甘やかすから、隆がこんな情けない腰抜けみたいなことをするのだ！

キミ、とにかく隆のことは、おまえの責任だ。今度、こんなことがあったら、二人とも許さんからな！」

幸助は、怒り出すと、止まることを知らなかった。幸助のこめかみの青筋がピクピクと脈打っていた。

「申し訳ありませんでした。以後、気をつけます」

キミは、頭を下げた。そして、隆の頭を押さえ、

「おまえも、お父さんに謝るんだよ」と言った。

「アハハ、ハハア！」

叔母のフサの大きな笑い声が響いて来た。

「隆は、まったくしょうがないんだから！」

「ほんと、隆ちゃん、とん馬だわ」

「あんまり、ほんとのこと言わないでよ」

キミが言うと、フサが、

「ごめん、ごめん」

そして、二人して、家が揺れるほどの、笑い声を響かせたのであった。

隣の部屋にいた隆は、不貞腐れ、耳を塞ぎ、横を向いた。部屋の長押に、額に入った写真が飾られていた。幸助とキミが、毎朝、仏壇に線香を上げ、手を合わせる。その後、この写真に向かって、再び、手を合わせる。

「あの写真の人、誰なの？」と、隆が訊くと、

「昔、世話になった、お春さんというおばさんなのよ」

と、キミは答えた。父の幸助に聞いても同じだった。仏壇の中の位牌もそうであるらしい。

隆は、そうなんだと、何の不思議にも思わなかった。昭和三十三年、長兄の雄一は二十六歳、長女の光子は二十四歳、次男の正夫は二十歳、三男の清は十六歳、すぐ上の姉良子は十二歳、隆は十歳であった。そして、母キミは三十六歳、父幸助は五十五歳であった。隆は、この家族の中でのんびりと育ってきた。隆が、時々、いじめられたり、痛い目にあうのは、幼くて、とん馬で愚図だか

らであった。

みんな、父幸助と母キミの子であり、どこにでもある普通の家族だと、隆は思っていた。隆は、何の疑問も持たなかった。あの額に入った写真の女の人は、お春という昔世話になったおばさんなのだ。隆が、兄や姉に訊いても、そうだと言う。

九　昭和二十年正月

昭和二十年一月一日朝七時、大野理髪店では、ようやく最後の客を送り出すことができた。非常時ではあるが、散髪したきれいな頭で新年の朝を迎えたいと誰もが思っていた。空襲警報が何度か鳴ったが、何も起こらず、いつもの年と同じように、十二月三十日、三十一日と、大野理髪店では大変な忙しさであった。

「兄さん、無事に終わったね。良かった、ああ、お正月が来たわ」

キミは、床を掃除する手を止め、兄の一郎の顔を見た。

「そうだ、正月だよ。新しい年が始まった」

一郎は、白衣を着たまま、店のガラス扉を開け、外に出た。朝日がちょうど射して来たところだった。

「キミもフサも、来なさい」

一郎は、朝日の上がって来た、皇居のある東京の方角に向かって、直立不動の姿勢をとった。キミとフサも一緒に並んだ。

「大東亜戦争の必勝とみんなが健康であることを祈願して拝礼しよう」

店の前に立って、三人は頭を下げた。

「明けましておめでとうございます」

八幡神社に初詣に行くのであろう、近所のキミの友達が両親と一緒に、大野理髪店の前を通って行った。

「お兄ちゃん、お姉ちゃん、お雑煮ができたよ」

一番下の妹のヒサが呼びにきた。

正月のお餅は、充分な配給があり、みんなで喜んで食べた。その後、キミもフサも一郎も、ぐっすりと眠りについたのであった。

二日、由江が訪ねて来た。

「キミちゃん、映画を見に行かない？」

由江の働いている、山村理容店も元日の朝まで忙しかったという。

「由江ちゃん、お家に帰らなくていいの？」

「明日、帰ることにしているの。家に帰っても、山の中でしょう、何にもないし、つまらないわよ」

由江の実家は、山梨の上野原から奥に入った、棡原《ゆずりはら》という村であった。仕事は五日から始まる。

「映画館はやっているのかしら？」

「電気館も、関谷座も第一演芸館も皆やっているわよ」

この頃は、空襲は軍事施設、軍需工場がある地域に行われるものだと思われ、一般市民にあまり不安はなかった。非常時故に、娯楽へのあこがれは強く、浅草等の歓楽街へくりだす人達は平常時より多かったという。

「由江ちゃん、見たい映画は決まっているの？」

「うん、電気館で長谷川一夫の『伊那の勘太郎』をやっているわ」

「それって、前に一度見たでしょう」

「いいのよ。長谷川一夫、素敵でしょう。また、見に行きたいのよ。キミちゃん、嫌なの？」

「そうではないけれどね」

「他の映画館は、みな兵隊さんの映画ばかりよ」

由江は、声を小さくした。

「いいわよ。行きましょう」

「キミちゃんの洋服屋のおじさんって、ちょっと、長谷川一夫に似ていない？」

由江は、桐原の実家に帰る時、山野洋服店の前を通って、八王子駅から列車に乗っていた。由江は、何度かキミに付いて、山野洋服店に寄ったこともあった。

「似てないわよ。洋服屋さんだから、わりとおしゃれだけれど、どこか田舎じみているわ」

キミは、叔母の春の顔を思い浮かべた。先日会いに行った時も、相変わらず元気がなく、また痩せたようであった。幸助は、叔母にとても優しかった。

「そうかな！」

「それより、村上先生、上原謙に似ていない？」

電気館の近くに来た。やはり、お正月で、八王子で一番賑やかな八幡町の商店街である。店も開いており、人通りも多かった。

「違う！　違う！　大日方伝《おびなたでん》よ。上原謙は、気取ったところがあるけれど、大日方伝は明るくてずっと庶民的だわ」

由江は、大日方伝のファンであった。由江の顔が、一際輝いていた。

キミの心が複雑に揺れた。キミも村上先生のことは好きであったが、由江の村上先生に対する熱い思いには敵わなかった。由江と村上が楽しそうに話をしている姿を見ると、キミは気分がザワザワし、落ち着かなくなるのであった。


一月九日、今年になって初めて、キミと由江は、元八王子村に集団疎開している、品川区の南原国民学校の学童の散髪に出向いた。今年の冬は、例年に較べて寒かったし、先日降った雪がまだ日影に残っていた。八王子の町より、元八王子村の方が気温が二、三度低かった。子どもは風の子ではないけれど、隣保館の中は、火鉢が隅々に置いてあるだけで、寒さに耐えねばならなかった。

「みんな寒くはないの？」

「平気よ、戦地で戦う兵隊さんのことを思えば、何でも我慢しなくてはいけないと先生が言っていたよ」

恵介の頬は、しもやけで赤く腫れていたし、手もあかぎれでがさがさしていた。どの子も同じような有様で、辛いのは同じであった。

正月は、親が迎えに来てくれ、品川区の自分の家で過ごした子どもは、三分の一ほどであった。

「えつ子ちゃんの姿が見えないけれど、どうかしたの？」

「えつ子は、家へ帰って戻って来ないよ」

恵介は、えつ子を妹のように可愛がっていた。

「えつ子は、母親の実家のある栃木の田舎に、母親と一緒に縁戚疎開することにしたんですよ」

作業中の村上が、振り返って言った。

「えつ子ちゃん、良かったですね」

キミは、久し振りにえつ子に会えるのを楽しみにしていた。三年生にしては、小柄でまだまだ幼い感じの子であった。キミのことを、母親のように慕ってくれていた。キミは、座っている女の子の髪の裾を切り揃え、そっと髪を撫でた。

「今日は、これで終わりだね」

恵介が、箒を持って、切り落とされた髪を掃き集めていた。正月は子ども達も頭をきれいにして迎えることができた。新年になって九日目、床屋稼業も丁度暇な時期に当たる。少し髪が伸びたかなという子どもの頭だけを散髪したのであった。

「由江さんもキミさんもご苦労さんでした。今日は新年の挨拶と顔合わせという感じで、散髪の方はもういいでしょう。お昼でも食べてゆっくりしていってください」

村上も両親のいる浅草の実家に戻ることもなく、この元八王子村で居残った子ども達と正月を過ごしたのであった。由江が、村上に風呂敷包みを手渡していた。由江の実家は、上野原の農家である。由江は、リュックに食料を一杯に押し込み、二日前に実家から戻って来た。キミもサツマイモと大豆をお土産にもらっていた。

風呂敷包みの中を見た村上は、ずいぶんとうれしそうであった。それを見ている由江の顔に満足感が溢れていた。村上は由江から何をもらって、あんなに喜んでいるのだろうかと、キミは複雑な気持ちになった。

昼食後、

「カルタ取りしよう」

三年生の女の子達が、キミの所に寄ってきた。

「いいわよ」

キミが、かるたを読み上げる役だった。

由江も他の子ども達と双六を始めていた。

「午後は、自由時間にしよう。先生は、村役場に用事があるので、出かけて来る。由江さんとキミさんに迷惑をかけないようにな！　由江さん、キミさん、お願いします」

村上が隣保館を出て行った。八王子行きのバスは、三時になるまでなかった。子ども達の元気な声が響き、お正月らしくてとてもいいなと、キミは思った。

それから間もなくであった。

空襲警報が鳴り響いた。

子ども達が、キミと由江の周りに集まってきた。

「防空壕は、隣保館の裏手よ。さあ、みんなを連れて、外へ出ましょう」

由江はずいぶんと落ち着いていた。

「おおい！　防空壕に避難しよう」

遠くから、村上の声が聞こえた。

「お姉ちゃん、こっちの方が近いよ」

恵介が、隣保館の裏口へと案内した。

キミが恵介に手を引っ張られるようにして外へ出た時、甲府方面から十二機のB29爆撃機が、元八王子村の上空を通過して行った。

轟音を残し、B29は見る間に、東の空に到達した。

「あっ、日本軍の戦闘機だ！」

恵介が叫んだ。

東の空に、B29を迎撃せんと緊急発進した、日本軍の戦闘機が現れた。

「調布基地の二四四戦隊の飛燕ですね」

村上が異様に興奮していた。

キミ達も立ち止まり、東の空をじっと見ていた。巨大なB29に向かって、小さな戦闘機が攻撃を挑んでいった。後に続いていた、三機のＢ29に攻撃目標を定めたようだった。

「恵介、飛燕は何機だ？」

東の空に火花が飛び散り、銃撃音が響き渡ってきた。飛燕の攻撃が、執拗に続いていた。

「先生、十二機です。すごい！　Ｂ29から煙が出ている。弾が当たったんだ」

だが、逆に、地上に向かって落下していく飛燕の姿も見えた。キミは、巨大な鳥に、ミツバチが攻撃を仕掛けているような感じに思えた。ミツバチが激しく旋回し、上昇、下降を繰り返し、巨鳥に襲い掛かっている。

――日本の戦闘機は大丈夫なのかしら？

キミの周りには、女の子達が集まって来ていた。小さな手が、キミの手や服を固く握っている。

その内、飛燕の一機が空中高く舞い上がったかと思うと、急降下して、Ｂ29の左翼に体当たりを決行した。すると、見事に命中した。Ｂ29は瞬く間に火を吹き、火炎に包まれた。キリモミ状態となり、空中分解して、落下して行った。

「やった！」

「万歳！」

防空壕前の広場は歓声に包まれた。

キミも子ども達も何度も飛んだり跳ねたりして、体中で喜びを表現していた。

そして、また一機が、Ｂ29に体当たりを試みた。

逸れたかと思ったが、急角度で、Ｂ29に激突した。二機の飛行機が火の塊となって、落下して行った。爆発音が遠くから響いて来た。

「万歳！」

「万歳！」

子ども達は満面の笑みを浮かべ、明るく輝いていた。寮母さんの中には涙を流し、感涙にむせんでいる人もいた。キミも一緒になって手を上げ、万歳を三唱した。晴々した気持ちだった。

――由江はどこにいるのかな？

キミは、ふと気づき、周りを見回した。由江は、村上の横にぴたりと並んで立っていた。村上は、由江が横にいるのに気づいているのだろうか？

東の空に、白い落下傘が一つ開いた。再び、歓声が上がった。キミの目からは、村上と由江の並んで立っている姿の向こうに、東の空が広がっていた。黒煙も白煙も、空中戦があったのが嘘かのように、今は空に浮かぶ雲に同化していった。


テニアン、サイパンのマリアナの基地から、B29爆撃機が飛び立ち、日本本土の本格的爆撃を開始したのは、前にも記したとおり昭和十九年十一月二十四日、それから翌二十年の八月十五日までの九ヶ月近くの間、人々は絶え間なく空襲の恐怖に脅かされることとなった。

この日本本土の空襲は三期に区分される。

第一期は、高高度からの精密爆撃

第二期は、大都市無差別爆撃
第三期は、全国中小都市に対する無差別爆撃

第一期は、昭和二十年三月十日の東京大空襲直前まで行われた。日本の戦力を低下させるために、軍需工場、航空機製作所を標的に、B29は、白昼、高高度からの精密爆撃を行った。

第二期は、東京大空襲から開始された、焼夷弾による夜間の都市無差別爆撃であった。それは、六月十五日の大阪・尼崎の大量焼夷弾攻撃まで続き、日本本州の大都市・東京、川崎、横浜、名古屋、大阪、尼崎、神戸が完全に焦土と化した。

第三期は、日本降伏の八月十五日までで、北海道から九州までの日本の中小都市がB29の焼夷弾攻撃を受けた。八月六日、九日には、広島、長崎に原爆が投下された。日本国中が壊滅状態となり、ようやく終戦となった。

この空中戦のあった一月九日は、第一期に当たる。軍需工場、軍事施設周辺の市街地は、日中、高度からの空爆にさらされた。また、天候が悪く視界が良くない時は、遠隔の市街地も空襲を受けることになった。艦載機による機銃掃射攻撃も市民を恐怖に陥れ始めていた。

十　お春の出産

一月二十七日、どんよりと曇った寒い日で、朝から小雪が舞っていた。

「こういう寒い日に産気づくことが多いんだよ。様子を見に、山野へ行って来るからね。キミ、具合が良くないのなら、元八王子の勤労奉仕は休んだ方がいいよ」

キミの母親の梅は、用意しておいた風呂敷包みを抱え、顔色の悪いキミに言った。

山野洋服店の春は、梅の一番下の妹であった。春の五人目の子の出産予定日が近づいていた。キミは風邪気味で、いくらか熱があった。今日は公的に、勤労奉仕で集団疎開の子ども達の散髪に行く日であった。月一回の勤労奉仕だけでは、たくさんいる子ども達の頭はきれいにならない。キミは由江と二人で、私的に子ども達の散髪に週一回、元八王子村に行くことにしていた。

——頭が痛い、胸の辺りがじりじりとする。

キミは、食欲もなかった。村上の顔がやたらと浮かんでくる。村上は、由江のことが好きなのだろうか？　由江が村上のことを好きなのは、キミは分かっていた。キミも村上が好きであった。

一昨日、由江が大野理髪店に訪ねて来た。別に用事があった訳ではなく、ただ仲の良い友達に会いたくて来たという感じであった。

「村上さんと、今度映画を見に行く約束をしたのよ」

由江は、キミの気持ちなどおかまいなしに、無雑作に言った。キミと由江と二人で、村上のことを、あこがれ、素敵な人だと、ほんのり思い込んでいた時と明らかに違ってしまった。キミはがくりと気持ちが落ち込んだが、逆に鮮明に村上への思いが強くなったのであった。

「あら、そうなの」

キミは、無関心を装い、込み上げてくる感情を抑えた。キミは、お茶の葉を入れ替えてくると、台所へ立ち上がり、話を断ち切った。

由江は、キミの反応に驚いたようであった。いつものつもりで、「うらやましいな、いいな！」と明るく言う、キミを期待していたのであろう。


「母さん、今日、勤労奉仕に行くの止めるわ」

頭の中から村上と由江の顔が離れなかった。キミは二人に会いたくなかった。

「そうかい。集合場所は山村理容店だね。じゃあちょっと寄って、由江ちゃんに、キミは熱が出て勤労奉仕はお休みすると言って来るわ」

梅は店の戸口から中を覗き、キミの妹のフサに出掛けてくると合図を送って、表の通りに出て行った。今日は、徴用の仕事が休みで家にいる兄の一郎が、馴染み客の散髪をしていた。妹のフサは、ようやく一人前の仕事ができるようになっていた。このところ、客は少なくなっていた。キミやフサの腕が未熟なせいもあった。警戒警報、空襲警報の鳴る回数が増えていた。八王子の町に、爆弾はまだ落とされていないが、空高く飛んで行く、B29の姿はよく見られるようになった。警報が鳴っているのに、落ち着いて床屋の椅子に座ってなどいられなかった。

だが、この頃、一般の人達は空襲に対する意識はまだ低かった。空襲の対象は軍需工場や軍事施設だと思い込んでいる人も多かった。町の警防団、在郷軍人会、大日本婦人会などが、躍起になって、防空防火訓練を実施し、戦時体制下の防空意識の徹底に努めていた。

「キミちゃん、具合はどう?」

妹のフサが、キミの様子を見に来た。

「少しは良いみたいよ。警戒警報が鳴り出したわね」

午前十時を回っていた。キミは、警戒警報をさして気にしている感じではなかった。

「今、お店を閉めたわ。一人、頭を刈ってくれって、お客さん来たけれど、断ったわ。この間、警戒警報が鳴っているのに店を開けていたら、警防団の人に酷く怒られたからね」

大野理髪店の防空壕は、店の床下にある。商売道具や大事な家財を保管しておくぐらいの大きさでしかなかった。万一の時には、町会の大きな防空壕に逃げ込むことにしていた。昼近くになって、空襲警報に変わった。

「大丈夫かしら?」

フサが心配そうに言った。

「大丈夫とは思うけれど、一応、逃げられる準備だけはしておいた方がいいわ。兄さんは?」

「町会の詰め所へ顔を出しに行ったわ」

警防団の指導で、空襲の時は逃げてはいけない、積極的に消火に当たらなければいけないことになっていた。町会の詰め所には、警防団が待機していた。町会住民は、手伝いに行かざるを得なかった。

下の二人の妹のシズとヒサも学校から帰って来た。

遠くの方から爆発音が聞こえてきた。

大野理髪店の奥の部屋で、姉妹四人が肩を寄せ合って、防空壕へ逃げようかどうしようかと、迷っていた。

「さあ、みんな、町会の防空壕に行こう」

キミが、横になっていた布団から立ち上がり、素早くモンペを穿き、防空頭巾をつけた。頭痛も消えたし、熱もなくなった感じだ。キミは胃の痛みも忘れた。

「さあ、行くわよ。防空頭巾を被って。ヒサは私と一緒、シズはフサの手を握って、いいわね」

四人の姉妹は家を飛び出し、町会の防空壕へ向かった。重く垂れ込めた空からは、雪が舞い降りていた。防空壕は、町会の詰め所のすぐ近くにあった。詰め所の前には、空襲に備えて、警防団と町の人達が、火たたき棒やバケツを持ち、日頃の防空訓練の成果を見せようと意気込んでいた。キミ達が詰め所の前を通り過ぎようとした時、緊張感が漲っていた隊列が急に崩れた。と、同時に空襲警報解除のサイレンが鳴り出した。

「空襲警報が解除よ」

キミ達は、顔を見合わせ、安堵の息をついた。

「おーい、一緒に帰ろう」

町会の詰め所から、一郎が駆け寄ってきた。

「一郎兄ちゃんだ！」

ヒサがうれしそうに一郎の手を握った。

「B29は、房総沖へ出て行ったらしい。銀座の辺りで大分被害が出たということだ」

一郎は、詰め所で聞いた話を小さな声で言った。


その日、一月二十七日、B29爆撃機編隊七十六機は、浜名湖方面から侵入、大月から八王子上空を通過し、中島飛行機武蔵製作所の爆撃に向かった。三多摩地区は雲が多く、八王子では、小雪の降る寒い日であった。視界は良くなく、中島飛行機製作所の空襲を諦めたB29七十六機の内、五十六機が銀座有楽町方面を爆撃した。有楽町駅は、階段からホームまで死体で埋め尽くされた。死者は五百三十九名に及び、日比谷公園に設置された仮置き場に運び込まれた。


「元八王子の上空で、空中戦があったらしい」

一郎がキミの方を向いて、更に声を潜めた。

「えっ、本当なの？　西の方から爆発の音が聞こえたけれど、元八王子に爆弾が落ちたのかもしれない」

キミは、一遍に不安が増大した。集団疎開している、子ども達、村上、由江の安否が気がかりになった。

「そうか！　今日は、由江ちゃん達が、元八王子村に勤労奉仕に行っているのか！　詳しいことは分からない。キミは、風邪で勤労奉仕に行くのを止めたから、余計に心配だよな」

西の方角も、厚い雲に覆われていた。陣馬も高尾の山並みも望むことができなかった。火の手や黒煙が上がっている様子はなかった。

「山の方は、雪になっているかもしれないね」

ヒサがキミを見上げて言った。

「うん、寒くなってきたわ」

キミは、不安の渦の中に巻き込まれていきそうだった。くるくると目が回り、寒さが募り、体が震えた。

「キミちゃん、大丈夫？　顔色が急に悪くなったわ。熱があるわよ。早く家に帰って寝た方がいい」

キミの額に触れたフサの手が冷たく感じられた。


由江と村上が一緒に歩いていた。隣保館に繋がる相即寺の脇の道であった。由江の手が村上の腕に添えられている。相即寺の白壁の塀がやけにまぶしかった。

「キミさん、僕のこと好きでしょう」

塀に体を押しつけられているのは、由江ではなく、キミであった。村上の顔が間近にあった。キミは体を動かすことができなかった。

「はい」

キミが言うと、村上の顔が一段と近づいて、唇がすぐ目の前に迫った。甘くとろけそうな唇だった。キミは目をつぶり、村上を待った。

「駄目でしょう、キミちゃん！　あなたは呑気なんだから。バスに乗り遅れるわよ」

由江の声が響いた。

「えっ！」

日暮れの元八王子村であった。キミは、とても寒かった。バスは、八王子駅行きの最終便であった。バスが、停留所に到着するのが見えた。

キミは一生懸命に走った。

「待ってよ！」

キミは大声で叫んだ。

だが、間に合わなかった。バスは出発してしまった。バスの後ろの窓から、由江が手を振っているのが見えた。隣にいるのは、村上であった。村上の手が、由江の肩に掛かっている。二人して、楽しそうに、キミに向かって笑いかけていた。

「何がおかしいのよ」

キミは、怒りで体が熱くなってくるのが分かった。バスは全速力で走り去って行った。由江が、キミの後ろの空を指差しているのが分かった。

振り向くと、キミの目に、空いっぱいに広がり飛行する、Ｂ29の大編隊が映った。西の山や森、村々が真っ赤に炎を上げて燃えていた。キミの耳を押し潰すような爆音が近づいて来た。空襲警報のサイレンが、恐怖を更に募らせるかのように鳴り響いていた。

B29の銀色の腹が、キミの真上に来た。そして、その腹がパックリと開き、そこからキミめがけて、大量の爆弾が落ちて来た。


「おキミ、ひどい汗だよ。ここに着替えを置いておくからね。だいぶ熱は下がってきたようだ」

母親の梅が、キミの額に手を当てていた。

「今、何時頃かしら？」

キミは目を開き、梅に訊いた。寝巻きが汗でぐっしょり濡れていた。熱が下がり、体が楽になっていた。

「もうすぐ六時になる」

「そんなになるの！　ずいぶん長いこと寝ていたんだわ。母さんが帰ってきたのも知らなかった。母さん、お春おばさんの具合はどうだった？」

台所から夕ご飯のすいとん汁の匂いが流れてきた。米も小麦粉も不足がちであった。このところ、大豆やとうもろこしの粉で作ったすいとんが多かった。おいしくはなかったが、キミは今お腹が空いていた。

「なんだかねえ！　心配だよ。

胃がもたれてしょうがないって！　食欲がないんだよ。

無理して食べさせても、吐いてしまうしね。お産の予定日が近づいているのに、困ったものだよ。

幸助さんは、お春に何とか栄養をつけさせ、元気にお産を迎えさせようとしているんだけれどね。闇で色々な食料を買うんだろう。お金がずいぶんかかると思うわ」

梅が、ホラッと言って、手提げの中から、羊羹を取り出した。三切れあった。

「いいの！」

キミの目が輝いた。

「お食べ、みんなには内緒だよ」

お梅も、ぱくりと羊羹を口に入れた。残りの一切れは、きっと一番下の娘ヒサに食べさせるのだろうと、キミは思った。

ちょうどその時、玄関の戸が開き、声が聞こえた。

「こんばんわ。キミちゃん、風邪はどうなの？」

「由江ちゃんみたいだね。お上がりなさい」

梅が、玄関の方を向いて、大きな声を上げた。

「キミちゃん、具合はどうなの？」

由江が、キミの寝ている蒲団の横に座った。

「それより、由江ちゃんの方こそ、元八王子の方に爆弾が落ちたって聞いていたから、心配していたのよ？」

キミは、由江が見舞いに来てくれたことがうれしかったし、元八王子村では何の被害もなかったことを聞いて、胸を撫で下ろした。

「頭の上の空では、空中戦でしょう。その内に、Ｂ29が爆弾を落とし、恩方の山中で爆発した。恐かったわよ。防空壕に入れって言われていたのに、子ども達も、一緒に見ていたわ。そして、Ｂ29の編隊は高度を上げると、東京の方を目指して飛んで行ってしまった」

そのＢ29の編隊が東京の銀座、有楽町で爆弾を投下し、たくさんの人を殺傷したのであった。

風が戸を叩き、木を揺する音が聞こえた。冷たい北風が一段と強くなっていた。

「由江ちゃん、風邪の方は、もう大丈夫よ。今晩、ぐっすり眠れば明日は元気になれると思うわ」

由江が、手提げの袋から、手紙を取り出した。

「キミちゃん、これ、お手紙よ」

「えっ、誰から？」

キミは、すぐに村上の顔を浮かべた。

「見てご覧なさいよ」

由江は微笑んでいた。

『キミさん、早く元気になって、頭を刈りに来て下さい。恵介』

『キミさん、早く元気になって、一緒に遊びましょう。とも子』等々。

手紙は二枚あり、隣保館で暮らす集団疎開中の子ども達が、びっしりと寄せ書きにして書いてくれていた。
そして、端の方に、村上が、
『キミさん、元気で明るい顔を早く見せて下さい。
待っています。　村上』
と、書いていた。

「由江ちゃん、これ食べてよ」

キミが、母親の梅の手提げ袋から羊羹を取り出した。梅は驚いた顔をしていたが、キミの気持ちを察し、仕方ないと笑みを浮かべた。

「いいの？　すごい！　羊羹だわ」

由江は、素直に喜んだ。

「由江ちゃん、いつもキミのこと、気遣ってくれて、ありがとうね。羊羹、お食べなさい。今、お茶を入れてくるからね」

梅が立ち上がり、台所へ向かった。キミはじっと手紙を見たまま、頬が緩み、とてもうれしそうであった。由江は口の中に羊羹の甘味が広がり、とろけそうな充足感に包まれていた。

風が雲を吹き飛ばし、今、夜空には冬の星座が輝いていた。その風も止んだようであった。気温は更に低下し、冷え込みは一層厳しくなっていた。

二月になり、米軍の艦載機による爆撃、銃撃が頻繁になり、朝から空襲警報が鳴る日が多くなった。キミの従兄弟がフィリピンのルソン島で戦死したとの知らせも入り、大野理髪店では落ち着かない日々が続いていた。

山野洋服店のお春の出産予定日が近づいていた。相変わらず、お春の具合は良くなかった。どちらかと言うと、悪くなっていた。

キミは、母の梅に従って、毎日のように山野洋服店へ行っていた。お梅は、お春につきっきりであった。山野幸助は、国民服作りの仕事と勤労奉仕で忙しかった。キミの仕事は、子ども達の世話、食事の用意と何でもかんでも忙しかった。元八王子村へ行き、集団疎開の子ども達の散髪をする余裕はなかった。

二月八日の朝、キミは甲州街道で、トラックの荷台に乗った由江達勤労奉仕隊の一行と出会った。

「キミちゃん、今日は元八王子村へ行くんだけれど、散髪ではなく、松の根っこ掘りよ」

由江が大きな声で叫んだ。松の根っこから取り出される油状液体を、航空ガソリンの原料として使用することが考えられていた。

「ごめんね。今日も勤労奉仕に行けないわ」

「隣保館の子ども達も一緒に根っこ掘りよ」

「よろしく言っておいてね」

トラックは、ゆっくり走っていたけれど、見ている間に遠くへ行ってしまった。ほんの少しだけしか言葉を交わすことができなかった。由江の姿も小さくなってしまった。追うキミの目の中に、由江の隣に村上が座っているかのように映っていた。

「キミちゃん、母さんが苦しがっている。父さんに、おばさんを呼びに行って来いと言われた。おばさんは？」

山野の長男の雄一が、キミの所に走って来た。

「うちの母は、私より先に家を出たのよ。まだ行っていないの？」

「来てないよ」

「分かったわ。私が探すわ」

キミは母の梅がどこかに寄り道して、おしゃべりに夢中になっているのだと思った。

まず一番に考えられるのは、梅と春の実家である、駅前の蕎麦屋「三宝庵」である。実家の「三宝庵」は、梅の弟縞吉が後を継いでいた。

「おはようございます」

「やあ、キミちゃんじゃあねえか！　どうしたい？」

そば粉も小麦粉も不足がちで、店は細々と営業を続けていた。それでも、開店の準備だけは怠りがなかった。調理場から縞吉が顔を出した。

「うちの母さん、来てないかしら？」

「姉さんかい、来てねえよ。お菊、姉さん探して、キミちゃんが来ている」

縞吉が調理場の方を振り返った。

「あら、キミちゃん、どうしたの？」

お菊が顔を出した。四角い顔である。母のお梅が、お菊さんは本当に不細工なんだからと悪口を言う。キミもそう思った。

「山野のお春おばさん、どうも陣痛が始まったみたいなの。うちの母さん、山野に行っているはずなのに、着いていない。だから、ここかなと思って」

「仕様がないね！　お梅さん、どこかにつっかかって、おしゃべりしているんだよ。ひとまず、わたしが山野に行って様子を見てくるわ」

お菊と梅は義理の姉妹で、仲が良い時もあれば、そうでない時も多い。互いにせっかちで、性格は明るかった。

「おばさん、お願いします。わたし、他へ行ってみます」と言って、キミは三宝庵ののれんをくぐって、外に出た。ちょうどその時、お梅がゆっくり三宝庵の前を歩いて来た。そこからちょっと行って、左へ曲がれば、山野洋服店である。

「母さん、何しているのよ！」

「おキミこそ、三宝庵に何か用があったのかい？」

「お梅さん、山野へ急がないといけないよ。お春さんが産気づいたようだよ」

お菊が、キミの後ろから顔を出した。

「それは大変だ！　急がなくてはいけないわ」

お梅が慌てて駆け出した。

「まったく、何よ。母さん、ずいぶん前に家を出たはずでしょう。どこへ行っていたのよ」

キミがお梅の背中に向かって、声を荒げた。

「洋賀軒だよ！」

お梅の亡くなった夫の妹が嫁いでいた、西洋料理の食堂であった。先日、次男がフィリピンのルソン島で戦死したと知らせが入っていた。長男は、半年前にビルマで戦死している。キミとは幼い頃から、仲良く遊んだ従兄弟達であった。


お春のお産は大変であった。お春は日頃から胃の状態が悪く、食欲不振が続いており、それに伴う栄養不足のために腎臓や肝臓の機能が低下していた。三男の清の産後から、肥立ちが悪く、体力回復もままならず、寝込む日が多くなっていた。

「次の子の妊娠は絶対に避けなければいけないよ」

お梅がお春に話しているのを、キミは何度か聞いたことがあった。

「姉さん、赤ちゃんができたわ」

お春が、お梅に報告に来た時、キミは隣の部屋にいた。

「えっ！」

お梅は口を開けたまま、暫くの間、言葉を発しなかった。

「あれだけ言ったでしょう。自分の体のことを大事にしなければ駄目でしょう。まずは、四人の子どもをきちんと育てることが肝心だし、あんたの責任だよ。あんたがどうにかなったら、四人の子どもはどうすんのよ」

「それは、分かっています。でも、幸助さんがね……。どうしてもって、言うんでね」

お春は、きまり悪そうにうつむいていた。

「それは、男の勝手というものさ。幸助さん、まだ若いから、仕方がないところもあるけれど、あんたの体のことを考えたら、我慢はできるはずだよ」

お梅の怒りは、治まらなかった。

「あんたに万一のことがあったら、子ども達は可哀相なことになるのよ。幸助さんは、いいよ、どうせ余所の男と同じように、あんたの代わりの女を見つけるだろうよ。子ども達は、意地悪な継母に育てられ、辛い目を見ることになるだろうよ」

キミは隣の部屋で聞き耳を立てながら、母の話はもっともだと思った。そして、山野幸助のことは、何て好色で嫌な男なのだろうと思った。

「大丈夫です。そんなことにならないように、健康には気をつけます。何でもしっかり食べて、このお腹の子を元気に育てます。雄一、光子、正夫に清、この子達のためにも、病気などになっていられませんよ。とにかく、わたしが、元気になればいいことです。必ず、丈夫な子を産みますから、姉さん心配しないでください」

お春は、毅然として言った。

叔母さん、すごいな、とキミは思った。お梅は、渋い顔をしながら、それ以上、お春を責めるのを止めた。

「とにかく、元気になって、健康な子を産むことだね」

お梅の口調は厳しかった。

キミは、もっと優しくしてやればいいのにと思った。

「キミ！　そんな所で、泥棒猫みたいに、盗み聞きするんじゃあないよ！」

襖が開いて、お梅のカミナリがキミの頭の上に落ちた。


「この子は、あきらめた方がいいよ」

お産婆さんが、産湯を使わせようと、生まれたばかりの赤ん坊を連れて来た。お梅とお菊とキミが、盥に湯を張って、待っていた。

小さな嬰児であった。それでも、か細い声で、泣き声を上げていた。

「お乳は出るのかしら？」

「どうだろうかね。出ることは出るだろうけれどね。吸いついても、力もなさそうだしね。とにかく、この子は、栄養状態が悪いよ。こんなご時勢だから、仕方ないね」

産婆が暗い顔をしていた。

結局、その嬰児は、生まれて八日目に死んでしまった。明彦という名をつけられ、小さな骨壷に入られた。お春の悲しみは、計り知れないほど深いものであった。お春は産後の肥立ちも悪く、寝たままの状態が続き、食欲もなく、ますます痩せ衰えていった。

お春は、健康になって、丈夫な子どもを産むという約束を果たすことができなかった。病魔がお春に取りついて離さなかった。戦争は一層厳しくなり、満足な医療も受けられなくなっていた。空襲の恐怖は増し、物資の欠乏が日常化し、生活は一段と苦しくなっていた。

十一　幻覚

「あの写真はどこへ行ってしまったんだい？」

キミが目覚めた。隆がいるのは分かっているようだ。

「何のことを言っているんだい？」

隆が病室に来てから一時間は経っていた。

「ほら、あの長押の上に置いてあった、写真だよ」

レースのカーテンの向こうに、高尾山から陣馬山に続く山の連なりが見えた。十月になるのに、まだ気温が高い日が続いていた。

この介護施設にキミが入居して、三年になろうとしていた。体もだいぶ弱ってきていた。認知症の度合いも進んでいる。今、キミは、自分の家にいるつもりになっているようであった。

「あっ、あの写真のことか！」

隆は、すぐに思い当たった。

「お春さんの写真かい？」

「そうよ、あそこの長押の上に、お春さんの写真が二枚飾ってあったでしょう。どこかへ片付けたのかい？」

キミは寝たまま、枕から少し首を上げ、前面にある白い壁を指差した。

お春さんが、赤ん坊を抱いて、にこやかに笑っている写真。お春さんは、ふっくらして健康そうだった。

もう一枚は、お春さんが、一人で寂しそうに、じっとカメラのレンズを見ていた。お春さんは、痩せていた。足の先の方が見えないで、ふわっと浮かんでいるような、薄気味悪い感じであった。

「ああ、あの写真は、きちんと箱に入れ、タンスの中にしまってあるよ」

「そうかい、それは良かった。お父さんは、あの写真を片付けてしまって、怒らなかったかい？」

「何も言わなかったよ」

隆は、テレビの台の前に置いてある、父山野幸助の写真を見た。今日は正面を向いていた。時々、裏返しになっていることもあった。

隆の父が亡くなって二十二年になる。父親も九十三歳まで長生きした。母のキミはこの十一月で九十六歳。父親が亡くなった後、隆はお春さんの写真を取り外し、同じ長押の場所に新たに父親の写真を飾った。今も父親の写真は、人気のなくなった両親の部屋に残されている。

「そう、怒らなかったの。お父さんも、年を取ったものだね。わたしが、あの写真をもう取り外したらどうですか？　と言ったら、物凄い勢いで怒られたことがあった。水が飲みたいね！」

キミが水差しを指差した。隆は、キミの体を少し起こし、水差しから水を飲ませた。しわだらけの喉が蠕動して水を送っている。

隆が、中学一年生になったばかりの時であった。

「あの写真の人は、雄さん、光子、正夫、清ちゃんの本当のお母さんなんだよ。おまえと良子姉ちゃんがわたしの子なんだよ」

二人の他に誰もいないし、父母の部屋に誰か来る気配もなかった。キミは、長押の上に飾られたあの写真の前に隆を立ち止まらせた。

隆は、あの写真に写っているのは、昔世話になった、親戚のおばさんだと教えられていた。薄々、何か変だなとは隆も感じてはいたが、誰に聞いても親戚のおばさんだと言うので、深く考えもせずに、そう思っていた。

「仏壇の中には、お春さんとその子の明彦の位牌があるし、お墓も二人が入っているのよ」

「ふーん」

隆は、口を開けて、その写真を見上げた。とにかく、隆は深くは考えていなかった。

「今、明彦が生きていれば、高校一年生か二年生だね」

へーっと言って、隆は写真を注視した。

「お春さんに抱かれている子は光子だよ。明彦は、生まれてすぐに死んでしまった」

キミは、隆が中学生になったので、大事なことを話しておこうと思って、緊張していたようだ。この写真は、キミが父幸助と結婚した時には、部屋の長押の上に飾ってあったという。

「俺にはもう一人、兄貴がいたんだ。今も生きていれば良かったのに」

明彦が生きていれば、自分の存在がなかったということも、その時、隆は自覚していなかった。

「もういい」

キミが水差しから口を離した。そして、手洗いのある部屋の方を振り向いた。

「誰だい、そこにいるのは?」

わりと大きな声だったので、隆は驚いた。誰もいはしないし、いるわけはなかった。キミはもう一段体を起こそうとした。背中に肉がほとんど付いていないので、骨を直に抱いているようであった。

「どうするんだい? おしっこをするのかい?」

隆は、キミの耳の近くで言った。キミは、違うと手を振った。

「その部屋に誰かいるだろう?

隆、見ておいでよ!」

キミがしきりと、隆に行けと指図する。隆は、キミをベッドの端に動かし、後ろに倒れないよう、しっかり座らせた。

「じゃあ、見てくるから」

隆は仕方がないと立ち上がった。ちょうど、その時、部屋の扉がノックされた。

「こんにちは、キミさん、いいですか?」

隆が、返事をする前に、扉が開いた。

「どうぞ」

「あっ、すいません」

隆がいたのに驚いたようであった。初めて見る介護員であった。四十歳前であろうか、パートで勤めているのであろう。ここではなくどこか他で、会ったような、見たような感じがした。

「定時の検査です。失礼します」

隆の前を通り過ぎ、ベッドに座るキミの所へ行った。

「キミさん、如何ですか？　具合はどうですか？」

キミの脈を取っているのが見える。彼女の仕事の邪魔にならないように、隆は隣の部屋から見ていた。

「悪くはないよ。今日は、息子も来ているしね」

キミは、隆の方を見てから、彼女に微笑んでいた。

「良かったわね。次は、お熱を測りましょう」

キミは素直に従っている。

「ねえ、お春さん、何か甘い物が欲しいのだけれど」

――えっ、お春さんだって！

隆は自分の耳を疑った。

「はいはい、分かりましたよ。おやつに、お饅頭を持って来るよう言っておきますよ」

「明彦ちゃん、おやつに、お饅頭が出るってさ」

キミが、窓際の隅の方に向かって、話しかけていた。

「あら、明彦ちゃん来ていたのね」

介護員の彼女もにこりと笑って窓の方を見ていた。

そこには誰もいないし、いるわけはなかった。ただ、隆だけが、その場面から隔絶されたような感じだった。

「お春さん、明彦ちゃんは元気そうだわね」

「そう、このところ、風邪も引かないし、よく遊びますよ」

「あの頃は、大変だったわよね。食べる物もろくになくてね。お芋ばかり食べていた」

キミがニコニコ笑って話している。

「そうよ、大変な時もありましたよね」

そう言いながら、キミにお春さんと呼ばれた介護員が、隆の方を振り返った。彼女は人差し指を口に当て、片目をつぶって見せた。隆は唖然とした顔になった。

――認知症のキミさんに合わせているだけなのよ……。

そういう意味なのだろうと、隆は受け止めた。

「今は明彦ちゃんもお春さんも、それにお父さんも元気そうだしね」

「そうですよ、元気そうではなくて、元気ですよ」

彼女はキミの話に上手に合わせていた。

「うちの息子はね……」と言って、キミは隆の方を見た。

「見てご覧なさい。あんなに年を取って、頭の毛も少なくなって、いい爺さんですよ」

「そんなことないですよ。いい息子さんですよ」

彼女が隆を見た。

――お春さんに似ている。

隆は、背筋がぞくっとした。あの写真のお春さんにそっくりだと思った。

で、だからといって、隆は何をすればいいのか？

隆は、口をあんぐり開けたまま、間の抜けた顔をして突っ立っていた。

介護員の彼女の後姿が見える。お春さんが亡くなったのは、三十七歳の時だと聞いている。彼女もだいたいその位の年齢のようであった。健康な時のお春さんってこんなだったのかもしれない。思わず、気をそそられる色気が漂っていた。隆の父親の幸助ではあるまいし、何を考えているのだろうかと、隆は頭を振った。

「さあ、いいですよ、キミさん。異常なし、いつもと同じで、大丈夫ですよ」

「そうかい。良かった」

キミがうれしそうであった。

「さあ、明彦ちゃん、行くわよ」

介護員が、窓際に向かって、声をかけた。

「明彦ちゃん、今度は、おやつの時においでね」

キミの座っている前を、明彦が通ったようだ。介護員が手を伸ばしている。明彦の手があるようだった。

介護員が隆の前を取った。

「お邪魔しました」

にこりと笑った。お春さんにそっくりの顔だった。

「おじさんにサヨナラしましょう」

彼女は、隆との間にいる明彦に声をかけたようだ。隆には何も見えないし、声も聞こえてこない。

「明彦ちゃん、バイバイ！」

キミが手を振っていた。

介護員が振り返って、キミに向かって頭を下げた。

「隆！　明彦ちゃんが、お前に向かって、手を振っているじゃあないか。お前も手を振ってあげなさいよ。お前の兄さんだよ」

お春さんの顔をした介護員が隆を見て微笑んでいた。隆に懐かしさが蘇ってきた。いつも長押の上から、幼かった隆を見つめていた、写真のお春さんだった。

十二　三月十日東京大空襲

二月十六日、アメリカ軍機動部隊の艦載機千機が関東地方及び静岡の飛行場を空爆した。この空爆は、硫黄島上陸作戦を前にして、日本の航空戦力に甚大な損害を与えるためであった。武蔵野、立川の航空施設も更なる爆撃の対象となり、周辺の町々も艦載機による空爆や銃撃の攻撃を受けたのであった。翌十七日も空襲は続いた。

朝から空襲警報が鳴り続けていた。八王子の上空にも艦載機の大編隊が二度現れたが、空襲はなく飛び去って行った。今回も、飛行機製作所、航空施設のある町が狙われ、酷い被害を受けたのであった。

午後四時頃になり、警戒警報が解除となった。

お春の産んだ赤ん坊は、十六日の昼頃、死んだ。赤ん坊は一日一日と次第に小さくなって、皺々に縮んで死んでしまい、お春は気力も体力も使い切り、悲しみの中に沈んでしまった。

人の死が日常化して、当たり前のようになっていた。戦争中だから仕方がないのだろうか？ キミの従弟も二人、出征して、遺骨となって戻って来た。父親の妹の息子たちであった。キミの叔母は、八王子でも大きな西洋料理店「洋賀軒」の女主人であった。気丈な叔母であったが、暫くの間、泣き続けていた。今も憔悴して、家に籠ったままで、以前の元気な叔母とは様子が違っていた。料理店の方も、休業状態であった。職人も出征していなくなってしまった。三人いた一番下の息子は、キミの近所の友達の民子と結婚していた。その息子も兵隊に取られたが、現在新潟での内地勤務に従事していた。

町の中から、二十歳から三十歳までの男性が極端に減少していた。町の中を歩いている若い男性は特殊な職業に就いている者か、病弱な者であったり、戦地から傷病を負って帰された者であった。キミの幼馴染の近所の元気な青年達もほとんど召集され、内地の軍施設で訓練の後、戦地に送り込まれていた。

町は悲嘆に包まれていいはずなのに、明るさがあった。無理矢理にでも明るく振舞わねば、とても耐えられなかった。今を乗り切ると、勝利が見えてくる。明るい未来がもうすぐやって来るのだ。そう信じなければ、とても生きては行けなかった。

昭和二十年三月十日、午前一時半、可能な限りの焼夷弾を詰め込んだ三百四十機余のB29が、東京の下町地域を襲撃した。無差別焼夷弾空襲は、二時間にわたった。噴き上がり、燃え狂った炎は、東京の四分の一を焼き尽くした。日頃、訓練したバケツリレーや火たたき棒は役に立たず、延焼を食い止めようとした人ほど、逃げ遅れ、焼死した。本所区、深川区、城東区、浅草区は、火の海に包まれ、全滅した。被害は死者十万人、罹災者は百万人を超し、焼失家屋は二十六万戸と言われる。

その夜、八王子では十時頃から警戒警報が鳴り響いていた。その上、家を揺さぶるような強風が吹いており、キミは布団の中で落ち着かない夜を過ごしていた。

「キミ、起きているか？」

兄の一郎の声がした。一郎は町会の警防詰所から戻って来たところであった。夜中の二時頃のようだった。

「起きてるわ。何？」

妹達は寝息を立てて寝ている。キミは小さな声で返事をした。母親の梅がキミの側に顔を向け、目を開けた。

「外に出て、東の空を見てみろ。真っ赤に燃えて、東京の方が大変なことになっている」

一郎は詰所のラジオが、Ｂ29が東京の下町地区を空襲していると、緊急事態を告げているのを聞いていた。

「分かった、行ってみるわ。母さんは？」

キミは素早く寝床から飛び出した。

「わたしはいい。キミ、風邪を引かないように、厚着をして外へ行きなさい」

梅はそう言い、目を閉じた。

東の空は、炎で真っ赤に染まっていた。キミは一瞬、奇麗だと思った。あの空の下で起こっているおぞましくも凄惨な状況を想像できなかった。

東京近辺の高射砲陣地から、Ｂ29めがけて撃ち出す弾丸が光の放物線を描いていた。当たりもかすりもしない。Ｂ29は悠然と飛び交い、焼夷弾をまき散らしていた。東京が燃えていた。Ｂ29の爆撃は二時間余り続いた。火炎はおさまることなく燃え盛り、火の手が衰えたのは、午前六時を過ぎていた。

翌日の大本営発表では、「Ｂ29百三十機、昨暁帝都市街を盲爆、約五十機に損害、十五機を撃墜す」と戦果を強調し、事実を覆い隠した。また、新聞報道も「敵は、本土決戦に備えて全国土を要塞化しつつあるわが戦力の破壊を企図して、来襲し来たったとみられる。しかし、わが本土決戦への戦力の蓄積はかかる敵の空襲によって阻止せられるものではなく、かえって敵のこの攻撃に対し迎撃の戦意はいよいよ激しく爆煙のうちから盛り上がるであろう」と大本営発表をそのまま記事にしているだけであった。

「昨夜の東京の空襲は、大変なことになっていたんだよ。何で起こしてくれなかったのさ？」

山野洋服店から戻って来た梅が、キミに怒っていた。

「母さん、わたしの方を見て、いいわよって言ってたじゃないの」

「そうだったかねえ。覚えてないわよ」

キミの母親の梅は、産後の肥立ちの悪い妹の世話のため、八王子駅前にある山野洋服店に今日も行ってきたのであった。八王子駅周辺は騒然としていた。昨夜の東京大空襲で罹災した人達が、中央線を使い、八王子方面に衣食住を求めて、疎開し始めていた。駅前には、罹災者の相談所が設けられ、炊き出しが行われ、住まいの斡旋等が行われていた。

罹災者の相談所には、長い列ができていた。列はなかなか前に進まない。列車が駅に着くたびに、たくさんの罹災者が着の身着のままで降りてきた。

山野幸助も罹災者救援の手伝いに動員されており、洋服店の入口はカーテンで閉ざされ、休業の札が掛けられていた。幸助の妻の春は、二月八日に子どもを出産した。しかし、明彦と名づけられた子は、栄養不良で生育未熟のまま乳を吸う力もなく、八日後、息を引き取ってしまった。春は病気がちの状態で妊娠し、健康な状態に回復もできずに出産、子どもを死なせてしまった。そのことを、春は悔やみ、苦しみ、悲しんでいた。身も心も傷つき、産後の肥立ちもままならず、床に伏した状態が続いていた。

「姉さん、お店の方で、声がするわ。誰かいるみたい、ちょっと様子を見てきてくれる？」

台所から戻って来た梅に、春がか細い声で言った。

「何だろうね。誰か来たのかね」

梅はそのまま店の方に行った。

「申し訳ない。何か食べる物を分けてもらえないだろうか？　東京で空襲にあって、今、八王子に着いたばかりなのですよ。罹災者相談所は長い列だし、炊き出しは終わってしまった。すいませんが、この子達にだけでいいんです、食べる物を分けてください」

顔は煤で汚れ、国民服は焼け焦げた跡も生々しかった。その男の手を握りしめているのは、ランドセルを背負った女の子と、その弟であろう男の子であった。

「大変だったですね。ちょっと待ってください」

梅は、一旦奥に戻り、妹の春に事情を話した。山野の台所事情は梅の方が良く分かっているが、ここは一応妹の家である。許可を得た梅は、そそくさと握り飯を作ったり、サツマイモをふかしたりして、店の方へ運んだ。

「お食べなさい。お腹すいたでしょう」

梅が差し出した食べ物を、二人の子どもは夢中で頬張っていた。

「八王子の楢原の方に、私の妹が嫁いだ家があるので、とりあえずそこを頼ってみようと思うんですがね……」

男は、勧められた握り飯を一口食べた途端、ポロポロと涙を流した。

「私達は何とか逃げることができたのですが、妻と上の二人の娘が、見つからないんですよ。空襲は急でしたよ。親子六人、一間で寝ていました。突然の爆発音でびっくりして、起きて外を見たら、もうあちこちで火の手が上がっていました。空は、恐ろしいほどの数のB29で埋め尽くされ、焼夷弾が雨のように降っていました。

私達は慌てて身づくろいをし、荷物を背負い、外へ出ました。その時にはもう火が近くまで迫っていました。私は、この子達の手を、妻は上の二人の娘の手をしっかり握って、逃げ出しました。とにかく火のない所へ逃げようと大通りの方へ出ました。考えることは皆同じですね。通りは、大八車を引く人、布団を頭から被った人、荷物をたくさん持った人やらで一杯でした。押し合いへし合いしながらですから、少しずつしか進みません。火がどんどん近くになってきますし、上空から焼夷弾がばらばら落ちてきました。

それでも、何とか親子六人離れずに、隅田川の辺りまで逃げてきました。

上野の山まで行こうと言って、言問橋まで来た時です。上野、浅草の方へ逃げる人、本所、向島の方へ逃げる人が、両方から言問橋に殺到したんですね。前へ進むことも後ろへ退くこともできない、渦の中に巻き込まれたような感じになりました。

真っ赤な炎が、隅田川の両岸から迫って来ていました。高温で息苦しくなったかと思うと、各自持っている荷物や大八車の荷から火が噴き出したのです。混乱に拍車がかかり、もう何が何だか、判断がつかなくなってしまいました。ふと後ろを見ると、いるはずの妻と上の二人の娘の姿がありません。もと来た本所方面に向かう人の流れに巻き込まれ、妻達がどんどん離れて行きます。手を上げて、妻が私に助けを求めています。私がいくらもがいても、上野方面への流れから抜け出すことはできませんでした。妻達の姿が見えなくなった瞬間、高温が飽和点に達し、橋全体が炎に包まれました。突風がゴーという音を鳴らし、更に炎を空高く舞い上げました。

私は、この子達の手を引き、必死になって逃げました。何とか上野の山にたどり着いた時、ようやく火炎の勢いも衰え始め、血に染まったような太陽が東の空に昇ってきました。そして、薄闇の中から浮かび上がって来たのは、遥か東京湾まで続く、灰燼と化した町並みでした。浅草、本所、深川、城東、向島の下町一帯は、壊滅状態です。勿論、私の家のあった方面など、立っている家の一軒も見当たりません。すべてが残らず焼けてしまったのでしょう。

家はともかく、妻と上の娘二人の安否が心配でなりません。少し休んだ後、下の男の子は背負い、娘の手を引き、上野の山に来た道を戻って、妻と子どもを探すことにしました。

とにかく妻達と離れ離れになった言問橋へ行ってみることにしました。隅田川に近づくにつれ、被害は酷くなっていました。家は焼け崩れ、電柱は道路に横倒しになり、道路上にはガラス、トタン、板切れ、釘、家具等が散乱していました。そして次第に、路上に放置された焼け焦げた死体が目につくようになりました。

言問橋にたどり着きました。そこには、言葉で言い表せないほどの、凄惨な状況が展開していました。見渡す限りが、黒焦げとなった焼死体なのです。猛火に包まれた言問橋は、焦熱地獄のようになったのでしょう。逃げ遅れた人達が泣き叫び、苦しみ、阿鼻叫喚の中に倒れていったのが、そのままの形で残されているのでした。

背中に背負った男の子は、丁度寝ていました。娘には目をつぶるように言い、言問橋を渡って行きました。誰かが先に通ったのでしょう、真ん中に人一人が歩けるような道ができていました。

足元の死体を踏まないよう注意して橋を渡って来たので、川の方に目を遣るゆとりがなかったのです。渡り切ろうとした時、私は川に目を遣り、驚愕と恐怖のあまり足が竦んでしまいました。震えてもいたのでしょう。

『お父さん、どうしたの？』

娘の声が聞こえました。

『何でもない。目を開けては駄目だ！』

私は強い口調で言いました。

川の堤防の下の波打ち際に、無数の死体が折り重なって並んでいました。それは川上から川下まで、果てしなく続いていました。対岸の浅草側を見ると、そちらも同じように死体がびっしりと並んでいました。そして、隅田川を東京湾に向かって流れて行く死体も数多くあったのです。火炎に追われ、その熱さから逃れようと、隅田川にたどりついた人達の無残な姿だったのです。焼け死んだ人、水に溺れて死んだ人、無念としか言いようのない姿で、隅田川に浮かんでいました。

妻と娘達は、果たして生きているのだろうか？　うまく逃げおおせてくれただろうか？　不安で一杯でしたが、あきらめる訳にはいきません。何とか探し出そうと、必死に歩き回りました。

日も高く昇ると、人の通りも多くなってきました。私は、人を止めては、妻と娘達の特徴を話し、その姿をどこかで見かけなかったかとしつこく訊いて歩き回りました。偶然、近所に住んでいる人に出会い、互いの無事を喜び合いました。

『本所国民学校の近くで、奥さん達を見かけたような気がする。逃げるのに夢中だったからよく確認もしなかったけれど……。そうかもしれないし、そうではないかもしれない……』

その近所の奥さんの話に希望を託して、私達は、本所国民小学校を目指して歩き出しました。

本所国民学校は救護所になっている。救護活動が始まって、火傷やケガの人がたくさん集まっている。食料も分けてくれるかもしれない。通りがかりの人が話しているのが聞こえ、妻と娘達の顔が目に浮かびました。

途中、異様な光景に何度も足を止めました。黒焦げの材木が、山のように積まれているのかなと、じっと見ました。それは、材木ではなく、黒焦げになった死体が、山のように積み重なっている光景でした。誰かが、焼死体を集めて、積み上げたのでしょうか？

本所国民学校へたどり着く間、その光景を何度も見ました。娘と息子は、あれが焼死体とは気づいていないようでした。

後で救護所でその話を聞きました。大空襲の最中、火炎に追われ、逃げ場を失った大勢の人が、安全だと思って、大きな建物に逃げ込みました。一階、二階、三階とぎっしり埋まった状態になった所へ、大火災が容赦なく襲ったのです。あっという間に、建物もそこにいた大勢の人達も焼かれ、焼き尽くされたのでした。建物は木材でできていたので、高熱で完全に燃焼してしまい、火災で起きた突風で吹き飛ばされてしまったのです。あとに残ったのが、各階に避難していた大勢の人達が黒焦げになって、積み重なっている、あの山のような悲惨な状態だったというわけです。

また、ちょうどその時、明治座の話をした人がいました。明治座へ逃げ込んだ人は、千人近くはいたといいます。明治座は崩れて焼き尽くされなかったが、中に逃げ込んだ千人は、蒸し焼きにされてしまったらしいのです。その死体は、今、浜町国民学校の校庭に山積みされているといいますよ。まったく、ひどい話ですよ。

結局、私の妻と娘達は、救護所の本所国民学校にもいませんでした。救護の人達一人一人に訊きましたが、心当たりはないとのことでした。

救護所の死体置き場から、家族の死体を発見した人達の悲痛な叫び声が何度も何度も聞こえてきました。あまりにも悲惨なことですよ。

私は、妻も娘もどこかで生きていると思っています。向こうでも私達を探していると思います。私達家族のように、空襲で離れ離れになった人達はたくさんいます。必死になって、空襲の後の焼け野原を、見失った家族の姿を探して歩いています」

男は、一気にそこまで話して、水を飲んだ。

「どうぞ、もっとお食べなさいな」

梅が、更に握り飯を男にすすめた。

いつの間にか、罹災者の手伝いに行っていた幸助が戻り、店の入口に立っていた。

「大変なことでしたね。今まで、そこの罹災者相談所を手伝っていたんですがね。どなたも皆、東京の空襲で悲惨な目に遭われて、気の毒でしたよ」

「こちらのご主人ですか！　お世話になっております」

男は立ち上がって幸助に挨拶した。

「八王子には、ご親戚か何かあるのですか？」

「はあ、楢原に私の妹の嫁ぎ先がありましてね。まずは、この子ども達をそこに預けて、明日また東京に戻って、妻と娘達を探してみようと思っています」

子ども達は、お腹がくちくなったので、どっと疲れが出たようで、眠たそうな顔つきになっていた。

「楢原まではここからかなり距離がありますよ。バスもない訳ではないが、本数が少ないですからね。

そうだ、私の自転車をお使いなさい。明日また、奥さん達を探しに東京へ行かねばならんでしょうから。その時、自転車をここへ戻してくれればいいですよ」

男は男の子を背負い、女の子を荷台に乗せて、何度も何度も幸助と梅に礼を言い、夕暮れの八王子の町を走り抜けて行った。

「東京では、空襲でそんなに酷いことになっていたのね。大本営の発表では、被害はそれ程でもなく、敵の飛行機十五機を撃墜したとか、言っていたけれどね」

キミは、梅から東京大空襲の話を聞いて、青ざめた顔をして驚いた。

「その男の人は、明日一人で東京に戻り、奥さんと娘さんを探しに行くと言っていたよ。無事に会えるといいのだけれど、とても心配だわ」

空襲と言っても、日頃から防空防火訓練をしているし、防空壕に逃げ込めば何とかなるだろうと考えていた。東京大空襲の話を聞いて、梅の甘い考えは吹き飛んだ。八王子の一般市民の間でも、東京大空襲の惨状が、罹災者や東京へ親族の安否を確かめに行った人達から、恐ろしい事実として広まっていった。

町の中が不安で覆われた。市民の一部が、慌てて家具や荷物をまとめて、安全な場所に疎開させ始めた。それが更に町全体を混乱に陥れた。衣料家財を疎開させることができた人達は良かったが、そうでない市民の方が遥かに多かった。

物が少ないところに、買い占めが行われ、更に物価が高騰した。隣組としての相互扶助や共同防衛意識が薄れて行きそうな厭戦気分も漂い始めていた。

当然、役所、警察、在郷軍人会、警防団から、市民の本土防衛意識に緩みが出ないよう締め付けが行われた。東京大空襲の悲惨さを声高に話そうものなら、利敵行為を煽るのかと、非国民扱いされたり、脅かされたりした。だが、市民の不安と危機意識は更に強くなり、日常生活は相変わらずのようであったが、長い戦争に対する不平不満は膨らんでいったのであった。

キミは、村上の実家が都内の浅草にあると聞いていた。東京大空襲のあった日から三日後が、元八王子村の疎開児童の散髪に行く勤労奉仕の日であった。村上の姿が見えなかった。担当の寮母さんに聞いてみると、浅草の実家の様子を見に行ったまま戻って来ていないのだ、とのことだった。由江とキミは、その後数日、不安な日々を送っていた。

十三　村上の悲しみ

「村上先生が東京から戻って来たわよ」

由江が隣保館の事務所の方から駆けてきた。

「さあ、これでおしまい。きれいになったわ」

キミは、女子児童にかけた刈布を取り、ブラシで体に付いた毛を払った。今日の散髪はこの女子で終了であった。

「村上先生、元気なく、暗い顔をしていたわ」

由江は不安げな顔をした。

三月十日の東京大空襲から十日が過ぎていた。

「どうしたのかしら？　家族の方に、何か大変なことでもあったのだろうか？　心配だわ」

キミも東京大空襲の被害がどんなに悲惨なものだったかを聞いて知っていた。山野洋服店に立ち寄って、食事を提供された親子は、無事に市内の楢原の親戚に避難することができた。そして、父親は毎日都内へ、空襲の時に生き別れになった妻と娘の行方を探しに出掛けていた。

「大丈夫よ、元気にどこかで生きているわよ、と励ますのだけれどね、きっと、駄目だと思うわよ。あのお父さん、日毎に、陰気になっていく」

キミの母親の梅は、山野の家の手伝いから帰って来る度に、キミに話をした。

「キミさん、由江さん、今日は散髪の日で、来てくれていたんだね。感謝しますよ。みんな、きれいになって良かったね」

村上は、傍にいた、くりくり坊主に刈り上げてもらった恵介の頭を撫でた。いつもの村上とは違っていた。言葉に力がなかったし、気持ちが落ち込んでいるのが顔に表れていた。沈黙が続き、空を見上げて、ため息をついた。キミは、空襲で村上の家族に何かあったのに違いない、と心配であった。でも、口に出して村上に訊ねるのはためらわれた。由江も、同じような様子であった。

「村上先生、どうしたの？　元気がないよ」

恵介が村上を見上げた。そして、そこに一緒にいた、二十人ばかりの児童も、心配そうに村上の顔を見たのであった。

「いつもの先生と違うよ」

「どうしたのだろうね？」

「具合でも悪いのかしら？」

「空襲で、お父さん、お母さんが死んだのかもしれない」

キミの所にも子ども達の声は届いていた。いつもの元気な子ども達らしくもなく、空気は沈んでいた。

村上が遠くの山をじっと見た。そして、そのまま目を子ども達の方に移した。気落ちした表情ががらりと変わり、いつもの明朗な村上の姿になっていた。

「みんなに心配かけて悪かった。先生はこの通り元気だ。東京の空襲は、思ったほどたいした被害は出なかった。アメリカ軍の空襲はこれから激しくなるかもしれないが、我が日本軍は負けることはない。

先生も東京の空襲の跡を見て驚いてしまったが、気を取り直して、みんなと一緒にがんばって戦い抜かなければいけないと、気持ちを引き締めたところだ」

村上が、無理矢理大声を上げ、子ども達を励まし、元気づけているのがキミには分かった。子ども達は、元気になった村上を見て安心したらしく、寮母さんが夕食の手伝いをしてと叫んでいる隣保館の方へ走って行った。

キミと由江は、村上の肩が震えているのを見た。

「村上先生、大丈夫ですか？　東京から戻って来たばかりでお疲れなのではないですか？」

由江の方がキミより世知に長けていた。由江は、村上が無理して教師のあるべき姿を子ども達に見せていたことを察したのであった。

「いえ、大丈夫です」

そう言って、振り返った村上の目からは、大粒の涙が流れていた。そして、押さえ切れない、嗚咽の声が洩れた。キミは、悲しみに打ちひしがれた村上の様子に驚いた。何があったのだろうか？と思った。

由江が村上にハンカチを渡した。

「ありがとう」

村上は、ハンカチを目に当て、空を仰いだまま暫らく動かなかった。

キミと由江は、言葉も発せずに、顔を見合わせるだけであった。春の彼岸に入ったが、山あいの村はまだ寒かった。隣保館の庭を囲むように桜の木が植えてあり、花の蕾がそれでもだいぶ膨らんできていた。

「村上先生、やはり東京の空襲で、ご家族に何かあったのですか？　東京の空襲は、たいしたことはなかったと新聞では言っていますが、大変な被害が出たと聞いていますよ。先生のご実家は、被害の大きかった浅草なのですよね？」

由江はキミを遮るようにして、村上と向かい合っていた。

「東京の下町は全部丸焼けで、わたしの実家も跡形も残っていませんでしたよ。でも、父母兄弟皆逃げることができ、無事でした」

村上は、そこで喉を詰まらせ、空を仰いで再びハンカチを目に当てた。嗚咽が洩れた。

キミは何で？　と不思議に思った。

「わたしは、品川の前は、浅草の国民学校で三年生を教えていたのです。その時の子ども達は今六年生になっています。その子ども達が、今度の空襲のために、多数犠牲になってしまったのですよ。それも、集団疎開から戻ってきたばかりの時にですよ」

村上は、堪えていた悲しみと辛さがどっと溢れ出たようであった。村上は、左手で目に当てたハンカチを押さえ、右手は拳を固く握っていた。

東京を主として、全国主要都市の国民学校の三年生から六年生の学童集団疎開が実施された訳であるが、卒業後は集団疎開から当然離れることになる。六年生は、卒業式が控えているし、東京都内では中学受験の日程が、三月二十日となっていた。

村上が以前、勤務していた浅草国民学校の六年生も、三月十日前には帰京していた。久しぶりに帰った家、そして家族達との楽しい団欒、辛い集団疎開など、遠い日々のことのように思えたであろう。そこに、三月十日午前一時過ぎ、三百四十機余のB29が東京の下町を襲撃した。無差別焼夷弾空襲は二時間以上続き、下町は火炎地獄と化し、死者は十万人を超したのであった。

浅草国民学校の六年生百人の内、五十人が犠牲になった。村上が直接教えたことのある子ども達は二十人が死んだ。村上は実家の焼け跡の片付けをしていた十日の間に、できる限りの浅草国民学校の情報を集めたのであった。

「悲しい！　こんな辛いことはありません」

一度堰を切った涙は留まることなく目から溢れ出ていた。村上は、何度か気持ちを奮い立たせ、軍国の教師の立場に戻ろうと、この悲しみを押さえつけようとしていた。その度に、村上はもっと深い悲しみと苦しみの渦に巻き込まれていくようであった。

「眞理子先生！」

村上が胸を押さえ、苦悶の顔をして、つぶやいた。

キミと由江は、顔を見合わせた。「眞理子」という女性の名が村上の口から洩れたのであった。

再び、

「眞理子！」

村上が発した。

キミは、その女性は村上にとって何なのだろうか？　と考えた。由江もキミと同じように考えているようであった。

沈黙の時は短かったはずだが、キミにはとても長く感じられた。村上にとても声をかけられなかった。夕暮れが近づき、少し肌寒くなってきた。隣保館から、子ども達の元気な声が響いて来た。

村上が目に当てていたハンカチをずらし、隣保館の方を見た。賄い場の煙突から上がる煙が少し斜めに流れていた。村上がキミと由江の方に体を向けた。気持ちを落ち着かせるように、大きく息を吸い込んだ。目にはまだ涙が溜まり、赤く充血していた。

「由江さん、キミさん、取り乱してしまって、申し訳なかった」

村上が頭を下げた。

「……」

由江もキミも返事のしようがなかった。

「眞理子さんは、空襲で亡くなりました。浅草国民学校の六年生の担任でした。集団疎開していた宮城の白石から、六年生を引率して東京へ戻って来ていたのですよ。そして、この空襲に遭って、命を落としてしまいました。三月十日の日に、眞理子さんと会う約束をしていたのですが、会うことは叶いませんでした。あの夜、彼女は子ども達を心配して、避難場所の学校で負傷した子ども達の救助にあたっていたそうです。

避難場所の学校には、たくさんの人達が逃げて来て、教室や講堂も人でいっぱいとなっていたそうです。そこへ、焼夷弾の爆撃によって引き起こされた猛火が襲いかかったのです。あっという間に学校は火炎に包まれ、逃げる間もなく、校舎は焼け落ちたのです。後には、黒焦げとなった死体が積み重なり、山のようになっていました。校庭も、足の踏み場もないほどに、死体が散乱していました。私は、眞理子先生が学校で救助活動をしていたという話を頼りに、三月十日の午後、彼女を探し求めて、焼け落ちた学校へ行き、その惨劇の有様を見たのです。

無事に逃げていてくれればいいと思っていましたが、責任感の強い彼女のことです。最後まで、子ども達の救助に当たっていたのではないかと不安でした。そして、やはりそうでした。校庭の一部となっているような公園があり、そこにわりと大きな池があるのです。そこへ向かって歩いてゆくと、悲嘆にくれて泣き叫ぶ声が聞こえてきました。子どもを捜しに来た親が、子どもの悲惨な姿を発見した、悲痛の叫びだったのです。公園の木立が黒く焼け焦げていました。その奥に池があります。眞理子さんが、「学校の一部みたいになって、とても素敵な公園よ」と言っていました。眞理子さん達は、安全な場所へ避難させようとして、子ども達を池の方へ導いたのでしょう。その時は、すでに東京の下町は火の海でした。四方八方から猛火が襲い掛かって来たのです。学校を襲った火炎から逃げられたかと思ったのも束の間、逆の方向からその公園を猛火が襲ったのでした。眞理子さん達の希望は一瞬にして火炎の渦に巻き込まれてしまいました。眞理子さんは、懸命に子ども達を守ろうとしたのでしょう。眞理子さんと子ども達は手をしっかり握りあい、池の中に浮いていました」

村上は、そこで絶句した。そして、村上は再びハンカチで顔を覆い、暮れ行く空に向かって、すすり泣いた。

「キミちゃん、眞理子さんって、村上先生の恋人だったんでしょうね？　あんなに、村上先生、悲しんでいた！」

帰りのバスの中で、由江がようやく口を開いた。隣保館を去る時、村上は子ども達と一緒に、キミと由江を見送ってくれた。あんなに嘆き悲しんでいたのが嘘のように、村上はいつもの頼りがいのある、溌剌とした教師に戻っていた。

「わたしも、そうだと思うわ。村上先生、本当に辛くて悲しいのだと思う」

キミは、村上が辛く悲しい気持ちを隠して、子ども達に接していると思うと、胸が締め付けられるようだった。そして、村上にそんなに思いを込めた恋人がいたという事実は、キミの胸の中に別の痛みを走らせることになった。

三月十日に続いて、十二日は名古屋、十三日から十四日にかけては大阪、十七日には神戸、十九日には再び名古屋と、三百機近いB29による夜間焼夷弾空襲が連続した。三月二十一日、硫黄島の守備隊が玉砕し、硫黄島が米軍基地として重要な拠点となった。四月一日、米軍が沖縄本島に上陸を開始した。

「大変だよ。昨日、加住の方で爆弾が落ちたと言っていたけれど、落ちた所が山野の親戚の家だそうだよ」

お梅が、帰って来るなり、住まいの方から大野理髪店の扉を開けて言った。キミは黙したまま梅をにらんだ。

――お客さんの頭を刈っている最中よ……。

キミは、客の頭の上で鋏を止めた。

「そうだってなあ。加住の民家に爆弾が落ちて、家族四人が死んだそうじゃあないか！」

客は近所の大工の棟梁であった。

昨日四月四日未明、立川の町が空襲された。立川飛行場を中心として、多くの軍事施設や軍需工場が集中しており、四月二日の武蔵野の中島飛行機に続いての空襲であった。

「ずいぶん被害が出たって話だ。防空壕に爆弾が直撃して、子どもが大勢死んだそうだ。酷いものだよ。どこを狙って、爆弾を落としているんだかね。加住なんて所は、立川から相当離れているんだぜ。寝ているところを突然だったので、逃げようもなかったんだろうね」

大工の棟梁は、空襲の被害にあった軍事会社の建物の復旧工事に明日から出掛けるらしい。キミは再び棟梁の頭の上の鋏を走らせた。梅は、扉から顔を出したまま、棟梁の話を感心しながら聞いていた。

大工の棟梁が帰った後、夕暮れ近くなったのと、次の客の来る気配が感じられなかったので、キミは店を閉めた。兄の一郎は徴用の仕事、妹のフサは勤労動員からそろそろ帰って来る頃であった。

「母さん、お春叔母さんの具合はどう？」

キミは、卓袱台に家族の食器を並べた。今日の夕食もカボチャとサツマイモの混ざった雑炊である。

「あんまりね、良くないよ。食べないからね、痩せる一方だよ。幸助さんも、栄養のある物をと探すのだけれど、このご時世だからね、たいした物はないよ」

春は寝たきりの状態で、夫幸助と四人の子どもの世話はとてもできなかった。春の姉である梅が毎日のように、時々はキミが、山野洋服店へ通い、家族の面倒を見ていた。

台所から魚の焼ける臭いが漂ってきた。隣の部屋で遊んでいた、妹のシズとヒサが顔を出した。

「ごはん、まだ？」

「まだよ、一郎兄さんが戻って来てからよ」

キミは先程、台所で鯵の干物一枚を見た。梅が山野でもらってきたのか、くすねてきたのか分からない。長男の一郎がまずその干物を食べ、残った部分を末の妹に食べさせる。キミはいつも我慢することになるのであった。

「キミ、明日は山野へ行ってくれるかい？」

「いいわよ。明日は一郎兄さんが、お店をやる日だから」

このところ、散髪に来る客は少なかった。でも、一郎が店に出る日は、そこそこの人数の客が来た。やはり、妹のキミやフサとは床屋の腕前が違っていた。

夕食の片付けは、キミとフサの仕事であった。梅は春に頼まれた縫い物を始めていた。

「姉ちゃん、由江さんを富士森で見かけたわよ。男の人と一緒だった。あの男の人、誰かしら?」

フサは横山村の龍見寺に集団疎開している学童達の散髪に行って来たのであった。そこへ行く途中、富士森の丘陵を越えて行く。富士森は桜の名所として知られていた。空襲警報の鳴る日が多く、不安な毎日を送っているが、富士森の丘が満開の桜で覆われると、丘へ向かう花見客の列が例年と同じように続いていていた。

「背が高かった?」

キミは反射的に訊いて、しまったと思った。穿鑿好きな妹のフサである。母親の梅に一番良く似ていた。噂話をどこからともなく集めてきては、面白そうに話をする。

「そうね、由江さんがその人の肩ぐらいだったわ」

フサは意味有り気な顔をして、キミが洗った食器を布巾で拭っている。

「そうなの」

キミは無関心を装って、冷たく言い放った。

「あの男の人が、村上さんっていう人なの?」

フサは敏感にキミの反応を読み取っていた。フサは、キミと由江が勤労動員でもない日でも、元八王子村の隣保館へ行って子ども達の散髪をしている訳を知っていた。村上という素敵な若い男の先生がいるらしい。そして、キミと由江が、村上のことを好きなのだと……。

「……」

キミは返事をしなかった。由江と村上が一緒に富士森へ花見に行くなんて、何にも知らなかった。キミは、気持ちを落ち着かせようとした。空襲で恋人を失い、悲嘆に暮れている村上を慰めようとの由江の思いやりから、桜のきれいな富士森へ行ったのだと思った。

「そうなんでしょう！」

フサがキミの顔をのぞき込み、強く言った。

「きっと、村上さんでしょう。いいじゃないの、由江ちゃんと村上さんが一緒に歩いていたって」

キミは、フサに対して不愉快な気分になってきた。

「そう、姉ちゃんは、村上さんと由江さんが一緒に歩いても何とも思わないの？」

「そうよ。別に、構わないわよ」

キミは段々苛立ってきた。

「二人はずいぶん仲良さそうに歩いていたわよ。何か恋人同士でお花見に来ているみたいだった」

フサは、意地悪そうに、キミの心を揺るがせてみせた。

「だから何だって言うのよ、フサ。そんなこと、わたしに言わなくってもいいでしょ。余計なお世話よ」

キミは、最高に気分が悪くなった。

濡れた手で、ぐいとフサの髪を引っ張った。

「いやだ！　髪が濡れた。何で、そんなに怒るのよ。二人のことは、姉ちゃん、構わないって言ったでしょ。

ひょっとして、姉ちゃん、村上さんに振られたんだ」

更に、キミの手がフサの頬に延び、ぐいっとつねった。

「痛い！　何するのよ」

フサの手から皿が落ちた。皿の割れる音が響いた。

しまった！　とキミは思った。

その時は、もう遅かった。

「あんた達は、さっきから何をしているの？」

梅が目を吊り上げ、真っ赤な顔をして、台所へ現れた。


四月十四日に東京の城北地区空襲で死者二千四百五十九人、十五日から十六日にかけては、城南京浜地区が空襲され、死者八百四十一人の犠牲が出た。

そして、四月半ばから五月半ばまで、本土の大都市焼夷弾爆撃は小休止となる。沖縄戦が激しくなり、Ｂ29爆撃機集団は支援作戦に回ることとなったからだ。九州の基地から出撃した特攻機が、米軍の艦隊に体当たりを決行し、損害を増加させていた。そのため、米軍は、Ｂ29爆撃機集団に九州の航空基地を爆撃させ、沖縄戦を有利に展開させせようとした。

五月七日、ドイツが降伏した。日本は孤立し、米軍は戦力を更に増大させ、強力となった。五月十四日、十七日、大都市大規模焼夷弾空襲が再開され、四百四十機のＢ29が名古屋を空襲した。焼け野原となった名古屋は都市機能を消失し、空襲の目標から外された。

五月二十四日、B29五百二十五機が、品川、目黒、世田谷を中心とした東京の南部地域を空襲した。死者七百六十二人、焼失家屋六万五千戸に及んだ。元八王子村に集団疎開している学童達の住居のある品川も、完全に焼き尽くされた。

五月二十五日は、東京の中心部である山の手地区がB29四百七十機に空襲され、死者三千六百五十一人、焼失家屋十六万六千戸の被害を出した。これで、東京の市街地すべてが空襲されたことになり、首都東京の機能は消失し、東京も、米軍の大都市大規模空襲の目標から外されることとなった。


六月に入り、天候のはっきりしない日が続いていた。キミと由江は、週に一度は元八王子村に集団疎開している学童達の散髪にやって来ていた。

「南原小学校も丸焼けでしたし、この子ども達の家のほとんども焼けていました」

村上は、昨日も品川まで行って、区や学校と連絡を取り、被災の様子を確かめてきた。三月十日の下町の大空襲ほどではないが、死傷者も焼失家屋も多かった。

「子ども達の家族は無事でしたか？」

由江は、散髪の片付けを終えていた。キミはようやく今日最後の女の子の散髪を終えるところであった。

「それが、まだ不明者が多くて、生きているのか、死んでいるのか、分からない家族が多いんですよ。恵介の家族は行方が不明だったけれど、昨日、品川へ行った時、無事が確認できました。良子は両親が、正夫は父親が、残念ながら死んだことが分かりました」

村上は、辛そうな顔をして、隣保館の入口を見た。良子が一人、品川の方角に当たる、東の空を見て泣いていた。

「良子ちゃん、可哀相にね！」

由江が目にハンカチを当てた。東の空は灰色の雲で覆われており、そこを薄く白い雲が流れていた。

村上も東の空を見上げていた。

「さあ美代ちゃん、終わりよ」

キミは、切り落とされた髪をブラシで払った後、美代子に掛けていた白布を取った。

「明日、お父さんとお母さんが迎えに来てくれるのよ」

美代子がキミの顔を見上げて、うれしそうに言った。

「えっ、そうなの」

よかったわねと、続けそうだったが、キミは何か訳がありそうだったので、村上の顔を見た。

「美代子の両親と昨日、品川で会いました。家も働いている会社も焼けてしまったので、奥さんの実家へ疎開することにしたそうです。美代子も一緒に連れて行くので、明日、迎えに行くと、父親が言っていましたよ」

東京都内から離れる人達が多くなっていた。東京の人口は、激減していた。

村上は南原小学校のある品川区が空襲の被害に遭ってから、休むことなく働きづめであった。品川と元八王子村を一日おきぐらいに往復していた。電車はぎゅうぎゅう詰めで、ダイヤは混乱していた。

「美代ちゃん、きれいになったわ。残念ね、美代ちゃんとはお別れなんだ」

キミは、美代子の手を取って椅子から降ろした。

「美代子、キミさんにお礼を言っておくんだよ」

村上が美代子のきれいになった頭を撫でた。

「キミさん、ありがとう。また、会いに来るからね」

美代子は、隣保館の方へ駆けて行った。

「美代子の家族は、長野の伊那にあるお母さんの実家に疎開するのですよ。空襲で焼け出された人達でも、頼れる親戚がある家は良いですよ。焼け跡で路頭に迷っている人達もたくさんいますからね」

村上は、元八王子村に集団疎開している品川区南原小学校の子ども達のために、身を粉にして働いていた。キミの目にも、村上が疲労しきっているのがよく分かった。恋人を失った悲しみに浸っている訳にはいかなかった。親元を離れ、集団疎開をしている子ども達の運命に関わる事態が起きているのであった。

子ども達のために懸命に働く村上の姿にキミは心を打たれた。恋人を失い、悲嘆にくれていた村上にキミは気の毒だと同情はしていたが、気分はあまりすっきりしなかった。今の村上は、疲労困憊、憔悴しているが、生きる力が漲っていた。キミは、困難に立ち向かう村上の姿に感動と、以前以上の憧れを感じていた。

由江はと言うと、村上が悲しみのどん底にいた時の方が二人の距離は接近していたと思っていた。由江は、村上が元気になるようにと、機会がある毎に慰め、励ましていた。村上も、由江との接触で、その辛い悲しみがどれだけ和らいだか、力づけられたかは、良く分かっていた。だが今、村上は、悲しみに打ちひしがれている時ではなかった。子ども達が不安な日々を送っていた。家は焼け、家族の安否も分からなかった。とにかく村上は、子ども達のために動かねばならなかった。村上は、焼け野原となった東京の街を飛び回り、疲れきって元八王子村へ帰って来る。すべての時間を注ぎ込んで、子ども達のために働いていた。由江が立ち入る場所はなかった。

十四　P51の機銃掃射

警戒警報の鳴らない日はなかった。

アメリカ海軍の機動部隊から発進する艦載機、硫黄島から飛んで来るP51が、関東平野の上空を好きなように飛び交い、機銃掃射を浴びせてきた。

B29による大都市空襲は、六月十五日の大阪、尼崎に対する空襲で終わりとなった。そして、六月十七日からは中小都市への焼夷弾絨毯爆撃が始まったのであった。それは、一週間に平均二回、四都市を同時に空襲する方法で八月十五日まで続けられた。広島、長崎を別にして、全国五十七の中小都市がB29の焼夷弾空襲を受け、焼け野原と化したのであった。

六月二十三日、沖縄戦が終わった。


いつもの年に較べて、梅雨時なのに雨が少なかった。今日も雨は降らず、日が差し、気温がぐんぐんと上がっていた。朝から警戒警報のサイレンが鳴っていた。

「キミちゃん、明神町の農家で、卵を分けてくれることになっているんだ。行ってくれるかい?」

キミは、朝から山野洋服店に来て、叔母の春の世話を焼いたり、子ども達の面倒を見ていた。春の具合は、相変わらず芳しくなく、布団に寝たままの状態が続いていた。山野幸助は、今日中に仕上げねばならない国民服が二着もあり、店の作業場で忙しく働いていた。

「では、これから行って来ます。清ちゃんと正夫君のお昼ご飯は済んだし、いいですよ」

キミは、台所の片付けを終え、店の方に入って行った。

「お春は、ご飯を食べたかな?」

幸助が鋏を置いて、顔を上げた。

「おばさん、ちょっと口に入れただけ。残りは、清ちゃんが食べていたわ」

「そうか!」

幸助は、ミシン台の椅子に移り、ため息をついた。

春の具合は、あまり良くない。食料事情が悪いので、栄養のある物を食べさせるのも難しい。幸助が何とか用意した食べ物も、春は食欲がないと言って、受けつけなかった。医者は、産後の肥立ちが悪い上に、胃下垂だからと言って、薬を投与するだけであった。

「胃に腫瘍でもあったら、大変だからね」

と、キミの母親の梅は心配していた。

「いやあ、あの痩せ具合と変な咳をするのを見ると、結核かもしれない。山野の家には、行かない方がいい」

親戚の者がそう言っていたと、お梅が怒っていた。

何と言っても、生まれたばかりの明彦を死なせてしまったことが、お春の病気の最大の原因であった。精神的にも肉体的にも、今のところ、快復の様子はなく、逆に悪い方に向かっている感じであった。

お春、三十七歳、痩せて、肌の白さは増し、唇は紅を差したかのように艶かしさが漂っていた。その弱々しさが、かえって、美しさを際立たせていた。

キミは、お春の一番可愛がっている姪であった。お春の子ども達もキミには良く懐いていた。春は、自分の姉の梅を頼りにしていたが、キミに接する時は、何かそれ以上のことを瞳の奥に秘めているようであった。

第四高女の裏の方の農家だと聞いて、キミは山野洋服店を出た。警戒警報が鳴っているなと、気にはなっていたが、どこの人もいつもと変わらずに、生活を送っていた。警戒警報が鳴っている内は、まだ安心だという思いを皆持っていたようだ。気温はだいぶ上昇してきた。青空には、東の方にぽっかり浮かぶ一団の雲が見えるだけであった。

キミは、今日も警報だけで終わるのだろうと思って、分けてもらった卵を大事に風呂敷に包んで、第四高女の脇の道を歩いていた。しかし、突然、警戒警報が空襲警報のサイレンに変わり、町中に鳴り響いた。

第四高女の校庭には、キミの行きも帰りも、人影はなかった。日の光を浴び、校庭は白く輝いていた。そこを黒い大きな影が走った。同時に、金属音が空気を切り裂いた。耳が痛かった。一瞬、切り取られたのかと、耳に手を当てた。

「あっ、カンサイキだ！」

キミは口を開けたまま、第四高女の校舎の上すれすれに飛ぶ、P51戦闘機を見た。

「ダダダダッ！　ダダダダッ！」

校舎に銃弾が撃ち込まれ、白煙が上がった。キミは、近くの防空壕へ逃げ込まなくてはと思ったが、体が硬直し、足が動かなかった。あれが機銃掃射なのだと、キミは木の影から恐々と見ていた。

P51は急上昇し、川を越え、向かい側の丘の上高くまで上って行った。キミは、そのまま空の彼方に消えて行くのだろうと思っていた。

P51が急旋回した。P51が再び第四高女を銃撃しようとしていた。低空すれすれに飛ぶP51の機銃掃射が第四高女の校舎を襲った。

「ダダダダッ！　ダダダダッ！」

白煙が上がる。ガラスが割れ、瓦が飛び、破壊された木片が宙を舞っていた。校庭の土がえぐられ、土煙がもうもうと上がった。

銃弾は真っ直ぐに、キミの隠れていた銀杏の大木の方へ向かってきた。もうあとわずか、一〇メートル先の所まで来ていた。

Ｐ51が急上昇した。

瞬間、操縦席のパイロットの顔が見えた。

鬼のような顔ではなく、優しい顔をした青年が操縦していた。笑っていた。木の影から顔をのぞかせたキミに、笑いかけているような感じがした。

八王子の空高くに、Ｐ51が編隊を組んで飛行していた。西の方角に向かっていた。今日の空襲を終え、基地のある硫黄島へ帰るところであろう。中島飛行機の軍需工場か、立川飛行場を襲撃したものと思えた。

硫黄島から日本本土までの往復は、Ｐ51の飛行距離の限界であった。長時間に渡って関東上空にいることはできなかった。素早く攻撃して、迅速に帰還するのがＰ51の役割であった。

あのＰ51のパイロットは、確かに第四高女を標的として狙い、銃撃した。軍需工場とでも思ったのだろうか？　いや、あのパイロットは、若い娘達の通学する女学校だと分かって攻撃したのだと、キミは思った。あんな優しい顔をした若いパイロットだったけれど、やっぱり鬼なのだと思った。勤労動員で、ほとんどの女学生が軍需工場等へ働きに出ていて、学校では授業はないはずであった。でも、パイロットは空の上から、若い女性の姿を見たのかもしれない。空に向かって、若い女性の気配が立ち昇っていたのかもしれない。

鬼畜のようなアメリカ兵である。若い女性の肉体を貪り、血を吸うという。アメリカに負けたら、若い女は強姦され、男は玉を抜かれるとも言われていた。

P51の編隊が、西の空の彼方に小さくなっていく。その後ろを追いかけていくのが、先ほどのP51だ。もう戻って来ることはないだろうと、キミは思った。

安心した途端、キミは手に持っているはずの卵の風呂敷包みがないのに気づいた。どっと冷や汗が流れた。


「いいんだよ、キミちゃん。第四高女の辺りで、カンサイキの銃撃があったと聞いて、心配していた。無事でなによりだ。卵のことなどどうでもいいよ」

キミが、山野洋服店に戻って来るなり、卵を落として割ってしまったことを詫びると、幸助がキミの無事に安堵した顔を見せながら言った。幸助は、お春を背負い、二人の子どもの手を引いて、近所の防空壕に逃げ込んでいた。空襲警報が解除になった時には、第四高女が空襲にあったという話が広まっていた。

校舎は吹き飛び、たくさんの女学生が死んだなどという話も流れて来ていた。お春が、異様なほどに動揺した。

「キミに万が一のことがあったらどうしよう?」

病気で弱っているところへ、強い不安が襲い、お春から血の気が引いた。幸助は、慌てた。流言飛語が交錯していた。お春の呼吸も乱れてきた。

幸助はとにかくお春の体のことが心配だった。お春はこの先の自分の生命のことを考えると、最後に任せられるのは姪である若いキミしかいないと思っているようであった。艦載機が、第四高女を襲った。たくさんの女子学生が死んだらしいと、隣の肉屋のかみさんが、お春に話していた。

「第四高女まで行って、様子を見て来るよ」

死なないまでも、ケガを負っただけでも大変なことだと幸助は思った。責任は重大だし、お春の心の負担が大きくなる。幸助は、お春に栄養をつけ、元気になってもらうための卵だったのに、それが逆に仇となって跳ね返ってきたのかと、キミの無事を祈る気持ちで一杯であった。その時、店先から、正夫と清の大きな声が響いたのであった。

「キミちゃんが、帰って来たよ」

幸助は起き上がろうとするお春を制し、すぐに店先へ急いだ。そこには、正夫と清に手を引かれたキミが、申し訳なさそうな顔をして立っていたのであった。


マリアナの航空基地から飛び立った五百機以上のB29が、週に二回、日本国内の中小四都市を同時に空襲する第三期戦略爆撃が着実に実行されていた。キミが、P51の機銃掃射を目撃した七月三日から四日にかけては、高松、高知、姫路、徳島の四都市がB29の焼夷弾絨毯爆撃を受けた。それぞれの都市は灰燼に帰し、多数の死傷者を出した。ただ、奇跡的に、姫路城は焼失を免れ、その姿を後世に残すことができた。

この時期、米軍の日本本土空爆作戦は、中小都市戦略爆撃を中核にしていたが、相変わらず、軍事施設、軍需工場への白昼精密爆撃は続行されていた。機雷投下作戦、石油関連施設への空爆も行われていた。そして、白昼にはＰ51や艦載機などの小型戦闘機による空襲が毎日のようにあった。七月に入ると、日本本土に接近したアメリカ海軍艦隊からの艦砲射撃も始まった。大本営は、絶望的な戦局から、本土決戦に起死回生の大逆転を狙う作戦に賭けていた。「一億玉砕」「神州不滅」のスローガンが街角に目立つようになった。

十五　恵介の悲劇

七月八日、キミと由江は元八王子村の隣保館を訪れていた。早朝、恩方へ向かうトラックがあり、それに便乗してきたので、子ども達の散髪にいつもより早く取り掛かることができた。

「警戒警報が鳴ったら、散髪の途中でもおしまいだからね。動かないで、静かに座っているのよ」キミは、恵介の頭をバリカンで刈り上げていた。恵介は顔をしかめて、キミを上目遣いで見ていた。

隣保館の庭の樫の木の下に椅子を置いて、子ども達の頭髪をきれいに刈っていた。由江も隣の樫の木の下で、おかっぱ頭の女の子の髪を切っていた。

頭上で蝉が鳴いている。梅雨はまだ明けないが、空は気持ちの良いくらいに青空が広がっていた。日差しは強いが、まだ気温はそんなに高くはなく、時折り、風が白い掛け布を膨らませていた。日当たりの良い場所には机が並べられ、布団が干されていた。

「朝早くから、すいませんね、由江さん、キミさん」

村上が、相即寺へ繋がる道から庭に入って来た。元八王子には、品川区南原国民学校の児童百七十人が、五つの施設に分かれて生活を送っていた。村上は、校長と教頭へ、食料事情の悪さを訴えてきたところであった。

「先日は、八王子の市内で、カンサイキの機銃掃射があったそうですね。被害はどうでしたか？」

「それがね、村上先生、キミちゃんが、ちょうどその時、その現場にいあわせたんですよ」

キミがどうやって話そうかと考えている内に、由江が喋り出した。

「えっ、ほんと、凄い、お姉ちゃん、怖くなかった？」

恵介が、キミがバリカンを動かす手の下で言った。

「怖かったわよ。死ぬかと思ったわ」

キミは、バリカンの手を止めた。風に揺れた樫の葉に反射した日の光が、キミの目に直接入った。胸の動悸が激しくなり、血の気が引いていった。五日前のＰ51戦闘機の機銃掃射が、頭の中を駆け巡った。あの若いパイロットの顔が浮かんだ。足元が揺れ、キミは、体から力が抜けて行くのが分かった。

「キミさん、大丈夫ですか？」

村上が素早くキミに近寄り、肩を押さえた。今までこんなことはなかったのにと、キミは思った。太陽がやけにまぶしく感じられた。村上の手が、キミの肩に触れていた。

「お姉ちゃん、どうしたの？」

恵介の声だ。

「キミちゃんったら、心配させないでよ」

由江もキミの傍に来ていた。

一瞬のことだったのだと思う。

恵介の顔が、
由江の顔が、
そして、村上の顔が、キミの前から遠ざかって行く。

「お姉ちゃん……」

「キミちゃん……」

「キミさん……」

――どうしたの？　みんな、どこへ行くの？　わたしを置いて、どこへ行ってしまうの？

そよ風が吹き、甘い香りが漂っていた。

キミは、肩を揺すられた。

青空を一筋の雲が流れて行った。

隣保館の建物がぼんやりと遠くに見えた。

そして、焦点をじっと合わせると、由江の顔があった。村上も、恵介もいた。他の子ども達も心配そうに、キミを見ていた。樫の木の根元に、キミは腰を下ろしていた。

――わたしは、どうしてここに座っているのだろうか？

時間にしたら、ほんの少しの時間であった。キミには、とても長い時間のように思えた。

「みんな、どうしたの？」

キミは、言葉を発した。

「ああ、良かった、キミちゃんの目が開いたわ」

由江が、濡れた手ぬぐいでキミの額を拭った。

「キミさん、大丈夫ですか？　今日は、子ども達の散髪は止めにした方が良くないですか？」

村上がキミの顔をのぞき込んでいた。

「どうしたのじゃないよ、お姉ちゃん。こっちがどうしたのって、聞きたいよ」

「恵介、そんなこと言うものではないよ。キミさんは疲れているんだよ。ひとまず、隣保館の方へ行って、休んでもらった方がいい」

村上の優しい顔が、一段とキミに近づいていた。キミの意識は鮮明になってきた。由江のちょっと不満げな顔も目に入った。気分は元に戻った感じだ。軽い貧血だったに違いないと、キミは思った。

「大丈夫ですよ。ちょっと、気分が悪くなっただけですから。それに、恵介くんの頭が、半刈りですから、これでは、いくらなんでも可哀相ですからね」

「そうだよ、この頭でおしまいなんて、ひどいよ」

「こら！　おまえは、黙っていろ」

村上が、恵介の半刈りの頭を見て、笑っていた。

「さあ、恵介くん、始めよう。椅子に座って」

十時になろうとしていた。蝉が鳴きながら、木立から飛び出した。それを狙っていたヒヨドリが、蝉を追う。けたたましい蝉の鳴き声が響いた。

「ばかだな！　捕まってしまったよ」

恵介が蝉とヒヨドリの姿を探し、首を回した。

「もう少しで終わりだから、頭を動かさないのよ」

キミも恵介の頭を押さえながら、悲鳴のような鳴き声の行方を追った。山の緑がとてもきれいだった。その空の上に、黒い点がぽつんと見えた。

「あっ、飛行機！」

キミは、反射的に声を発した。

「えっ、どこ？」

恵介が驚いて、キミの視線の先を追った。

「どうしたの？」

隣の樫の木の下で作業をしていた由江もキミを見た。

蝉の鳴き声だけが聞こえていた。

「違うよ、あれはカラスだよ」

恵介がいち早く気づいた。

黒い点が、ゆっくり空を飛んでいた。キミにはまだ判別が付かなかったが、恵介の目にはカラスと分かったのであろう。山は南の方から次第に高くなり、奥多摩の山々に続いていた。

「なんだ！　驚かせないでよ」

由江は、鋏を止めたままだ。眼は、隣保館の建物の中に入ろうとする村上の背中を追っていた。

「お姉ちゃん、まだ具合が良くないんじゃあないの？」

「そんなことない。平気よ」

キミはバリカンを置き、鋏を取り、残り毛を短くした。

「日本はアメリカなんかに負けないよね」

恵介が、突然何か思い出したように言った。

「当たり前よ。負けるわけないでしょう」

キミは、自分が機械的に答えているのが分かった。

「東京は焼け野原になってしまったけれど、まだまだこれからだって、本土決戦がある、最後には日本は勝つのだと、村上先生は言っていた。そうだよね、お姉ちゃん」

「そうよ、最後まで戦うのよ」

キミは恵介を立たせ、後ろを向かせ、背中に付いた髪の毛を払った。

「さあ、おしまいよ」

キミは、次に待っている子どもと交代するように、恵介の肩を軽く押した。

「最後には神風が吹いて、日本は必ず勝つのだから」

恵介は振り向いて、キミの目をじっと見ていた。キミは恵介の心に応えるだけの自信がなく、そっと目を逸らし、順番を待っていた女の子を椅子に座らせた。

村上なら、恵介の言葉をしっかり受けとめることができるのだろうか？　村上は、空襲で恋人を失い、あんなに悲嘆にくれていた。空襲で、親を亡くし、子を亡くし、辛く悲しい思いをしている人達に、村上は悲しみを共にし、心から手助けをしていた。

一方、村上は、子ども達に向かって、「神州不滅」「進め一億火の玉だ」「撃ちてし止まん」とかの標語を大きな声で読み上げては、分かり易く説明していた。子ども達に、元気を出してがんばれと、励ましているのだと思う。

だから、キミは、村上自身はどうなのかと考えると、なんだか分からなくなってしまう。

恵介が元気良く、隣保館の建物へ向かって走って行く。お昼ご飯まで、まだ時間があるのに、お腹が減ってしまうよと、キミは心配した。

隣保館の昼ご飯は、やはりサツマイモであった。でも、食べられるだけまだ良いと言えるし、本数に制限もなかったので、キミと由江はお腹が一杯になるまでサツマイモを食べた。

「そろそろ始めようか！」

午後一時になろうとしていた。由江が、樫の木の下に椅子を置き、机の上に散髪道具を並べた。

キミも遅ればせながら、散髪道具を持って隣保館を出て来た。かなり気温が高くなってきた。気だるい感じがして、昼寝をしたいなとキミは思った。

子どもが二人、樫の木の下で待っていた。村上が、相即寺の方から十人ほどの子どもを引き連れ、隣保館の庭に入って来た。隣保館の隣の相即寺で疎開生活を送っている、同じ南原国民学校の子ども達であった。

「すいませんね、この子達の頭もお願いします」

「はい、分かりました」

由江が愛想よく笑った。

隣保館の子ども達は、日に当てて干していた布団を取り込んでいるところであった。村上が連れてきた子ども達が歓声を上げ、隣保館の仲間の群れに加わった。

「村上先生の髪もだいぶ伸びていますね。後で、散髪をしましょうか？」

由江が女の子に白布をかけ、髪を櫛ですきながら、村上の後姿に声をかけた。

「そうですかね？　そんなに髪が伸びていますか。自分では、あまり気にはならなかったのですが……」

村上が振り向いた。由江の方を見る村上の頬が、ずいぶんと緩んでいるようにキミには見えた。そう言えば、村上の散髪は、由江がいつも担当していた。そのことに、今、キミは気づいたのであった。

蝉の声が止むのと、警戒警報が鳴るのが同時だった。警戒警報だから、皆はまだ安全だと思っていた。ところが、この日はそうではなかった。空襲警報に切り替えになることもなく、突然、空が切り裂かれるような金属音が響いた。隣保館の屋根の上に、灰色の石のような塊が見えた。

た。

「逃げるのよ！」

キミは叫んだ。キミは、散髪をしていた女の子の手を握って、隣保館の建物を目指して駆け出した。

「バリバリバリ！」

隣接する織物工場ののこぎり屋根が、P51の銃撃で木っ端微塵に吹き飛び、白煙を上げた。

「みんな、逃げろ！　近くの建物の中に隠れるんだ！」

村上が、庭で遊んでいた子ども達に向かって叫んだ。織物工場への機銃掃射が、一撃目であった。少しの間があった。キミ、由江、村上、子ども達は隣保館の建物の中に逃げ込むことができた。

「窓から離れた、机の下に入りなさい！」

村上が、動きの遅い子どもや呆然として何が起きたのか分からなくなっている子どもを抱きかかえて、机の下に押し込んだ。

「早く、こっちよ」

キミと由江も寮母と一緒になって、子ども達の手を引き、声を嗄らしていた。

庭に黒い大きな影が映った。

「ダダダダッ！　ダダダダッ！」

耳をつんざくような銃撃音が響き渡った。

キミは、耳を押さえた。第四高女の校庭を引き裂いていった機銃掃射と同じ激烈な音が走り、土煙が立ち上がった。女の子が、キミの体の下で震えていた。キミの体もがたがたと揺れていた。

黒い影は、一機だけではなかった。キミが、瞬時、銃撃の終わりを感じ、頭を上げた。

「ダダダダッ！　ダダダダッ！」

耳の鼓膜の震動が、頭の中を駆け巡っていった。

「ウアーッ！　キャアーッ！」

キミは、銃撃音に対応するかのように、夢中で叫んでいた。悲鳴は、室内のあちこちで上がったのだが、Ｐ51の機銃掃射の激音が、すべてを打ち消していた。

今、確かに、戦闘機の操縦席のパイロットの顔が見えた。第四高女を機銃掃射したパイロットと同じ顔だった。

優しい顔つきの若い男だった。

笑っていた、とキミは思った。

「バリバリバリ！」

ガラスが割れ、窓枠が飛び散り、屋根瓦が砕け散った。隣保館の庭に面した側が、連続して三機のＰ51の機銃掃射にさらされた。

部屋の隅の机の下に、子ども達は身を伏せていた。村上、キミ、由江に寮母達は、子ども達に覆いかぶさるようにして、Ｐ51が飛び去ってしまうのをじっと待っていた。

キミは、生きた心地がしなかった。何かの破片が背中に当たるのを感じたが、痛いとは思わなかった。どのくらいの時間が過ぎただろうか？　聞こえていたＰ51の轟音が、いつの間にか消えていた。

「おおい！　みんな無事か？　カンサイキは行ってしまった。もう、大丈夫だ」

村上が立ち上がり、破壊された天井の穴から見ることのできる青空を仰いでいた。

「大変だ、恵介が撃たれた！」

恵介の兄の祐介の叫び声が響いた。教室の東隅、下駄箱に近い所の机の下に隠れていたはずだった。キミの後方五メートルの場所であった。

「恵介がどうしたって？」

村上がすぐさま恵介の所に駆け寄った。

村上が恵介を抱きかかえ、恵介の容態を見た。恵介の腹から血がどくどくと流れていた。村上のシャツはすぐに真っ赤になり、血は滴り落ち、床の上に広がっていた。

「先生、痛いよ！」

恵介の顔から生気が失われ、声も弱々しくなっていた。

「すぐにお医者さんが来るよ。もうちょっと、我慢するんだ。大丈夫だからな！」

村上の指示で、寮母が医者を呼びに行った。隣保館からそれほど遠くはなかったが、すぐにという訳にはいかなかった。蝉が再び鳴き出していたし、気温も更に上昇していた。

「由江さん、キミさん、子ども達を食堂の方へ連れて行ってください」

「はい、分かりました」

由江がすくっと立ち上がり、子ども達に食堂へ静かに移動するよう、声をかけた。

キミは恵介のことが心配でならなかったが、立ち上がり、子ども達の手を取って、食堂へ向かおうとした。

「お姉ちゃん！」

恵介の消え入るような弱々しい声がキミの耳に届いた。

「なに？」

キミは恵介をじっと見た。

村上の腕の中で、恵介は懸命に苦痛に耐えていた。

「日本は必ず勝つよね？」

「そうよ、絶対に勝つわよ」

キミは、力強く、恵介に向かって言った。

「恵介、心配するな！　神風は間違いなく吹くぞ」

村上の目から涙がこぼれ落ちていた。

恵介が大きくうなずいた。

恵介の顔に微笑が浮かんでいた。

医者が隣保館に到着した時には、恵介は息を引き取っていた。昇降口から飛び込んだ流れ弾が、教室の板塀を突き抜け、丁度東隅に隠れていた恵介の背中から脇腹を撃ちぬいたのであった。背中の傷は小さいのに、脇腹は大きくえぐられ、そこから大量に出血したのであった。

「悲しいことだが、恵介が亡くなった」

村上が、子ども達の避難していた食堂にやって来た。村上のシャツは恵介の血で真っ赤に染まっていたし、顔にも血が付着したままであった。

教室の方から、恵介の兄の祐介の泣き叫ぶ声が聞こえてきた。恵介の同級生の女の子達が、キミにすがりつき、泣き声を上げげた。キミは、足がふらっとして、気が遠くなるような感じがしたが、足を踏みなおし、しっかり子ども達を抱きしめた。キミの涙は止めどなく流れ落ちていた。

二日後、恵介の葬儀が隣保館で行われた。恵介の家は品川で、酒屋を営んでいたが、空襲で焼け出されてしまった。両親は、焼け跡に建てられたバラックのような家に住み、日々の暮らしを続け、二人の男の子が疎開先から戻って来るのを待っていた。

両親は、何とか葬儀の日に隣保館に到着できた。母親は一年程前から肺を患っており、息子の死に直面し、更に病状は悪い方に進んでいるようだった。

キミと由江も、その日、隣保館へやって来た。

簡単な祭壇が隣保館の食堂に設けられた。棺は用意できずに、恵介はりんごの箱に入れられていた。

恵介の母親の憔悴した姿は、見るのも辛かった。村上も、またも襲って来た愛する者の死に、悲痛の涙を流し続けていた。

「誠に、申し訳ありません。疎開先で、恵介くんを死なすなんて、私の責任は重大です」

村上が、恵介の両親に謝罪していた。

「いえ、仕方のないことですよ。戦争の最中です。いつ命を落とすか分かりません。戦場も銃後でも同じですよ。村上先生の責任なんかではありません。悪いのは、米軍なのですから」

恵介の父親は、町内会の隣組組織の分団長であった。町の中で軍国主義を一般に徹底する役を任されていた。多くの出征兵士を見送ってきた手前、悲しみを表現するのを躊躇っているようであった。

母親は病身のせいでもあり、その気落ちした姿は痛々しかった。キミは涙を拭きながら、母親に話しかけた。

「恵介くんの頭を刈ってやったばかりなのですよ。こんなことになるなんて、とても信じられません」

「あなたが、キミさんですか？　恵介が、優しい床屋のお姉さんが来てくれるのだと言っていました。わたしの妹も、床屋をしていました。妹は、恵介を可愛がってくれ、恵介もとても懐いていました。でも、三月の東京大空襲で亡くなってしまいました。あなたのこと、前から、わたしの妹によく似ていると恵介は言っていました」

恵介の母親は、すがるようにキミの手を握った。キミの手はふっくらしていたが、恵介の母親の手は、骨が浮き出るほどに痩せ細っていた。

リンゴの木箱に入れられた恵介の遺体は、村上の引くリヤカーに乗せられ、村の火葬場へと向かった。燃やす燃料がないので、自前で調達しなければならなかった。Ｐ51に破壊された隣保館の壁板があちこちに散乱していた。皆でそれらの木片をかついで、リヤカーの後に従った。キミの気持ちは暗く重かった。誰もがうちひしがれ、悲しみの涙を流し、歩いて行った。

十六　近づく八王子空襲

「由江ちゃん、わたし、とても辛くて、元八王子へ行く気にはなれないわ」

銃撃され、死んだ恵介の顔が、キミの目に浮かぶ。胸が張り裂けるような衝撃が走って行く。隣保館がP51の銃撃を受けて八日が過ぎ、キミと由江が疎開児童の散髪へ行く日が来た。恩方へ向かうトラックに乗せてもらうため、市役所前で由江とキミは待ち合わせることになっていた。いつまで経っても来ないキミを心配して、由江はキミを訪ねて来た。

「そうよ、わたしだって、辛いわ。でも、子ども達が待っているわ」

由江は、上野原の実家から運んで来たサツマイモを詰めたリュックを背負い、両手にも袋を吊り下げていた。日差しは強く、由江は、袋を下ろし、肩にかけた手ぬぐいで汗を拭った。

「ごめんなさい、とても、行けないわ」

キミの顔が歪み、目から涙がこぼれ落ちてきた。

由江の目にも涙が浮かんだ。

「そうよね。恵介くんは、本当に、キミちゃんをお姉さんのように思って、よく懐いていたからね」

由江は、キミを元八王子へ連れて行くのを諦めたようだった。由江は、左手に持っていた包みをキミの前に差し出した。

「キミちゃん、上野原の家からもらって来たお芋よ。食べて、元気を出してよ」

由江は、キミほどにＰ51の銃撃の衝撃が、残っていないようだった。由江の気がかりは、動揺するキミや、特に教え子を失った村上のことであった。

「すまないねえ、由江ちゃん」

キミの横から、すっとキミの母親梅の手が出て来た。台所からキミと由江の様子を窺っていた梅は、目ざとく由江の荷物が何であるかを確認していた。

「おばさん、食べてください」

由江が、びっくりして言った。

「由江ちゃん、いいの？　子ども達のために、このお芋をわざわざ持って行くのでしょう」

キミは、梅の顔をじろりと見て言った。

「疎開している子ども達のことを、田舎に帰って話したの。そしたら、父ちゃんが、今年はサツマイモが豊作だから、たくさん持って行ってやれと、言うのよ」

由江は、上野原の農家の出身であった。八王子から上野原まで、列車に乗れば三十分ほどで到着する。近々、父親と兄が八王子に来ることとなっているから、また、サツマイモを運んで来てくれるらしい。

「また、お芋が届いたら、少しでいいから、分けておくれよ、由江ちゃん」

梅が、由江に向かって愛想笑いをした。

「母さん、図々しいよ！」

「いいのよ、キミちゃん。お芋が届いたら、また持って来るから。じゃあ、今日はわたし一人で隣保館へ行って来るわ。キミちゃんが来ないのをみんな残念がるだろうね」

恵介が亡くなって九日、隣保館の子ども達、先生、寮母さん達も悲しみに打ちひしがれているだろうけれど、食料が届けば少しは元気になるのではないかとキミは思った。村上は、どうしているだろうか？　B29の空襲とP51の銃撃で、恋人と教え子を失った。村上の悲しむ姿をキミは二度も見てしまった。

血だらけの恵介の顔が浮かぶ。

悲嘆にくれ、茫然とした村上の顔が浮かぶ。

隣保館へ行って、村上に会えば、あの恵介を失った時の悲しみが一気に蘇って、更なる苦衷の世界に引きずり込まれそうな気がしてならなかった。

こんな悲しい思いを二度としたくないと、キミは思った。でも、由江はキミほどではないにしても、悲しみの中にいるはずであった。何か、由江は元気であった。

由江は、キミより一歳上だった。床屋の経験も長いし、住み込みで働いており、キミが父親の下で床屋修業したのと違って、苦労や悲しみに対しての耐性が出来上がっていたのかもしれない。

「由江ちゃん、お芋重いでしょう。手伝えなくて、本当にごめんね！」

「いいのよ、キミちゃん、早く元気になって、子ども達の所へ行こうよ」

その夜、キミはなかなか寝付かれなかった。散髪を終えた恵介のくりくりした可愛い頭、その笑顔が何度もキミの脳裏を行き来していた。悲しみを抑えきれず、心臓の辺りに痛みが走るような感じがした。村上のことも考えた。村上は恵介の死を悲しんでばかりはいられないだろう。たくさんの疎開学童の面倒を見なければならない。そう、今日、由江が持って行ったサツマイモを、どんなに喜んだことだろう。由江は懸命に村上を慰め、励まし、元気づけようとしたに違いない。村上は由江の好意を感じているはずだ。由江の思いやりが村上の心を掴んでしまうのだろうか？　桜の満開の富士森公園を二人が散歩していたと、妹のフサは言っていた。日中の暑さが残り、寝苦しくもあった。キミの堂々巡りは続いていた。

突然、体に地響きのような震動を感じた。そして、すぐに「ドーン、ドーン、ドロローン」と大きな音が、繰り返し繰り返し聞こえてきた。

「姉ちゃん、あれは何なの？」

隣に寝ていたフサが、キミの顔をのぞき込んだ。

「空襲なのかしら？」

キミは体を布団から起こした。それにしては、空襲警報は鳴っていないし、音は遠くから響き渡って来ている感じがした。三番目の妹のシズも目覚め、体をキミのほうに寄せて来た。

「おいキミ、起きているか？」

隣の部屋から長兄の一郎の声が聞こえた。

「はい！」

「俺と一緒に外の様子を見に行こう。他のみんなは逃げられるよう、準備をしておくのだ」

時刻は、十七日〇時を過ぎていた。月が南の空に上がっていた。

「見て！　一郎兄ちゃん」

南西の方角、丹沢山塊の黒い影がちょうど落ちた辺り一面が、炎で赤く染まっていた。

「平塚方面が空襲されているのだろうな」

爆発音が夜空に響き渡っていた。

時折、地面が揺れるような重い響きの爆発音が聞こえた。それは、北の方から伝わって来た。キミ達が寝床で聞いた、大きく重い、お腹にズシーンと響く音であった。

「あれは、艦砲射撃の音だろうな」

一郎が、北の方角に体を向けた。

「日本の艦隊が、アメリカの飛行機を撃ち落しているんでしょうね」

「違うな。あれは、日本の陸地に向かって艦砲射撃をしている音だ。九十九里の海岸か、水戸の辺りが狙われているのかもしれない」


七月十七日深夜、米第三艦隊が日立沖に接近し、二時間にわたり、日立製作所や日立鉱山の工場に向けて、艦砲射撃を行った。八百五十発もの砲弾が撃ち込まれ、工場と工場周辺の町は壊滅状態となり、三百十七人が死亡した。また、同夜、沼津、大分、桑名、平塚が空襲を受けた。米軍の中小都市空襲の第九回目に当たった。各都市は甚大な被害を受け、多くの死傷者を出し、廃墟と化した。

七月二十六日、連合国は日本に対してポツダム宣言を発表した。日本政府は宣言に対し、無視、黙殺の方針で対処した。二十八日付け各新聞は、宣言の概要と日本の反応を伝えた。朝日は「政府は黙殺」、毎日と読売は「笑止」と報道した。連合国側は、この日本政府の対応を宣言に対する「拒否」とみなした。そして、連合国側は、日本のポツダム宣言受諾拒否を、この後の原爆投下、ソ連参戦の正当な根拠としたのであった。


七月二十九日は元八王子の学童疎開の子ども達の散髪に行く日であり、今回はキミも行かなければと思っていた。前日は由江とも会って、市役所の前から元八王子へ向かうトラックがあることを確認しておいた。

キミは、散髪の道具を袋に入れ、隣保館へ行く準備を整えていた。

「キミちゃん、義姉さんいるかい？」

山野幸助が突然、床屋の店先に顔を出した。キミは、一瞬お春おばさんに何かあったのかと、びっくりした。

「いるわよ、母さん、山野のおじさんよ！」

「どうしたのかい、幸助さん？」

台所の片付けをしていたお梅が、足音を大きく立てながら、店に出て来た。

「義姉さん、病院から、今日中にお春を退院させるように言われた」

「何で、急にまた！　お春の具合が良くなったならいいけれど、良くはないでしょうに」

キミの叔母のお春は、二月のお産以来、体調は悪くなる一方だった。七月の初めに医者から入院を勧められて入院したが、快復の兆しは見られなかった。

「八王子空襲が近づいているっていうのですよ。空襲になったら、入院患者を安全に退去させるのは難しい。重病患者以外は、退院して欲しいということなのです」

お春が一番頼りにしているのは、長姉のお梅であった。お梅もそれに応えて、一番下の妹であるお春を可愛がっていた。小さな時から病気がちであったが、お春は町の中でも噂の美人であった。

「分かったわ。これから支度して、病院へ向かうわ」

梅は、ちらっと、キミの顔を見た。キミは、これは元八王子の隣保館行きは無理かなと思った。日本国内の中小都市へのＢ29による空襲が続いており、次は八王子かもしれないと、市民の不安は日増しに募っていた。裕福な家庭は勿論、一般家庭でも、空襲の被害の及ばない地域へ家族や家財を避難させ始めていた。

「キミちゃんに頼みがある。病院の様子からして、本当に近々空襲がありそうな気がする。うちの子ども達を、五日市の留原にある私の実家へ連れて行ってほしいのだ。光子と正夫と清の三人を頼みたい」

幸助が真剣な顔をして言った。キミは、隣保館へ行くのでと言って断れる話ではないと思い、梅の方を見た。

「キミ、元八王子へ行くのは止めにしなさいよ。まずは、お春と幸助さんの手助けをしなくてはね」

「うん、分かった。三人を五日市の留原まで連れて行くわ。その前に、由江ちゃんに今日は行けなくなったと断りに行ってくる」

——八王子空襲は、えっ！　そんなにすぐにありそうなの？

キミの頭の中には、三月十日の大空襲で焼け野原になった東京の光景が浮かんだ。それからずっと日本国内の空襲は続いていた。いよいよキミの住んでいる八王子が空襲に遭い、町は灰燼に帰してしまうのだろうか？

「キミちゃん、用事があるのに、本当に悪いね」

幸助は、以前から、八王子空襲は近いと考えていたようだ。洋服生地等は何回も自転車で五日市の実家へ運んでいた。それに較べて、キミの家では、あまり空襲のことは気にしていなかった。散髪の道具さえあれば、どうにか暮らしていけるというのが、キミの亡くなった父親の考えであった。でも、空襲は現実に近づいているのだと、キミは思った。


キミは、由江に会いに行った。

「空襲は、やっぱり近い内にあるのかしらね。キミちゃん、仕方がないわよ。おばさんの家の手伝いに行って来なさいよ。いいわ、またわたし一人でがんばってくるわ。キミちゃんが、とにかく元気になって良かった！」

由江は、がっかりした様子は見せなかった。このところ、由江はとても明るいし、時節柄、お化粧は派手にはできないが、薄っすらと口紅を引き、良い香りがした。

「子ども達と村上先生には、わたしが謝っていたと言っておいてね。あの時以来、隣保館には行っていないし、恵介くんがいないと思うと、本当に寂しいわ」

キミは、悲しみがまた溢れそうな感じがした。村上に会いたいと思う。二人して、恵介の思い出を語りたいとも思っている。そしたら、もっと悲しみが強くなってしまうだろうなと、キミはハンカチを握りしめた。

「キミちゃんの気持ち、みんなに伝えておくわよ」

由江はあっさり言った。

今日も気温が高くなりそうだ。まだ湿度が高くないので、蒸し暑さを感じずにすんでいた。空は澄んで、静かであった。何も飛んでいなかった。でも、いつ何時、空のカーテンを切り裂いて、P51やB29が現れ、機銃掃射をし、爆弾や焼夷弾を投下していくかは、分からなかった。恵介の死は突然であり、偶然であった。そう、キミは機銃掃射を受けたが、偶然、死を逃れられたのであった。

荷台に人を十人程乗せたトラックが、駅の方から走ってきた。市役所の前で待っていた人の中から、「元八王子へ行く車だ」と声が上がった。

「由江ちゃん、今度は必ず元八王子へ行くようにするから。気をつけて行ってきてね」

市役所の前で、そのトラックに五人乗った。キミは、最後に乗った由江を後ろから押し上げた。

由江のもんぺの裾から靴下が覗けた。割と派手な明るい色の靴下であった。地味な上着だと思っていたが、目立たない場所に花柄の刺繍が施されていた。非常時とはいえ、若い娘のことである、おしゃれをしたいのは当然のことであった。まして、好きな男と会えるのであった。

キミは、由江がおしゃれしているのを羨ましく思っただけだったが、トラックが走り去って行くのを見送りながら、その意味にようやく気づいた。キミは、自分の服装を見てみた。この非常時にぴたりの地味なもんぺ姿であった。気持ちが急に落ち込んでいくのが分かった。由江は、キミのいない間に、以前よりずっと村上と仲良くなっているのだろう。由江の乗ったトラックは見えなくなり、市役所の前には、次のトラックが到着した。

「この車は、加住まで行く」

運転手が叫んだ。待っていた人の中から三人がトラックに乗り込んだ。

「姉ちゃんは、どこまで行くのかい?」

隣に立っていた中年の男がキミに聞いた。

「いえ、見送りに来ただけです」

「そうかい、彼氏の見送りだったのかい」

男は意味あり気な笑いを浮かべていた。この男、何も見ていなかったのだと、キミは思った。

「違います」

キミは相手をせずに、その場を離れた。何故か、その男と山野幸助の印象が重なった。

十七　お迎えが来る

「もう駄目なんだろうね」

「医者は、後二、三日と言っていたけれど、もう十日もたった。凄いよね。何も食べないし、水も飲まない。それでよく生きているよ」

——このバカたれが！　人を何だと思っているのだ。お前達の母親だよ。まったく能天気なことを言っている。

キミは薄目を開けて、ベッドに寝ている自分を見つめている、倅の隆と娘の良子の顔を見た。体は動かないが、キミの頭の中は冴え冴えしていた。

——まだ死なないわよ。

キミは、そう思っているが、いよいよ寿命が尽きそうなのであった。来月になれば、誕生日がやって来て、九十七歳になる。この介護施設に入居して、四年が過ぎたことになる。

今年になってから、食欲がなくなってきた。寝ている時間が長くなった。

「体の方は、別にどこが悪いということはないですよ。ただ、年齢が年齢ですからね。いつ何時、何が起きてもおかしくはないですよ」

「そうですか、健康なんですね。いや、あまり食べなくなったし、眠っていることも多くなったので、ちょっと、心配になりました」

担当の医者に出会うと、隆は、だいたいいつも同じようなことを訊ねていた。医者も同じような答え方をしていた。季節は移り変わり、夏がやって来ていた。

キミの食事は、ゼリー状にしたものに変わっていた。隆や隆の妻が持っていったカステラ等は口に入れることができた。だが、量は減っていた。寝ていることが多くなった。食事をしている最中でも、眠ってしまうこともある。傍から見ても、痩せて、体が小さくなってきたのが分かった。

「母さん、分かる？　隆だよ」

「良子よ、わたしよ。何か食べたい物はないの？」

良子が、キミの骨と皮だけになった手をさすっている。

――分かるに決まっているでしょう。私が大変な思いをして産んだ子どもなんだから。うるさいね。何度も何度も言うんじゃないよ。返事などしないよ。それにしても、お前達も年を取ったものだ。爺さんと婆さんだね。ちょっと前の、私と幸助さんに似てきた。隆なんか、父さんそっくりだ。いやだね、区別がつかなくなったらどうするんだい？

隆は、医者から母親は後何日でもないだろうからと言われ、主だった親戚に連絡しておいた。すると、次から次へと、孫、曾孫、甥やら姪などが現れ、手をさすったり、顔を撫でたり、涙を流したりした。

「おばあちゃん、分かる？　〇〇だよ」

「おばさん、まだ、だいじょうぶだ、百歳まで生きるよ」

とっかえ、ひっかえ、色んな顔が現れた。

――まあ、うるさいほどに、大勢来ること！　誰が誰だか、分からないわ。わたしは、死ぬつもりはないのだけれど、死ぬのかねえ！　今生のお別れに来ているのに、死なないというのは、やっぱり良くないことなのかしら。

キミは、どこも痛くなかったし、苦しくなかった。ただ、呼吸がゆっくりとなり、吸い込む空気の量が減って来た。心臓の動きが緩やかになってきた。下顎を使わないとうまく呼吸ができなくなった。たまに、呼吸をするのが面倒臭くなって、口を開けたままにすると、隆が目を見開き、びっくりする。

「えっ、どうしたの？　かあさん、だいじょうぶかい」

キミは、返事などしない。

――いい気味だ！　隆がびっくりしている。

隆が慌てて、介護センターへつながっているインターホンのボタンを押した。

「山野さん、どうしました？」

「母の呼吸が止まっています」

「えっ、はい、すぐに行きます」

あの声は立花くんだと、キミは思った。今日はまだ立花くんの顔を見ていなかった。立花くんは、爽やかな三十歳前の独身男性であった。キミのおむつを替えてくれるし、キミを裸にしてお風呂にも入れてくれる。最初は恥ずかしかったけれど、今はその優しさに甘えている感じであった。若い男はジジイより良いに決まっていると何度思ったか。特に、自分の倅の禿げ頭が、もろに目に入ったり、腰が曲がった様子を見ると、キミは本当にがっかりした。

ドアをノックして、立花くんが入って来た。

「キミさん、キミさん」

——立花くんが、わたしを呼んでいる。

キミの心臓がときめいた。大きく息を吸い込んだ。

立花くんの手が、優しくキミの手を包んだ。キミは、目を見開き、立花くんの顔を見た。

「なんだ！　母さん、大丈夫じゃないか！　驚かせるなよ」

隆が安堵していた。

——隆の慌てぶり、まあ、みっともないこと、親として恥ずかしいわ。昔からこの子は、そそっかしいんだから。冷静に物事を考えたり、見つめたりすることができないんだわ。いい年をして、本当にしょうがない子だね。

「キミさん、分かりますか？」

——分かるわよ、立花くん！

キミは、自分の目が若い時のように輝いているような気がした。でも、舌が思うように動かずに、声は出なかった。立花くんの顔がキミの唇に微かに触れた。

「大丈夫ですよ。時々、こういうこともありますからね。呼吸は、もとに戻っています」

立花くんはそう言いい、キミの髪と頬を撫でた。キミはうっとりした。日はようやく西の陣馬山の方に傾いてきた。立花くんは、また介護センターに戻って行った。

「母さん、帰るからね。明日また来るよ」

隆が帰って行った。

カーテン越しに、外が薄暗くなってきたのが分かった。「暑い！　暑い！　外は、三十七度もあるんだぞ！　母さん、この部屋は涼しくていいよね」

昼間、部屋へ来るなり、汗かきの隆が騒いでいた。

——外は、少しは涼しくなったのだろうか？

風が出てきたようだ。ベランダの向こうにある木の葉が揺れているのが分かった。

「いやあ、まだまだ暑いよ。今日も、熱中症で何人もの年寄りが死んだよ」

声のする方をキミは見た。

夫の幸助が立っていた。

二十二年前に死に別れた時の姿形であった。あの時、幸助は九十二歳であった。相当な爺さんであった。九十歳に近くなると、急に衰えが見え、狭心症の発作が頻繁に起こるようになった。キミが七十歳になった時から、四年間、介護看病の日が続いた。

「キミや、もうこっちへ来たらどうだい？　医者も後何日でもないと言っているのだから、そんなに、がんばらないで、素直にこっちへ来ればいい」

「キミちゃん、そうよ、幸助さんの言うとおりよ。こっちへ、早くお出でなさいよ。待っているわ」

幸助の隣にいるのは、前妻のお春であった。亡くなったのが、終戦の年、昭和二十年九月十日、三十七歳の時であった。その時の年齢で、八王子小町と呼ばれた美しさをそのままにして、幸助に寄り添っていた。病弱であった、お春の足元が少し揺れた。すると幸助の手が伸び、お春の体を支えた。

「相変わらず、仲が良いのね」

キミは、不快げに言った。

「仕方ないだろう、お春は体の具合が悪いのだから」

幸助がお春の顔を覗き込んだ。お春が幸助に更に体を凭れさせた。

「わたしの寿命が尽きそうだから、幸助さんとお春さんが迎えに来たってわけね」

「そうよ、キミちゃん、あんたは良く頑張ってきたわよ。わたしの四人の子どもを育て、良子ちゃんと隆くんを育て、幸助さんの手助けをして、山野家を支えてきた。ご苦労様でした。こっちへ来て、ゆっくりお休みなさいよ」

お春がか細い声で言って、幸助の顔を見上げた。

「そうだ、キミ、おまえはよく働いてくれた。家事、育児、商売と、大変だったと思う。よくやってくれた」

明日の強烈な暑さを予測する夕焼けが西の空に消えて行った。徐々に夜が広がっていた。

——わたしを褒めているの？　わたしに感謝しているの？　わたしが、今更、そんな言葉に喜ぶとでも思っているのかしら？　二人仲良く並んで、まったく、いやになっちゃう。幸助の無神経さは、相変わらずだ。

キミはめらめらと怒りが湧いてくるのが分かった。自分の子どもはよく叱ったけれど、他の人に対しては、滅多に怒りをぶつけなかった。仲良く円満にするのが一番だと思って、人生を送ってきた。

「やっぱりわたしは、そちらへ行く時が来たのですかね？　幸助さんが、こんなに、わたしを褒めてくれたのは初めてですよね。幸助さんの口から、生きている時に聞くことができたら、どんなにうれしかったことか。まあ、いいですけれどね」

「今日は、どうだい？　もう、いいのかと思ってね。二人で迎えに来たのだよ」

キミの言ったことを無視して、幸助が言った。

――えっ、やっぱり、そうなの！　冗談でしょう。わたしは、まだこんなに元気よ。

「キミちゃん、さあ、一緒に行きましょう」

お春が、優しく手を差し延べてきた。

「今日は、いくらなんでも早過ぎるわ。急に二人で現れて、一緒に行こうなんて言われても、心の準備もできていないわ。それに、こんなに元気よ」

キミは慌てて、タオルケットの中に手を隠した。

何だか急に息が苦しくなった。空気が肺の中に入って来ない。

――これは危ない！

キミの全身が反応した。

――キミちゃん、前を良く見て！

キミの脳が言った。キミは、はっとして前を見た。

幸助が前に立ち、キミの口を押さえていた。

「いやよ、まだ、行かないわよ」

キミは力いっぱい幸助を押し返した。幸助は風のように窓際まで飛んで行った。

「相変わらずのバカ力だな！」

「幸助さん、大丈夫？」

お春が、幸助が痛そうにしている腰の辺りを擦っている。

「キミちゃん、危ないじゃないの？　幸助さんは、高齢なんですからね」

お春の怒った顔も若くて美しいと、見た目も良いものだと、キミはその時思った。

「キミ、見なさい！　お春は、こんなに優しいのだ。それに較べて、後妻のお前は、なんだ！　夫の言うことを聞かないし、夫を突き飛ばした。とんでもない奴だ」

――後妻か！　わたしは、やっぱり後妻なんだ！　幸助には前妻のお春さんがいて、後妻のわたしがいるんだ。わたしは、二番目。一番は、お春さんなのだ。

キミは、どれだけ後妻という言葉に傷ついてきたかを幸助に言ってやろうかと思ったが、止めた。

「キミちゃんは、後妻だからね」

「幸助さんの後妻がね」

「あそこの嫁さんは、後妻だからね」

別に、幸助に愛されているかどうかの問題ではなかった。後妻という言葉に付いて回る、二番目という意味合いを、キミは不快に感じていた。それに、他人に人の家を覗き見されているような感じにもなった。

「母ちゃん、後妻って何？　母ちゃんのこと、皆、後妻って呼んでるよ」

まだ、隆が六人の兄弟皆キミの子だと思っていた時のことだ。この時は、キミも怒りが爆発した。

「そんなこと、聞くんじゃあないよ！」

隆の頭を、ボコボコと殴った。後で、キミは隆にきちんと説明してやれば良かったと思ったが、隆は不運な目に遭ってしまった。

「なさぬ仲だものね」

継母と継子の関係を言うのだが、あからさまに、キミは親戚の者に非難されたことがあった。長女の光子を早々と嫁に出した時、言われた。

長男雄一の結婚がまとまらないのは、キミのせいだとも言われた。キミが、まだ四十歳になる前のことだった。

「おまえは、自分の子どもばかり可愛がる」

幸助に、キミは何度も言われた。そんなことはない。一生懸命努力して、皆同じにしていた。お春の子どもに対しては、自分の子ども以上に気を遣ってきた。

でも、自分の子どもが一番可愛かった。良子は目立たない子で、何の取り柄もなかったし、隆は間抜けで、おっちょこちょいだった。キミは、それが可愛かった。

「わたしがいなくなったら、この子達はどうするのだろうか？」

キミの思いは、そこに尽きた。今でも、キミの心の中に残っていた。

幸助は、そのキミの一番弱い所を突いてきた。

「おまえは、自分の子どもばかり可愛がる」

「そんなことは、ありません。分け隔てなくしています」

「本当にそうなのか？」

しつこいのが、幸助の特徴であった。


遠くの方から、祭囃子の太鼓や笛の音が聞こえてきた。

「もうすぐ、お祭りね」

お春が、幸助の顔を見た。

「そうだ、祭りだ。お囃子の稽古をしているのだよ」

幸助が目を細めて言った。今年の祭りは、八月二日からだと、隆が言っていた。まだ、三日あった。

「今日は、帰って！」

キミが、二人の間に割り込むように言った。

「キミちゃん、そんなこと言わないで、一緒に行きましょう。明彦も、キミちゃんの来るのを待っているのよ」

明彦は、昭和二十年の二月、お春が出産して、すぐに死んでしまった子だった。それからお春は、益々病み衰えていった。幸助も非常に落胆していた。

「お春、止めておけ。今日は帰ろう。キミは頑固だから無理強いしない方がいい。もう二、三日すれば、医者の言うように、寿命が終わる」

幸助が冷たく言い放った。

キミは、相変わらずの幸助の無神経な言葉に、苛立ちを感じた。

――わたしが目の前にいるでしょうに！

でも、キミは、抗議の声を上げない。幸助と口喧嘩になり負けそうになると、最後は、

「後妻のくせに」

幸助が、イタチの最後っ屁のように言う。

キミは、ショックだった。力を失った。

そんなことに、ならないように、キミはできる限り、自分を抑え、口をへの字に曲げ、頑固に否定の態度を取ってきた。

二人が肩を寄せ合い、キミに仲の良さを見せつけるようにして、消えて行った。

「うーん」、「うーん」

キミは二度唸った。

――やっぱり、わたしは死ぬのでしょうね。そして、幸助とお春さんのいる所へ行くのでしょうね。

キミは、夫の幸助とは何だかんだはあったとしても、五十年間、うまくやって来た。嫌いではなく、好きだったし、愛していた。明治生まれの男にしては、他所の家庭の男より、柔軟な考えをしていた。六人の子どもを育て上げるには、夫婦の協力がなければできないことだった。戦争が終わった後の、五十年の幸助との夫婦生活であった。悪くはなかったよと、キミは思った。

「キミ、待っているからな」

二十二年前、キミを見ながら、幸助は亡くなる前に言った。その時、キミは確かお春の顔を思い浮かべた。だから、ためらったのだ。でも、子ども達はいるし、親類も来ていた。沈黙を長く続ける訳にもいかなかった。

「お父さん、待っていてね。後から行くからね」

感動の一瞬だった。病室の中は、悲しみの涙で溢れかえった。キミもつられて、大泣きしていた。

――誰もが、わたしがあのお墓に入るのは当然だと思っている。幸助とお春さんと明彦が先にいる。わたしが入る場所は、完璧に後妻の席だ。嫌だよ！　隆！　何とかしてよ！

翌朝になっていた。キミは何も食べていなかったし、水も飲んでいなかった。それでも平気であった。隆と妻の咲子が部屋に入って来た。

「母さん、大丈夫そうだ。呼吸の回数が減って、大きく息をしているけれど、苦しくはなさそうだ」

「お母さん！　お母さん！　分かる？　咲子よ！」

――うるさいよ。相変わらず声のでかい嫁さんだね。

キミは、少し目を動かしてやった。

「分かったみたいよ。まだ、聞こえているんだわ。子ども、孫、曾孫、それに親戚の主だったところは、おばあちゃんに最後の挨拶に来ることができた。これだと、まだ十日はもつんじゃあないの」

――十日はいくら何でも無理でしょうよ。

隆が何か思いを含んだような感じでキミの顔をじっと見た。キミが隆の心を揺すった。

「なあ咲子、お墓のことだけれど。母さん、山野の墓に入れるの止そうかと思う」

隆にキミの気持ちが伝わったようだ。

「なによ突然、この場になって、お母さんは死ぬ寸前なのよ。誰もが、お母さんは、山野のお墓に入るのものだと思っている。お寺にだって、お母さんの容態のこと、話してあるし、葬儀屋さんの手配だってしてあるのでしょう」

咲子は、朝から隆が考えごとをして、いつもと様子が違うなと思っていた。母親の死が近づいていた。隆が、何か妙なことを言い出さないかと気にはしていた。

「そうなんだ。そのつもりだったのは確かだ。でもね、気持ちがね、今朝起きた時から落ち着かないんだ。朝方見た夢で、母さんが、行かないよ、入らないよと、山野の墓の前で、駄々をこねていた。無理矢理、墓に入れるのなら死ぬからねと、俺を睨みつけていた」

「まったく、この期に及んで変な夢を見たわけね。あなた、本当にそうしようと思っているの？」

咲子が、隆からキミの顔に視線を移した。キミの顔に笑みが浮かんだような気がした。

「うーん、そうなんだ。でも、やっぱり、難しいのだろうか？　なあ、おまえ、どう思う？」

――始まった！　隆のぐずが。すぐに、意志が揺らいでしまうのだから。わたしの気持ちは、夢で伝えた通りなのだよ。しっかりしなさい、隆。

隆の長兄の雄一はだいぶ年を取ったが、まだ足腰もしっかりしており、頭脳も明晰であった。雄一は結婚すると同時に、継母のキミがいる実家から離れ、自分の家庭を持った。また、仕事も父幸助から独立して、洋服仕立ての技術をいかした新しい事業に取り組んでいった。雄一は実家とは穏便な交流を図りながら、長男としての役目もしっかり果たしてきた。雄一は、幸助の自慢の息子であった。弟妹の面倒も良く見てきた。幸助とキミが商売をしていた駅前の店も、隆が引き継ぐことに何の異議も挟まなかった。父親幸助の葬儀の時は、喪主を務めた。お墓と仏壇を守るのは、キミの仕事として援助もしてきた。要するに、山野家の長男として世間から認められているのは、雄一であって、キミは継母であり、隆は腹違いの弟に過ぎなかった。

「隆、母さんは、山野の墓に入れるのだろう？」

雄一がキミの見舞いに来た、一年前のことであった。雄一が突然、隆に訊いた。キミは寝ていたが、耳にはっきり届いた。薄目を開けると、隆がキミの顔を見ていた。判断不能に陥って困惑している隆が、助けを求めるかのように立っていた。

「はい、そうです。お願いします」

隆には期待していなかったが、キミはがっかりした。何か言ってやろうかと思ったが、声が出なかった。

「隆、喪主はおまえがやれ。そういうことで進めよう」

雄一はそう言うと、しっかりした足取りで部屋を出て行った。

「母さん、しょうがないだろう」

隆が、気まずそうに言った。すると、キミは、隆の顔を見るのも嫌だと、布団を被って寝てしまった。


隆が、六十も中の頃の時であった。

「母さんが、親父とお春さんのいる墓には入りたくないよと、言っている。俺は、母さんに新しい墓を造ってくれないかと頼まれた」

「あなたとわたしは、山野のお墓には入ることができない。新しい、別の山野の墓を造って、そこに入ることになる。だから、お母さんは、そこに入れておくれと言っているのだと思うわ」

隆と咲子の話はそれ以上進展しなかった。自分達が墓に入る話は、まだ現実的ではなかったし、母親もまだ元気であった。

「うーん、分かった。考えておく」

隆がキミに答えて、五年はすぐに経ってしまった。キミが納得するような墓を造るには、五百万円は必要であった。その金を工面することを考えただけで、隆は面倒になり、適当な理由をつけては先延ばしにしてきた。そして、キミは九十歳を超えると、急に衰え始め、骨折をしたり、認知症が進んだりと、隆達夫婦の介護が必要な生活になった。夫婦でキミを介護する限界も二年程でやって来た。

「もう無理だ。母さんを介護施設へ入れよう」

隆が最初に音を上げた。

「もう少し、がんばってみよう」

咲子の方が、隆より遥かに大変な苦労をしていた。隆は、認知症が進んだキミのことは勿論だが、髪を振り乱して介護に専念する咲子の姿に、絶望的な限界を感じたのであった。このまま行けば、我が家は崩壊する、もう我慢できないと、隆は白旗を上げたのであった。

「お金は、どうするのよ」

収入は、一階の洋品店から入る家賃と、年金だが、自営業だったので、会社員の半分位、足してどうにか一般並みになった。余裕はなかった。

隆は長兄の雄一に助けを求め、入居金を作った。そして、近くの介護施設にキミを入居させることができた。だから、新しい墓を造る話は資金的に更に難しくなり、キミは山野家の墓に入るしか選択の余地はなくなった。

七月三十一日になった。明日は宵宮で、祭りは八月二日から本格的に始まる。各町内、祭りの準備で忙しい。隆の生まれ育った駅前の町会は、空襲で山車が焼かれて、それ以来再建していない。山車のある町会に較べると、一歩も二歩も引けを取ってしまう。しかしながら、山車を持っている町会も昔ほどには威勢が良くなかった。駅前に大型店が出店し、商店街の趨勢が変わった。昔から八王子の商業を支えてきた、甲州街道沿いの商店街が廃れてしまった。以前は、朝早くから夜中近くまで、町中祭り囃子が響き渡っていた。ところが今、甲州街道沿いはマンションの立ち並ぶ町に変わってしまった。新しい住民は、祭りの賑わいでさえ騒音として苦情を訴えるようになり、規制の中で祭りは執り行われていた。

「すべて、あなた次第よ。お母さんの気持ちを大事にするのなら、あなたが決断すればいい。わたしも、お母さんの、山野家の墓に入りたくないという気持ちは、理解できるわ。でもね、この期に及んでは、お金、時間、人の繋がり、色々面倒なことが多すぎるわ」

「そうだと思う。だけど、母さんの気持ちがね、気になって仕方がない。山野家の墓には、親父、お春さん、明彦がいる。母さんが入って、それほど経たない内に、長兄の雄一が入っていくだろう」

隆は、長兄の雄一には頭が上がらない。十五歳の年齢差は、普通の兄弟以上の圧迫感があった。キミが幸助と結婚した時、長兄は、十二歳であった。その時、長兄には自分達四人兄弟と山野の家の未来がある程度予測できたのであろう。父母を助けて、長男としての役割を立派にこなしてきた。キミを決してないがしろにはしなかった。父母と六人兄弟仲良く暮らしていた。隆は、中学生になるまで、長兄を始めとして、六人の兄弟は母親キミの子どもだと思っていた。

十五歳年下の末弟の隆にとって、長兄は父親の次に敬意を表さねばならない存在となっていた。進学、就職、結婚と隆の人生の分岐点にさしかかると、

「兄さんの所へ行って、相談して来なさい」

キミは、隆に雄一の所へ行くよう指図した。別にたいした問題ではないと隆は思っていたが、仕方なく、長兄の所へ行ったものであった。

「おまえの好きなようにすればいい」

長兄の言うことは、いつも同じであった。

「そうかい、兄さんはそう言っていたのかい。良かったじゃあないの！　隆、がんばるんだよ！」

キミも、毎度同じように喜んでいた。

その時の幸助はと言えば、

「おまえは、努力が、もう一つ足らないんだ」と、不満気な顔をしていた。

「何よ！　隆は一生懸命やったのよ。お父さんは、ずいぶん冷たく言うのね」

キミは、幸助が隆に対しては厳しいと思っていた。キミが隆に甘くすれば、それだけ、幸助は隆に厳しくなった。隆もそう感じていたが、別にどうでもいいと思っていた。ただ、妻に、

「お母さんは、本当にあなたに甘いのだから」

と言われると、隆は心臓の辺りを嫌な風が吹き抜けて行くのが分かった。

「母さんは、墓の中に入ってから、父達からは後妻と呼ばれ、後から入って来る長兄からは、継母と言われる」

隆は寂しそうにキミの顔を見た。

——そうだよ、隆、そうなんだよ。母さんを可哀相だと思うなら、山野家の墓に入れないでおくれよ。

キミは、エネルギーも枯渇しそうであった。送り込まれてくる酸素も少なくなり、血液の循環も遅れてきていた。隆に訴えるには、母と子を繋いでいる心の糸を揺するしか方法はなかった。

「あなたの言っていること、理解はできる。でもね、今よ、今どうしろって言ったたって、わたしには、判断できないわ。大変なことが山積しているとしか思えない」

咲子が、ヒステリックな声を上げた。

——咲子さん、気持ちは分かる。でも、ここは冷静に考えて、あなたが強く言うと、隆が萎縮してしまう。

「それは、分かっている。でも、俺の気持ちとしては……」

「なによ！　はっきり言いなさいよ。お母さんを山野の墓に入れたくないのでしょう。

お母さんは、もう後二、三日よ。葬儀屋だって、寺の坊主だって準備万端よ。親戚も今か今かと待っているわ。だから、どうやって、山野の墓に入れないようにするのよ。あなたに何か良い計画でもあるの？」

隆が挫折するのは、いつものことだった。でも、たいした被害がでないのは、そもそもが人物が小さいからだと咲子は思っていた。挫折と言うより、腰砕けのことが多かった。隆は、咲子の視線を外し、窓の外を見た。

今日も猛暑になるとの天気予報であった。空は青く、奥多摩の大岳山の方まで雲一つなかった。八王子は、午前中に三十三度、午後には三十六度になると言っていた。

——隆よ、もう諦めたのかい？　もうちょっとがんばってくれないかな？　おまえが、辛い思いをするなら、母さんは我慢をするけれどね。それでもやっぱり、山野の墓に入るのは嫌だね。

「キミちゃん！」

「由江ちゃんだ！　久し振りね」

由江がベッドの脇に立っていた。

「キミちゃんが、いよいよ、最期だって聞いてね。生きている内に会っておかなくてはと思ってね」

「うれしいわ。よく来てくれた。ありがとう。医者は、後二、三日だって言うけれどね。自分では、そうなのかなって感じよ」

「相変わらず、キミちゃんはのんびりやさんだね」

由江は、幸助達と違って、キミを迎えに来た訳ではなさそうだった。隆と咲子が、キミの顔を覗き込んだ。

「ずいぶんいい顔をしているね。呼吸はゆっくりだけれど、調子は良さそうだ」

右か左かどっちかしかないのに、隆の頭の中はパニックを起こしていた。でも、キミの穏やかな顔を見て、束の間の涼風を感じていた。

「楽しい夢を見ているようだわ」

咲子が言った。

「そうかもしれない」

隆は、そう言いながら、時計を見た。

「お昼に近くなった。昼飯を食いに行こうか」

「そうね、お母さんは、寝ているし、行きましょうか」

隆と咲子は、部屋を出て行った。

「あれが、息子と嫁よ」

「知っているわ。何度か顔を見ている。孫や曾孫に囲まれ、幸せそうなキミちゃんの様子も見たことがある」

由江は、昭和二十年八月五日に亡くなっている。二十三歳であった。由江が上野原の実家に帰ろうとして乗っていた中央線の列車が、米軍戦闘機P51の機銃掃射を受けた。由江の乗った車両が一番激しく銃撃され、由江はそこで命を落としたのであった。

「由江ちゃんは、昔のままね。若くてきれいだわ。それに較べて、わたし、こんなよ。見て、何日も何も食べず、水も飲まないから、小さくなって、ミイラみたいでしょう。まだ、生きているって、皆、驚くのよ」

キミは、骨に皮が付いているだけになった腕を伸ばし、由江の頬に触れた。キミの目から涙が流れた。体の奥底からしぼり出した涙であった。

「ごめんね」

キミが言った。

「いいのよ。昔のことよ。七十三年も前のことだわ。キミちゃんのせいではないわよ。遠い昔、戦争があった時の話よ」

由江は、おさげ髪にもんぺ姿でリュックを背負い、防空頭巾を肩から吊るしていた。

「懐かしいわ、由江ちゃんの服装、とてもいいわ」

キミは、由江が肩から吊るしていた防空頭巾を手に取り、じっと見ていた。由江は、その防空頭巾を肩から外し、キミの頭に乗せた。

「今日は、七月三十一日よ」

由江が言った。

「明日は、八月一日」

キミは、息絶え絶えなのに、しっかりした声で、由江に答えた。

「忘れはしないわ」

「そう、あの八王子空襲の日のことははっきり覚えているわ」

キミに残されたエネルギーは、もう後わずかであった。最後の力をふりしぼって、キミは記憶を蘇らせようとした。今日も、あの時の夏の日と同じように、酷い暑さなのだろうなと、キミは窓の外に目をやった。

昭和二十年八月一日深夜から二日午前二時半頃まで、八王子の市街地は、B29百六十九機の猛烈な焼夷弾攻撃を受け、焼け野原と化したのであった。

十八　八王子空襲前日

米軍の飛行機からバラ撒かれる宣伝ビラを、当時の人達は「伝単」と呼んだ。目的は、日本が敗戦寸前であることを知らせ、日本国民を戦意喪失させることにあった。日本の大都市は、空襲により壊滅状態となった。そして、米軍の対日戦略爆撃は、各地の中小都市空襲へと移行して行った。七月三十一日夜、二十四時間後の八王子空襲を予告する「伝単」がバラ撒かれた。六月十七日から始まった中小都市空襲は十二回となり、主な諸都市は、焼け野原となっていた。八王子空襲も時間の問題と考えられていた状況であり、八王子市民も、「いよいよ、明日空襲されるのか！」という緊張と恐怖の渦の中に巻き込まれて行った。


「キミちゃん、これ見て！」

由江が客からもらったという「伝単」を手にしていた。

「えっ、本当？　明日、空襲があるの？」

キミが大声を上げた。

「どうも、明日は確実だと、皆、言っていた」

「どうしたの？　由江ちゃん」

キミの母親の梅が顔を出した。

「母さん、これを見て！」

キミが「伝単」を梅に差し出した。

「うーん、明日ね！」

梅は、何とも言いようのない、不思議な顔をして、夜空を見上げた。

「静かな夜なのにね」

「母さん、どうする？」

甲州街道沿いの店も、売る品物もなく、早々と店を閉めている。大野理容店のある奥まった路地など、まるっきり静まり返っていた。キミは口をあんぐり開け、呆けたような顔をしている梅を見た。

「どうしようかね！」

梅は、キミと由江の顔を交互に見た。キミは、梅が何も考えていないなと思った。

「由江ちゃんは、明日はどうするの？」

「山村の親父さんは、上野原の実家に帰って、暫らく様子を見なさいと、言ってくれるんだけどね。明日は、元八王子の隣保館に行ってみようかと思うの」

「そうね、村上先生達が付いているから、大丈夫だと思うけれど、でも、子ども達のこと心配だわね」

キミも由江と元八王子へ行ってみたいと思うのだが、梅がキミを頼りにして離さないだろうと諦めていた。空襲におびえる毎日であったし、キミもＰ51の機銃掃射の恐ろしさを体験していた。だが、街が焼き尽くされる程の大空襲は想像ができなかった。

警察も各町内会でも、「空襲時には、逃げてはいけない。日頃の防空訓練通りにすれば、空襲など恐れることはない」との指示を徹底させようとしていた。

「そうよ、焼夷弾が落ちてきたら、バケツリレーして水を掛け、火たたき棒で叩いて消せばいいのだから」

キミ達もそう思っていた。


八月一日、朝から強い日差しが照りつけていた。キミは朝ご飯の仕度をしながら、何であんな夢を見たのだろうかと、首を傾げていた。夢を見ていた時は、本当に気分が悪かった。今は大丈夫。あれは夢だったと分かったからであった。

「あれっ、今日もカボチャの雑炊なの？」

一番下の妹のヒサが鍋の中を覗いた。

「嫌ならいいのよ。わたしがヒサの分を食べるから」

その上の妹のシズが、洗面を終え、横を通った。

「駄目よ！　遣らない！　わたしは食べるわ」

こんな美味しくない食べ物でも、少しでもお腹がくちくなればいい。ヒサとシズの言い争いが続く。いつものじゃれ合いであった。

「うるさい！　向こうへ行ってなさい！」

キミは叫んだ。心の中のもやもやが、飛んで行ったような気がしたが、まだ残っていた。

――夢は、映画「愛染かつら」の一シーンだった。津村浩三が上原謙ではなく村上先生で、高石かつ枝は田中絹代ではなく由江ちゃんだった。かつらの木の下で、村上先生は看護婦姿の由江ちゃんの肩に手を置いていた。村上先生は由江ちゃんに「一緒になろうね」と確かに言った。わたしは、お堂の陰でその様子を見ていて、溢れ出る涙をハンカチで拭っていた。悔しくて、悔しくて、胸が張り裂けそうな気がした。

キミは、もう思い出すまいと首を振った。カボチャの雑炊鍋が煮立ってきた。首筋から流れた汗が胸の谷間をすべり落ちて行くのが分かった。

「キミや、山野で卵をもらってきたよ」

母親の梅が、駅前の山野の家に行って戻って来た。お春の容態があまり芳しくなかった。空襲は避けられないから、病院から退去するよう言われ、お春は自宅に帰っていた。産後の肥立ちが悪い上に、以前から胃や腎臓を患っており、家に戻ってから更に病状は悪くなっていた。

「肺もやられているようだよ。咳も酷くなった」

「結核なのかしら?」

「大きな声で言っては駄目よ」

梅が、キミの口を封じようと指を立てた。

「幸助さんが、わたしを呼んで、お春には内緒にしておいてくれと言うのよ。小さな声で、どうも結核にも罹ってしまったようだ、長くはないかもしれない、とね」

キミは、梅から卵二個を手渡された。あの第四高女の近くの家から分けてもらった卵なのだろう。幸助は必死になって、春の病気を治そうと、栄養のつく物を手に入れようとしていた。

「どうしよう、この卵？」

「この雑炊に入れてあげたら！」

「凄い、朝からご馳走よ！」

キミが声を上げた。

「どうしたの？ ご馳走だって！」

妹達がすぐに反応した。


「ヒサとシズは、楢原の山本さんに預かってもらおう。自分が、連れて行くよ。キミとフサと母さんは、家に残って、防空壕にお店の道具、家財道具をできるだけ入れておくようにしてくれ」

朝食後、長兄の一郎は緊張した様子で言った。空襲が予想される日、警防団員の一郎は、家族のことはさて置いて、午後から明朝まで、町の警護に当たらねばならなかった。

「本当に、空襲はあるのかね？」

梅が、ヒサとシズに持たせる荷物の準備を始めた。

「空襲は確実だと思う。今までの例からしても、夜になってからだと思う。恐がることはないよ。日頃の訓練を活かせばいいのだから」

兄の一郎は、ニューギニア戦線まで行っていたが、マラリアに罹り、本土送還となって戻って来た。今も、時々四十度を超える高熱と悪寒に襲われている。梅は、一郎のことが心配でならなかったが、一郎は毅然として、徴用先の軍需工場で働き、家に帰ってきては町会の警防団の一員として活動していた。

村上も、中国戦線で足を負傷して、内地に送り返されて来た一人であった。やはり古傷に悩まされ、足を引いて歩いていることがあった。

朝の十時を回った。由江は、いつものように九時に元八王子に向かうトラックに乗せてもらうと言っていた。今頃、隣保館に着いて、子ども達と村上に笑顔で迎えられているだろうなと、キミは思った。七月八日に、P51の機銃掃射で恵介が亡くなってから、キミは隣保館に行っていなかった。目前での恵介の死は、キミに強烈な衝撃と悲しみを与えた。

――村上先生に会いたい。会って、二人して恵介の冥福を祈り、悲しみを共有したい。でも、あの場所へ行くのが恐ろしかった。その点、由江ちゃんは、精神的に強いのだろう。その後、何度も一人で隣保館に散髪の勤労奉仕に行っていたし、実家から送ってくる野菜類を届けにも行っていた。きっと、村上先生と、以前よりずっと仲良くなっているに違いない。

キミは今朝見た夢を思い出した。はらわたが波うつような感じがした。日差しは強くなり、蝉がうるさく鳴いている。青空は元八王子の方まで広がっていた。

「キミ、これからまた山野へ行くことにするわ」

キミの家の防空壕は、店の縁の下に掘ってあった。人が入って隠れるのには無理があった。大切な物や資材を、とにかく空襲から守る防空壕であった。物を持っての逃避は大変だ。キミの家族は、真直ぐ町内会の大きな防空壕に逃げ込むことにすると決めていた。

「トタン板の余っているのがあるから、必要なら上げるからと、幸助さんが言っていた。うちの防空壕に被せるのに丁度いいと思うのさ。お春の具合も心配だし、キミや、一緒に山野に行ってみようよ」

「いいわよ」

兄は、下の妹二人を安全な知り合いの家に連れて行った。家の留守番はフサに任せて、キミと梅は八王子駅前にある山野の家に向かった。肌を刺すような強烈な日の光であった。手ぬぐいで拭いても拭いても、汗が流れ落ちてきた。

キミは、大通りへ出て驚いた。五十台を越える消防自動車が東から西に向かって並んでいた。都内の消防署から応援に駆けつけたのであろう。消防自動車には、「練馬」「足立」「世田谷」といった名前が記されていた。大通りのほとんどの商店は店を閉めていたが、人は何とはなしに多かった。荷物を持って避難する人、のんびりと消防自動車の列を眺めている人、色々であった。そして、空を見上げ、今夜の空襲のことを思っていた。


「大通りに、あんなにたくさん消防自動車が並んでいたわ。今夜の空襲は、本当のようだね」

梅とキミは、山野洋服店の横にある路地を通り、裏庭からお春の寝ている部屋に入った。

「そうなんだ。やっぱり今夜空襲があるのね」

お春が、布団の中で弱々しく言った。

「義姉さん、キミちゃんが一緒ならば大丈夫だ。そこの庭に立て掛けてあるトタン板だよ。もう使わないから持って行っていいよ」

山野では、小さな庭だが、そこに防空壕が掘ってあった。やはり、人が隠れるには小さく、商売道具や家財を収納するだけであった。杭を打ち、天井は板を渡し、その上にトタン板を敷いてあった。その余ったトタン板であった。

お春は、この暑い最中なのに、薄手ではあるが、布団を掛けて寝ていた。急にお春が咳こんだ。幸助が背中をさすってやるが、咳はなかなか止まらない。

「幸助さん、今の内だよ。早く町から離れた方がいいよ。空から、爆弾やら焼夷弾が落ちて来たら大変だよ。病人を抱えていたら、逃げるにも逃げられなくなるよ」

お梅が、以前から何度も繰り返していたことだった。空襲の危険があるので、患者を守りきれないと退院させられ、一週間が経っていた。幸助だって、そのことは分かっていた。近在の病院に何軒か当たってみたが、みな断られた。五日市にある幸助の実家には、子ども三人をすでに預けてある。幸助の兄の子どもも大勢いたし、年寄りも抱えていた。これ以上、迷惑をかけるのは無理だった。まして、お春に結核の症状が出ていた。

「姉さん、いいのよ。心配しないで。幸助さんがついているし、雄一もいる。二人して私を守ってくれるわ」

咳がようやく治まったお春が言った。長男の雄一は十二歳、幸助を手伝い、母親の看護をし、弟妹の面倒もよく見ていた。

「姉さん、心配かけて申し訳ない。お春のことは必ず守るから。病気だって良くなりますよ」

幸助は、お梅に向かってというより、お春を安心させる感じで話していた。キミと幸助の目が合った。幸助の目に涙が溜まっていた。キミは、胸がドキッとした。幸助はすぐに目を逸らし、目を拭いた。キミは、幸助のお春への愛情の深さを痛切に感じた。

男と女の恋愛感情、夫婦の愛、キミは映画や小説からそれなりには理解していた。村上に対する、キミの思いもその理解の線上にあった。キミの感情は激しく揺さぶられた。幸助とお春の間に通い合う愛情の強さを、キミはしっかりと見たのであった。

「キミちゃん、ちょっと来て」

お春がキミを手招きした。

「なに？　おばさん」

「指を出して」

お春は、枕元に置いてあった小箱から指輪を出した。

「あなたの指にこの指輪は良く似合うわ。見て、わたしの指は、こんなに細くなってしまった」

お春がキミの手を取り、指に指輪を嵌めた。

「あなたにあげる」

「えっ！」

指輪は、キミのふっくらした指にちょうど合っていた。小さなダイヤモンドがきらりと輝いていた。キミは、幸助の視線が気になったが、とても顔を上げる勇気は起こらず、じっと指輪を見つめていた。

「いいでしょう、幸助さん？」

お春が、幸助の方を見た。暫らく、沈黙が流れた。

「ああ…」

幸助の声に悲しみがこもっていた。お春の心が幸助に伝わったようだ。自分の命が長くはないと悟った、お春の気持ちが哀れを誘った。

空襲の夜、お春は覚悟を決めていた。

「いいのかい、お春？　幸助さんも」

お梅が、状況の判断もせずに口を挟んだ。自分がもらったかのように、お梅の顔が綻んでいた。

「いいですよ。お春が決めたのですから、キミちゃん、もらっておきなさい。こんなご時世だ、貴金属の回収令で持って行かれるよりは、キミちゃんにあげた方がいい」

「おばさん、本当にいいの？」

キミはお春にとって、初めての姪だった。キミは小さい時から、お春に可愛がられていた。

「いいのよ。キミちゃんには、うちの子ども達もよく面倒見てもらった。光子はキミちゃんのこと、姉のように慕っている。一番下の清だって、キミちゃんに懐いて、とても良い子に育っている。入院中でも、キミちゃんが手伝いに来てくれていると思うと、とても安心だわ。ねえ、あなた、そうでしょう？」

お春の病んで痩せた体つきが、その美しさを一層引き立たせているようであった。青みがかった白さの中に、紅をつけない唇が赤く艶かしさを増していた。

「そうだね。キミちゃんには感謝している。お春の気持ちだ。キミちゃん、受け取ってくれないか」

幸助が、この時、お春の気持ちをどこまで理解していたかは分からない。お春は、先のない命を考え、キミに自分の家族を託すことを考えていたとしても不思議ではなかった。キミは若くて健康な娘であった。


キミと梅は、山野からもらってきたトタン板で店の縁の下の防空壕を覆った。とにかく大事な物を防空壕に収納しておこうと考えていた。人が何人も入れるような防空壕を、街中の小さな家で造るのは不可能だった。空襲警報が鳴ったならば、すぐに町内会の防空壕に逃げ込もうと、梅を始めとして、近所の人達誰もが心づもりをしていた。その防空壕にしても、三十人が入れば、一杯になってしまう。空襲警報は、今まで何度も鳴っていた。隣組の防火隊の一員として、火たたき棒を持って待機していたのは最初の内で、その後はだいぶ気が緩んでしまい、適当にという感じが強くなっていた。

だが、今回は、本当に空襲があると誰もが言っていた。夏の盛りの八月一日、ゆっくりと日が暮れて行った。明日、いつものように朝が来るのだろうか？　何も起こらなければいいが、とキミは暗くなった空を見上げた。いよいよ、不安で落ち着かない恐怖の夜に突入していった。

十九　八王子空襲

午後五時三十五分、マリアナ群島テニアン島西飛行場から八王子空襲に向かうＢ29の一番機が飛び立った。それから続々と百八十機が離陸していった。この日は、アメリカ陸軍航空軍の第三十八回の創立記念日に当たった。サイパン、グアムの諸島から、富山へ百七十三機、水戸へ百六十一機、長岡へ百二十六機、川崎へ百二十機、八王子も含めると八百機近いＢ29が、記念日を祝し、日本本土を目指して飛び立ったのだった。

夕食後、一郎が再び警防団の詰所へ出掛けていった。母親の梅が、心配そうに一郎を見送っていた。陣馬山に向かって日が急激に落ち始めたところであった。

「夏至の頃からしたら、少し日が短くなってきたね」

不安げな顔をして、梅が台所へ戻って来た。夕食の片付けをしていたキミは、窓の外を見た。黄昏時の薄い闇が少しずつ広がり始めていた。片付けは簡単に終わり、梅とキミとフサは、逃げ出す時の荷物の最後の点検をした。

「この大きな荷物は何なの？」

キミが、梅の横に置いてある三つの大きな風呂敷包みを指差して、言った。

「これには、位牌やらの仏壇の中の一式が入っている。こっちは私の着る物、向こうは食べる物さ。みんな必要な物だよ」

「大丈夫かしら？　こんなにたくさん持って逃げるの大変じゃないの？　わたしは、これだけ、着替えと大事な物が入ってる」

キミは、昼間、お春からもらった指輪を風呂敷包みの衣類の間に挟んであった。

「大丈夫さ！　どれもが必要なものばかりよ」

梅は、ちょっと首を傾げたが、これらの荷物を持って逃げるつもりであった。

「お姉ちゃん、由江さんよ」

妹のフサが、人の気配を感じて、玄関の方を見た。

「おばさん、こんばんは！」

由江が、防空頭巾を片手に持ち、玄関に立っていた。

「どうしたの、由江ちゃん？」

「キミちゃん達どうしているかと思って」

由江は、元八王子の隣保館から戻るのが遅かった。八王子へ向かうトラックは今日は何本もなかった。

「空襲に備えて、荷物をまとめていたのよ」

キミは、きれいに片付けられた部屋を指差した。

「ねえ、キミちゃん、元八王子へ行く最終のトラックが八時頃出発するわ。村上先生がね、八王子の町より、元八王子の方が安全だから、ここに避難して来ればいいと言ってくれているのよ」

由江は気持ちが落ち着かない様子だった。

由江は、村上から「八王子の町は今夜、空襲される。元八王子の方に逃げて来る人がたくさんいる。由江さん、八王子は危険だ。戻らない方が良い。隣保館に泊まって行った方がいいよ」と言われていた。その時、由江は心臓が高鳴った。村上はいつもと変わらない表情だった。が、由江には村上から伝わって来る何かを感じた。

「キミちゃんを呼びに行って来ます」

咄嗟に、由江の口から出た。

「そうだね。キミちゃんも安全な所に避難させた方がいい。暗くならない内に、急いだ方がいい」

村上は腕時計を見た。由江は、村上の横顔を見ていた。耳の辺りから、首筋に向かって何本もの汗が流れていた。

由江は村上の気持ちを深く考えることを停止した。とにかく、村上の申し出通りに、キミを安全な元八王子に連れて来ようと、八王子の町に戻って来た。


「どうしよう、母さん？」

キミは、梅の方を見た。

「由江ちゃんと一緒に行きなさいよ。フサ、おまえも一緒に連れて行ってもらいなさい」

「母さんは？」

「わたしは、一郎が戻って来るのを待つよ。一郎と一緒なら心配ないからね」

梅は、一郎を一番頼りにしているのだった。

「じゃあ、行きましょう」

由江が、キミとフサの先に立って、市役所前に急いだ。午後八時を回っていた。トラックはまだ来なかった。恩方、元八王子方面へ帰る人、行こうとする人がかなり待っていた。突然、警戒警報が鳴った。

「大変だ、空襲だわ！」

三人は顔を見合わせた。

「家へ帰ろう」

フサがキミの袖を引っ張った。由江はトラックの来る駅の方角を見ていた。

「これでは、トラックは来ないな」

隣にいた、戦闘帽を被った男が言った。続いて、空襲警報に変わった。

「キミちゃん、市役所の防空壕へ行くわよ」

市役所の庭に、大きな防空壕が掘ってあった。トラックを待っていた人達が入ってきても、まだ余裕があった。

「大丈夫かしら？」

「こんなに大きな防空壕よ。ここなら安全よ」

由江は何か考えている様子だった。

「村上先生、わたし達が来ないので、心配していないかしら？」

キミは、由江の気持ちを探るように言った。

「うーん、心配しているとは思うけれど……」

由江の顔が複雑に変化した。

「由江ちゃん、わたしのことなど気にせずに、隣保館に泊まってくれれば良かったのに」

「何よ、キミちゃん、その言い方は！」

由江は、キミに心の中をのぞかれたような気がしたのだ。キミの心も揺れ動いていた。恵介がP51の機銃掃射で撃たれて亡くなってから、元八王子の隣保館には行っていなかった。キミは、恵介の亡くなった場所を訪れる気持ちにはなれなかった。村上に会いたいとは思っても、辛く悲しい記憶が蘇って来るのであった。

その点、由江は頻繁に隣保館へ通っていた。そして、キミの分まで散髪の仕事をこなし、村上を始めとして子ども達から喜ばれていた。

村上と由江の仲がどこまで進んでいるのかは、キミの一番気になるところであった。

由江がキミの顔をじっと見ていた。キミは、黙って下を向いてしまった。

空襲警報がラジオからも聞こえていた。

「東部軍管区情報、九時十分現在、敵の編隊百二十機が、京浜地区に侵入、川崎、鶴見地区を爆撃中」

外の様子を見ていた男達が戻って来た。

「空襲警報は鳴っているけれど、敵機の姿は見えない。水戸、長岡も空襲されているようだ。今は、川崎が空襲されている。八王子はどうなのだろうか？」

男達の話す声が聞こえて来た。

「空襲はないのかしら？」

フサが、汗を拭いながら言った。防空壕の中は、空気は淀み、蒸し暑かった。

「外の方が涼しくて、いいよ。敵機も見えないよ」

散髪によく来る近所の若い男が、キミ達に声を掛けてきた。防空壕に避難していた人達が、恐る恐る外へ出始めていた。十時を回っていた。

キミ達も防空壕から外へ出た。少し雲が広がっていたが、その奥の方に見えるのは、敵機ではなく星空であった。空襲警報も鳴ってはいるが、音も小さくなり、遠くなっているような気がした。いつもの警報の終わりと同じ感じであった。町の中に安堵した空気が流れていた。

「今日は、空襲はなさそうだね」

「そうだね」

空襲警報解除の知らせのないままに、誰もが今日は空襲がないと思ってしまった。役所も警察も確たる情報の連絡もないまま、ほっとしてしまった。

「キミちゃん、良かった。空襲はないみたいだ。隣保館へ行かなくてよさそうだわ」

由江も空を見上げていた。空襲警報が微かに鳴っている。川崎の方から聞こえてくるのかもしれない。

「良かった。わたし達、家に帰るわ」

「わたしも、山村の家へ戻るわ」

キミ達も由江も、防空壕から出て来た人達は、今日は空襲はないものと思って、それぞれの家に戻って行った。

「由江ちゃん！」

キミは振り返って由江を呼んだ。

「なに？　キミちゃん！」

「明日、隣保館へ行ってみたい。由江ちゃんも一緒に行ってくれるわよね？」

「いいわよ。わたしも行こうと思っていた。村上先生もキミちゃんのこと心配していた。きっと喜ぶわ」

由江がうれしそうだった。

「ありがとう、由江ちゃん」

キミは、隣保館の子ども達の笑顔を思い浮かべていた。由江と村上のことが、キミの心の中でもやもやしていた。キミは、村上ではなく、子ども達に会いたいと思った。

「空襲はないとは思うけれど、でも、一応もんぺのまま寝た方がいいわよ」

「そうかね、大丈夫じゃあないかね」

母の梅は、蚊帳を吊り、寝巻きに着替えようとした。警防団の仕事に行っている一郎は、まだ戻って来なかった。

「いつものことだから、このまま寝よう」

妹のフサが、布団の上にごろりと横になった。蒸し暑い夜であったが、すぐにフサの寝息が聞こえた。

「疲れているのよ、フサは」

キミも、空襲があるというので、一日、家財の整理や片付けで忙しかった。元八王子の隣保館への避難は取り止めになった。今になって、残念と思う気持ちが強くなってきた。明日、あらためて隣保館へ、由江と行く約束をした。キミは布団に横になったが、村上や由江のことを考え始めてしまい、眠りの世界に入りそびれていた。梅のイビキが聞こえ始めた。

蒸し暑さが増したような気がした。キミは、水を飲もうと立ち上がり、台所へ一歩踏み込んだ。その時、であった。空襲警報が鳴り響き、キミの家が揺れ、激しい爆音が響いた。B29の大編隊が八王子の上空に到達したのであった。キミが窓から外を見た時は、駅の方角が真っ赤な炎に包まれ、「ドカーン、ドカーン」と爆裂音が聞こえて来た。

「大変、空襲よ!」

キミは大声で叫んだ。

「!」

梅が素早く起き上がった。フサを叩いて引き起こしていた。キミは、防空頭巾を被り、家の外に出た。

「シュル、シュル、ザアー、ザアー」

八王子の空一杯に広がるB29の大編隊から、赤い炎の尾を引いた物体が落下していた。

あちこちから火の手が上がった。照明弾が投下され、八王子の夜空は一遍に明るくなった。更に、家々から炎が上がり、きっとB29からは真昼のように町並みが浮かび上がったに違いない。M17集束焼夷弾が投下された。上空一五〇〇メートル辺りで集束のバンドが外れ、内蔵されていたM50小型テルミット・マグネシュウム焼夷弾百十本がバラバラと落ちてきた。長さ五四センチ、重さ一・六キロの焼夷弾六十七万発が八王子の町に降り注いだ。

「バリバリ、ドスン」

焼夷弾がキミの家の屋根を突き破り落下してきた。跳ね飛び、火を噴き、火を撒き散らした。キミは素早く火たたき棒を持った。防火訓練通りに、夢中で焼夷弾を叩いて、庭へ放り出した。しかし、屋根を突き破り、次から次へと焼夷弾が落ちてきた。瞬く間に、キミの家は火炎に包まれた。

母親の梅と妹のフサは、はるか以前に、キミを置いて、荷物も持たずに、わき目もふらずに逃げ出していた。キミはその火炎の燃え上がる速さに呆然としていた。

「キミちゃん、何しているのよ。逃げるのよ！」

由江が、キミの背中に向かって、大声で叫んだ。

由江は、浅川の向こう岸にある、安土の丘に向かって逃げようとしていた。甲州街道を進み、浅川橋へ向かう大横通りへと曲がった。その通りのちょっと奥まった所に、大野理髪店はあった。キミのことが気になり、寄ってみたのであった。

「あっ、由江ちゃん！」

燃え上がる炎で、由江の顔がはっきり見えた。

「行くわよ！」

由江が、キミの手を取って駆け出した。

近所のおばさんが、防空壕の入口でキミを呼んでいるのが目に入った。

「シャアー、シャアー、シャアー」

雨音のようだが、焼夷弾の落下音であった。

「ドカン、ドカン」と屋根を突き破る音が続き、火炎が一気に噴き上がった。

背後から炎が迫ってきていた。商店が連なる甲州街道の方も炎に包まれていた。浅川橋に向かう道路は、リヤカーや荷車を引く人達が多く、押し合いへし合いして、前へ進んで行かなかった。

「警察と警防団が、逃げるな、消火に当たれと、橋を塞いで、通行止めにしている」

先へ進まない列の中で叫んでいる人がいた。

そこへ、また、空から雨音が響いて来た。

見上げると、打ち上げた花火がパラパラと舞い落ちてくるかのような光景が夜空に広がっていた。

悲鳴が上がった。

キミも叫んだ。

列をなしていた人達が、一斉に四方八方に逃げ出した。キミと由江も夢中で逃げた。

後方で、ドカン、ドカンと爆発音が聞こえた。断末魔の叫びのような声が耳に響いた。振り返ると、荷車やリヤカーに積み込んだたくさんの荷物や家財が火を噴き、炎が瞬く間に大通りの辺りを覆い尽くしていた。

「とにかく、河原の方に出よう」

火炎は、町の中心から外側に向かって更に広がって来た。焼夷弾は、家屋を炎上させるだけでなく、人をも直撃し、死に至らしめた。焼夷弾は、一五メートル間隔ぐらいに火を噴きながら落下してきた。

「バチッ、バチッ、バチッ」

跳ね上がる焼夷弾。中には、落下した衝撃で爆発するものも含まれていた。

「危ない！」

由江がキミの背中を強く押した。キミの背中すれすれに焼夷弾が落下してきた。背負っていたリュックから、煙が立ち上がった。前を走って逃げていた人の頭に焼夷弾が直撃し、破裂した。首が飛び、残された胴体がどっと地面に倒れた。

「見ないで、走って！」

心臓が止まるのではないかとキミは驚き、立ちすくんだ。由江がぐいっとキミの手を引っ張り、河原に向かって一目散に走って行った。

山里病院が燃えていた。その手前にある織物工場の一帯も火を噴いていた。

「大和田橋の方は焼夷弾で火の海だ。第四高女も燃えているぞ。沢淵の方ならまだ大丈夫そうだ！」

盆地状の市内は、猛火に包まれていた。安全に避難できるのは、南と北にある小高い丘と、多くの人が考えた。キミと由江は人の流れに乗り、浅川の河原に押し出されるようにたどり着いた。市内を焼き尽くしている炎は、何とか浅川周辺で押し止められていた。河原では火炎に追われることはなかったが、焼夷弾は容赦なく降って来ていた。数日前に降った雨のせいで、川は増水し、流れは急で川幅は広がっていた。それでも、皆必死になって川を渡って行った。

キミは、川の中に足を入れるのをためらった。泳ぎには全然自信がなかった。暗い川の流れに引き込まれ、浮き沈みしながら流されて行く女の人の姿を見た。

「早く！　キミちゃん、行くわよ」

由江が、キミの手をぐいっと引いた。ぬるっと、足がすべりそうになった。大勢の人が、浅川を渡って行く。たちまち、腰までの深さになった。流れに体が持って行かれそうになった。キミは、由江に必死にしがみついた。由江は、平気な顔をしていた。

「大丈夫、もうすぐ、川を渡れるわ」

焼夷弾が、川の中に落ち、はじけ、水のしぶきが激しく飛んだ。キミも由江も、川を渡り切った時は、頭から足先までずぶ濡れになっていた。

町の反対側の岸の上に、キミと由江はようやくたどり着いた。八王子の町は、東から西まで真っ赤に燃えていた。上空には、数え切れないほどのB29が飛び、次から次へと焼夷弾を投下していた。あちこちから、竜巻のような火柱が立っていた。咆哮、泣き叫ぶ声、人を探す声、怒りと悲しみに満ちた声が、風に乗って聞こえて来た。そして、それらを打ち消すような、すさまじい爆発音が連続した。風を切るような音が聞こえたかと思うと、川を飛び越えたドラム缶が、キミと由江の目前に落下し、火を噴いた。火が風を呼び、風が更に火を強めた。キミと由江は土手の草むらに座り込み、呆然として火の海と化した八王子の町を見ていた。

「キミちゃんじゃあないか？　そんな所に、座っていないで、もっと山の方に逃げなければ駄目だ。ここは、まだ危険だ！」

河原から土手の坂を登って来たのは、山野幸助だった。

「あっ、おばさん、大丈夫？」

幸助の背中には、妻のお春が背負われていた。

「大丈夫よ。幸助さんが、一緒だから」

キミは、お春の手を握り、顔を見た。八王子の空まで燃え上がる炎が、浅川の河原を明るく照らしていた。お春が幸助の背中で咳き込んだ。炎で夜の闇が薄れ、お春の顔が一層美しく浮かび上がっていた。生命がいとも簡単に失われていく空襲の夜に、お春は微妙な生を保ちながら輝いているとキミは思った。

後で聞いた話だが、お春は、空襲が始まった時、

「わたしに構わず逃げてください、どうせ先のない命ですから。あなた一人なら逃げることができます。足手まといになったら、申し訳ありませんから」

と、幸助に言ったという。幸助は、何を言うのかとばかりに、お春を自分の背中にさらしで縛り付けるようにして、焼夷弾の落ちる中を逃げて来たのであった。

丘の上に広がる林の中にたくさんの人達が逃げ込んだ。そこにいれば一安心だった。八王子の町が燃えているのが一望できた。キミ達は、呆然としてその光景を見ていたし、声を上げて泣いている人も多かった。やがて、B29の編隊は去って行き、その後暫らくして、空襲警報も止んだ。町は燃え尽きてしまったのだろう。空が白み始めた頃、火炎は収束していった。明るくなった空の下、白煙がまだ立ち上る廃墟となった八王子の町が、人々の眼前に広がっていた。

安土の丘の上に逃げて来た人達も、町へ戻り始めた。日差しは昨日と同じように暑く、強烈に照りつけていた。キミと由江は浅川橋を渡り、町の中に入っていった。お春を背負った幸助の姿は、いつのまにか人の波に飲まれて見えなくなっていた。

「見て！」

由江が、極楽寺の山門を指差した。寺は、焼けずに残っていた。焦土と化した町の片付けが始まっていた。戸板に乗せられて運ばれて来るのは、黒こげになった死体であった。キミは、声も出ないほどに驚いた。山門の中を二人で覗いてみた。すでに、二十体を超える遺体が、参道に並べられていた。

「そんな所に立っていたら邪魔だ！　どいておくれ！

誰かを探しているんだったら、寺の中に入って、ちゃんと見てやってくれ！」

キミと由江は、山門の板塀に背中をつけ、目の前を通る遺体を見ていた。

「もしかして!」

キミは、急に家族のことが心配になった。

「まさか、大丈夫よ。とにかく、家へ帰った方がいいわ。わたしも、山村理容店がどうなったのか、戻って確かめてくるわ」

町の中は突然、火炎が立ち上ったりしていた。暑さは尋常ではなかったが、二人は手を離さぬように急いだ。

この空襲で八王子の市街地の八〇%が焼失した。キミ達の住まいのある中心街は、ほとんど焼き尽くされてしまった。土蔵やコンクリートでできた銀行や煙突が、焼け野原の中に町の消滅を象徴するが如くに残っていた。

八王子空襲の死者四百五十名、負傷者二千名。同じ夜に空襲された富山では、死者二千二百七十五名、負傷者八千名、市街地焼失九八%。長岡では、死者千四百八十名、負傷者五千名。水戸では、死者三百名、負傷者千二百九十三名。この夜の米軍の爆弾投下量は六一四五トン、八王子への投下量は一五九三トン、三月十日の東京大空襲では一七八三トンの爆弾が投下されていた。

丸焼けの焼け野原だった。近所のお金持ちの土蔵が残っており、それを目印にすると、大野理髪店の場所は、

「あっちだ!」とキミは思った。

兄の一郎が立っていた。

「一郎兄ちゃん！」

一郎が呆然と焼け跡を見ていた。

「おっ、キミか！　無事で良かった！　母さんとフサはどうした？」

一郎が振り返り、言った。顔は煤で黒く汚れていた。

「母さんとフサは、消火もせずに、一目散に逃げて行ったわ。母さんのことだから、心配ないと思うけれど」

「うーん、そうだと良いのだけれど、ほら、向こうの池山さんの焼け跡見てごらん」

一郎が指差した先に、池山さんの家の焼け跡があり、人だかりがしていた。

「どうしたの？」

「池山さんの家族、防空壕で焼け死んだようだ」

「えっ、本当なの？　池山のおばさん、わたしが逃げる時、防空壕からこっちへおいでと呼んでくれたのよ」

キミは、あの時、由江が止めなかったら、防空壕へ向かったかもしれないと、ぞっとした。

「おーい一郎、おーいキミ」

母親の梅の大きな声が響いて来た。フサも一緒だった。

「ここがおうちの焼け跡なの？」

フサが言った。

「そうだわ。見てごらん、あそこに髪を洗う水道があるし、タイルが見えるわ」

キミは家族の安全が確かめられたので、安心した。楢原の知人の家に預けたシズとヒサはまず心配はいらないと思っていた。

「こっちがお店だと、向こうが住まいだね」

梅が焼け跡に入ろうとした。

「母さん、まだ火が残っているかもしれない。やたらと、中に入らないほうがいい。うちは、元々何もないから、きれいさっぱり燃えてしまっているよ」

隣の家との境も分からなかった。まだくすぶっている焼け跡もあった。人がぞろぞろ歩いているのが、甲州街道辺りなのだとキミは思った。

「これからどうするんだい？」

梅の支えは、一郎であった。戦地へ行き、戻っては来ないと諦めていた息子であった。娘達から兄さんに甘すぎると言われても、何よりもかけがえのない息子であった。

一郎が、燃え残った棒を拾い、空を仰いだ。今日も暑い一日になりそうだった。

「キミ、あれが見えるか？」

一郎が、まぶしそうに見上げた空の一点を、棒で指し示した。黒い点が見えた。見る見るうちに大きくなった。空襲警報が鳴り響いた。

「カンサイキよ！」

キミが叫んだ。Ｐ51の機銃掃射の恐怖の光景が蘇った。血に染まった恵介の肉体が冷たくなっていったあの時が目に浮かんだ。

「伏せるんだ、動くな！」

隠れる場所もない焼け野原であった。地面に伏せて、じっと動かずにいた。

「ダッ、ダッ、ダッ、バリ、バリ、バリッ！」

機銃掃射の銃撃音が聞こえた。甲州街道の方からであった。煙が舞い上がっていた。

「頭を上げるんじゃない！」

一郎がフサの頭を押さえた。キミは地面に伏し、身動きせずに眼だけでＰ51の動きを追った。青い夏の空が広がっていた。高尾山の方へ飛んで行ったＰ51が急旋回した。今度は、甲州街道を逆のコースで、機銃掃射が再開された。Ｐ51が戻って来た。

「ダッ、ダッ、バリ、バリ、バリッ！」

耳もとで鳴っているような激しさであった。自分達を狙っているのではないかと、恐怖は募った。目をつぶり、身動き一つせず、体を固くしていた。

空を切り裂くようなＰ51の金属音が急に小さくなった。キミは顔を起こした。Ｐ51は東の多摩丘陵の空の彼方に飛び去って行く。

「カンサイキは行ってしまったようだ」

一郎が立ち上がった。甲州街道はまだ煙に包まれていた。どうなっているのだろうか？　泣き叫ぶ声、怒鳴る声、一度にざわつき始め、混乱している様子がうかがわれた。

「由江ちゃんは、大丈夫だったかしら?」

由江が世話になっている山村理容店は八木町にあり、甲州街道に面していた。あの辺りも空襲で丸焼けになっており、山村理容店も跡形もないはずであった。キミと別れて、山村理容店へ帰ると言っていたが、どうしただろうか?

突然のP51の襲撃だったが、町の人達は、空襲の恐怖がまだ覚めやらない中にいた。空襲警報が鳴った途端、ほとんどの人が安全な場所に隠れ、機銃掃射の危険から身を守っていた。

キミは、山村理容店へ急いだ。焼け野原から煙がまだ上がっていたし、P51の銃撃の後で、甲州街道には、砂埃の混ざった白煙が舞い上がっていた。

「由江ちゃん、ケガはなかった?」

山村理容店の焼け跡の前に、由江が立っていた。

「大丈夫よ、カンサイキになんか、やられるものですか! 敵機の姿が良く見えたわよ」

太陽光線の暑さと、焼け跡のくすぶる熱で、町の中は猛烈な暑さになってきた。

「これから、どうするの? 由江ちゃん」

「上野原の実家に帰りたいけれど、八王子駅は焼夷弾と爆弾をたくさん落とされ、壊滅状態だそうよ。しばらく列車は動かないみたい。山村では、片倉の知り合いの家に避難しているので、そこへ行ってみようと思うの」

互いの安全を確認した二人の前を、担架に乗せられ、死体が運ばれていく。何人ものケガ人がその後を追っていく。病院もほとんど燃えてしまった。死体は、極楽寺に運ばれていった。ケガ人や病人は、極楽寺の前にある、大善寺に連れて行かれた。そこは野戦病院のように血の臭いが漂い、混乱の中にあった。焼夷弾の直撃を受け、息絶え絶えの人が筵に並べられていた。次々と負傷者が、大善寺の境内に運び込まれていた。医者はいるのだが、包帯はないし、薬もない状態であった。苦痛に泣き叫ぶ人、血だらけのまま徘徊する人、見るに耐えない惨状が展開していた。

二十　焼け跡

翌八月三日の朝。

楢原の知り合いの家で、キミは目を覚ました。狭い一部屋に大野の五人の女達と見知らぬ女達五人が折り重なって寝ていたのであった。普通だったら、寝られなどできない狭さと息苦しさであったが、疲れきったキミ達は貪るように眠ってしまったのであった。

空襲で焼け出された三十人近くがこの家に泊めてもらった。朝食など、出してくれるはずはなかった。昨日配給された乾パンをキミ達は細々と食べた。

「兄ちゃんが住む家を何とかする。シズとヒサは、もう少しこの家に世話になりなさい。バラックでもオンボロでも、自分達の落ち着き場所を作るからな」

一郎を先頭に家族皆で、あちこちから要らない材木や板切れをもらい受けてきた。それらを借りたリヤカーに乗せ、一郎が引き、キミ達が押して、焼け跡に戻って来た。

そこかしこから、バラックや掘っ立て小屋を建てる槌音が聞こえ始めていた。

「とにかく、寝る場所を作ろう」

今日も一段と暑かった。一郎、梅、キミ、フサの四人は、焼け跡の片付けから作業を開始した。なかなか片付きはしなかった。何度か空襲警報が鳴り、作業を止めて避難した。幸いなことに今日はP51の襲撃はなかった。

昼頃であった。幸助がリヤカーを付けた自転車に乗って、大野理髪店の焼け跡に立ち寄った。

「お春、大丈夫かい？　心配していたんだよ。夕方には様子を見に行こうと思っていたんだ」

リヤカーには布団が敷かれ、そこにお春が横になっていた。それに気づいたお梅が、焼け跡から素早く駆け寄ったのであった。

「大丈夫よ……」

とても大丈夫そうではなく、力なく小さな声だった。

「幸助さん、お春は、相当具合が良くないよ。どうするつもりなんだい？」

「義姉さん、これから私の実家へお春を連れて行こう思っているのですよ」

幸助の実家は、五日市の留原にあった。幸助の子ども達、雄一を除いた三人は早くから実家に疎開していた。昨日、実家を継いでいる兄が、空襲に遭った幸助達を心配して、様子を見に来ていた。幸助の兄は、家を建てる材木の手配と、お春を暫く預かることを承知して帰って行った。

「そうなのかい！　八王子にいれば、わたしがすぐに世話しに行けるのだけれどね。遠いと、心配だよ」

お梅はお春のやつれた姿を見て、泣きそうな顔をしていた。キミもフサも一郎も、リヤカーに横になっているお春の周りを囲んだ。

「おばさん、五日市の方が安全だし、空気も良い。八王子にいるより、ずっといいわよ」

キミが手を差し出し、お春の手を握った。

「そうよね、キミちゃん」

お春がキミの顔をじっと見てうなずいた。

「そんなことはないよ。八王子にいるのが一番良いに決まっているじゃあないか！ 遠くに行ってしまったら、どうすればいいのさ！」

お梅の眼から涙が流れ出した。お梅は、お春の病状が悪化し、治る術のないことがよく分かっていた。戦時中で良い薬も手に入らないし、こうして空襲に遭い、医療機関も焼けてしまっている。いつ、お春に死が訪れても不思議ではなかった。ひょっとして、これきり妹に会えないかもしれないと思うと、お梅の感情は激しく揺れるのであった。

「母さん、そんな顔をしないでよ。おばさんも、皆も何事かと思うでしょう」

キミは、母親の梅を睨んだ。

「いいのよ、キミちゃん、姉さんの気持ち、よく分かっているから。大丈夫、心配しないで、わたし、元気になるわよ」

お春の声は一段と小さくなっていた。

「えっ…？」

キミにはお春の声が聞き取り難かった。お春は、キミに顔を近づけるように手招いた。お春は、微かに唇にも頬にも紅をさしていた。甘い吐息が、キミの首筋を撫でるように流れた。

「キミちゃん、もっと近くに！」

「無理しては駄目よ」

「キミちゃん、お願いね、後のことは頼むわよ。姉さんの言っているように、一度この町を離れたら、戻って来られないような気がする。このままだと、幸助さんの足手まといになるし、遠くに行くのも仕方ないことだわ。幸助さんとも、子ども達ともずっと一緒にいたいけれど、今は、無理よ。キミちゃん、お願い、みんなのことよろしく頼むわ」

「何言っているのよ、おばさん。五日市に行けば、光子ちゃんも正男くんも清ちゃんもいるでしょうよ。きっと、楽しくて、元気になるから」

「五日市の家にだって、いつまでいられるか分からないわ。キミちゃん、本当によろしくね」

そう言うと、お春は力を使い果たしたかのように、目を閉じた。

「おばさん！」

キミが呼んでも春は返事をしない。

「キミ、お春は無理して話をして、疲れてしまったようだ。これから、五日市まで長い時間が掛かる。体に障らなければいいのだけれどね」

お梅に、お春の声が聞こえたのだろうか？　キミは、顔を上げ、幸助の背中を見た。今まで、幸助は一郎と、五日市から送られて来る材木の話をしていた。話がついたのか、終わったのか、幸助が振り返って、お春の顔を見た。

「寝てしまったのかな？　なにか、みんなと会って、安心したみたいだね。いい顔しているよ。

キミちゃん、ありがとう」

幸助が、キミを見て、目を細めた。

──何か、深い意味があるのかしら……。

キミは考えてしまった。

幸助の自転車が遠くになって行く。自転車の後ろに付いたリヤカーが揺れている。お春が気づいたのだろうか？　少し体を起こし、軽く手を振っている。お春は微笑んでいた。キミは、大きく手を振った。キミの隣では、お梅が涙を拭いていた。

焼け跡もいくらか片付き、一郎のバラック作りも、少しずつ形になってきた。トタン板を屋根にしたら、いくらか小屋みたいな格好になった。

「雨露はしのげるけれど、強い風が吹いたらひとたまりもないわね」

お梅が、不満気に言った。

「明日、山野のおじさんが、五日市から材木を運んでくる。少し分けてやれると思うと言っていたから、もうちょっと良くなると思うよ」

一郎は、汗びっしょりになりながら、ずっと働き詰めだった。キミもフサも一生懸命手伝った。ノコギリなど使うのは初めてだった。一郎に言われた長さに引いた板を手渡した。

「お姉ちゃん！」

フサが呼んだので振り返った。

由江と村上が立っていた。

「キミさん、無事で良かった。安心したよ」

村上の声が大きく響いた。キミは、村上がここに現れると思っていなかったので、目を丸くして驚いた。そして、二人がまるで恋人同士かのようにキミの目に映ったのであった。


二日の空襲で八王子の町は壊滅状態となり、死んだ人やケガ人がたくさん出たと村上は聞いた。村上は由江とキミのことが心配でならなかった。元八王子も空襲の被害を受けたが、隣保館の辺りは焼夷弾も落ちることなく済んだ。昨日一日は、八王子周辺に集団疎開している学童達の安否を確かめるため、駆けずり回った。そして、今日、八王子の町に村上はやって来たのであった。

八王子の町の惨状を見て、村上は驚いた。三月十日の東京大空襲の後の惨状を村上は見ていた。その時と同じ情景が村上の目の前に広がっていた。東京大空襲で、村上は恋人を失い、絶望と悲嘆のどん底に落ち込んだのだった。

再び、あの悲しみが襲ってくるのか？　恵介も目の前で息を引き取った。心臓を抉り取られるような悲しみの記憶が頭を掠めていく。村上は、恐る恐る、八王子の町に入った。由江の働いている山村理容店は、甲州街道沿いの八木町と聞いていた。

焼け野原が一面に広がっていた。東京大空襲の時と同じであった。業火に襲われた町の有様が目に浮かんだ。由江もキミも逃げることができたのだろうか？

「八木町はどの辺でしょうか？」

村上が、通りがかりの人に聞いた時、村上の背後で、

「この辺りですよ、村上先生」と、由江が答えたのであった。

「無事で良かった。この空襲の焼け跡を見た時、本当に心配したよ」

村上は夢中で由江を抱きしめた。なによりも村上はうれしかったのだろう。由江はされるがままにしていた。空襲の後の互いの無事を確かめ合う、感動の抱擁は、そこかしこで見られた。

「キミさんは、どうだろうか？」

「キミちゃんは、空襲の時、一緒に逃げたわ。無事ですよ。元気ですよ」

村上の汗が滴る胸から由江は離れた。若い男の甘い肉感が由江の手に残った。

「キミさんの家は？」

「もちろん、丸焼けです。キミちゃん、焼け跡の片付けの最中でしょう。行ってみましょうよ」

「由江さんは、泊まる所はどうしているの？」

村上が、山村理容店の焼け跡を見ながら言った。由江の勤め先の山村理容店の主人は、焼け跡の片付けに来るはずであったが、なかなか現れなかった。避難先の片倉の知人の家に、山村の家族と由江、その他に二家族が泊まり込んだのであった。

「山村の知り合いの家に泊まったんですよ。他にも空襲で焼け出された人達が泊まりに来て、部屋はぎゅうぎゅうでした。とても、眠れたものではなかったわ」

「今日も、そこに泊まるの？　隣保館に来ればいい。あの空襲の夜、由江さんとキミさんが来る

のを待っていたんだ。来ないので心配していたら、空襲が始まり、八王子の町の方が真っ赤に燃え上がった。本当に心配だった」

村上と由江は、キミの所へ向かった。甲州街道に沿った商店街は、きれいさっぱり燃えて消えてしまっていた。土蔵と、コンクリートでできた銀行の建物の外側が残っているだけであった。三六〇度、遥か彼方まで見通せる感じであった。

「本当に大変だったんだね！　由江さんもキミさんも、よく助かったと思うよ」

町のあちこちで焼け跡の片付けが始まり、バラックも数軒立ち始めていた。村上は、東京大空襲の時のように、たくさんの焼け焦げた遺体を見るのではないかと恐れていた。悲惨な状況に変わりはないが、由江もキミも無事だと分かると、村上は気持ちが楽になった。

「村上先生、今日は隣保館に泊めてもらえますか？」

由江は、山村の知り合いの家には戻りたくなかった。あの窮屈な部屋には耐えられなかった。

「いいですよ、是非、隣保館に来てください。かなりの人が隣保館に避難しているけれど、まだ余裕がありますよ。足腰伸ばしてゆっくり寝られますから」

村上が微笑んだ。由江は全身がとろけそうな感じがした。

「明日は東京へ出るつもりですよ。八王子空襲で子ども達が無事であったことを親御さんに知らせにね。八王子駅が空襲で壊滅状態だけれど、明日あたりは電車も出るとか聞きましたよ」

「そうなんですか。明日、電車が動くんですか？　わたしも、それなら、実家に帰りたいわ」

由江の実家は上野原にある。村上が行く都内とは、反対の方角になる。

「それなら丁度いい。明日、朝、一緒に隣保館を出て、八王子駅に行けばいい」

「いいんですか?」

「いいですよ」

二人並んで歩く、村上と由江の肩が何度も触れ合った。避けることもせずに、由江は村上と一緒なのだという実感に浸っていた。

キミの家が近くなった。焼け跡で、こまめに動いているのは、キミとその家族であった。オンボロのバラックが少しずつ出来上がってきているようだった。

由江と村上の手が触れた。由江が手を引こうとすると、村上の手が伸び、由江の手を握った。キミの妹のフサが焼け跡から顔上げ、二人の方を見た。二人は慌てて手を離した。


キミは、ノコギリを左手に持ち、手拭いで汗を拭った。村上は、キミの無事を確認できて安心したと、胸を撫で下ろしていた。由江がその横にぴたりと並んでいた。

「キミちゃん、顔に墨が!」

由江が、キミの頬の辺りを指差した。

「えっ、なに、どこ?」

キミは慌てて、手拭いで顔を拭いた。

「駄目よ、キミちゃん、余計黒くなった!」

由江が吹きだして笑った。村上も笑っていた。

キミは、手拭いを見た。いつの間にか、炭化した木片が付着していたのであった。いつもだとキミも一緒に笑うところだが、笑わず、黙したまま井戸の方へ向かった。フサに手押しポンプの取っ手を上下させた。キミは、由江と村上に背を向けて座り込んだ。井戸のポンプから溢れる水は、何とも冷たく気持ちが良かった。

「キミさん、由江さんは今夜、隣保館に泊まるよ。キミさんも良かったら来ないかな？」

村上の声が聞こえなかったかの如く、キミは自分の顔に水を何度も掛けた。

キミが、フサの手拭いを借り、顔を拭い、村上と由江の方に向き直った。

「キミさん？」

村上は、キミが聞こえなかったと思っている。由江は村上が話すのを遮った。

「キミちゃん、今夜は隣保館に泊まることにするわ」

由江は、キミを隣保館へ一緒に行こうと誘わなかった。

「そうなの」

キミは、手拭いをフサに放り投げた。

「片倉の家、とても窮屈で寝てなんかいられないわ」

「いいじゃあないの、由江ちゃん、隣保館へ行ってらっしゃいよ。わたしは、オンボロだけれど、自分の家で寝ることができるから」

ようやくトタン板が屋根に乗ったところであった。強い風が吹けば簡単に飛びそうであった。囲い板も少なく、外から丸見えであった。フサが、キミの顔を見ていた。それに気づいたキミが、フサを睨みつけた。

「キミさん、とにかく無事で良かった。また、落ち着いたら、是非、子ども達の散髪に来てください。子ども達が、このところ、キミさんが来ないので、どうしたのかと心配していますよ。あそこで働いているのが、お母さんとお兄さんですか？」

村上は、焼け跡で作業を続けている、一郎と梅の姿を目にとめた。

「そうです」

と、キミは答えて、

「母さん、兄さん！　村上先生よ！」

と、呼んだ。

「キミさんには、いつもお世話になっています」

村上が、頭を下げると、同じように一郎と梅が頭を下げた。蝉が鳴いていた。どこから飛んできたのだろうか？　一面の焼け野原が続いている。中心の市街地は草木一本も残らず焼き尽くされた。でも、焼け残った町の外れは、鬱蒼とした樹木で守られていたのだ。

「暑いなんて言っていられないわよ」

キミは、むしゃくしゃする気持ちを抑えて、ノコギリを引いた。焦げている所は多いが、まだ木材として使えると、一郎に言われた。顔を上げると、村上と由江が二人並んで歩いて行く、後姿が見えた。甲州街道を西に向かって歩いていた。空襲で何もかも燃えてしまって、遮る物がなかった。

「姉ちゃん、あの二人恋人同士みたいだね」

フサが指差していた。


八月四日の昼近く、キミは一郎と一緒に、八王子駅近くの山野の家の焼け跡にいた。山野幸助が、五日市の実家から材木を運んで来ていた。

「一郎君、必要なだけ、材木を持って行っていいよ。実家の兄が、何とか材木を手配してくれるようだから」

明日には、五日市から大工の職人も来てくれるそうだ。

「おじさん、すいません。もらって行きます」

一郎とキミは、遠慮しながら、リヤカーに板材、角材を積み込んだ。

「おじさん、お春おばさんの具合は、どうですか?」

キミが幸助に訊いた。幸助の後ろに、焼け落ち、鉄骨だけになった八王子駅の駅舎が見えた。今日から電車が動き出したらしい。駅へ向かう人、出て来る人が往来を行き来し始めていた。

「空襲の時から五日市へ行くまで、だいぶ無理したからねえ。どうも、良くないよ。お春は、わたしに一緒にいてくれと言うのだけれど、そうもしていられない。早く、ここに家を建てて、商売を始めて、お春を迎えなければいけないしね」

幸助は、実家に預けてきたお春のことを思うと、心配でならないという感じであった。子ども達は、田舎の生活が楽しいと元気に暮らしていた。

「おばさん、早く戻って来れると良いのにねえ」

キミは、痩せ細りやつれた、お春の姿を思い浮かべた。トラックが、キミ達の前を通り過ぎ、駅の広場に向かって行った。トラックの荷台は、人で一杯だった。キミは、荷台の上に由江と村上の姿を見た。

「本当にそうだよ」

幸助は、五日市の方角の空を見ていた。暫くすると、幸助は手拭いを取り、顔の汗を拭った。そして、その手拭いを目に当てたまま、じっと動かないでいた。

キミの視線は、駅の広場に止まったトラックを追っていた。トラックの荷台からたくさんの人が飛び降りた。村上の姿が見えた。荷台には、由江が残っていた。由江が、ゆっくり荷台の端に掴まりながら降りようとしていた。村上がその真下に待っていた。村上の手が、由江の腰に伸びた。村上が由江の体をしっかり掴み、地面に降ろした。二人は向き合うと、少しの間、互いに見つめ合い、笑みを浮かべた。キミには、そう見えた。

「キミちゃん、明日、手伝いに来てくれないかな?」

幸助は振り返るなり、キミに言った。幸助の明日からの計画がしっかり固まったようであった。

「えっ、おじさん、なに?」

キミは、幸助の方を見た。

「明日は、五日市から大工が来る。食事の世話もしないといけないし、用事がたくさんある。是非、キミちゃんに手伝ってもらいたい」

幸助の頼みも、キミには虚ろに聞こえていた。キミは返事もせずに、再び駅の方を見た。村上と由江が並んで改札口へ走って行った。

「キミ、明日、手伝いに来て上げなさい」

一郎が、キミを睨んでいた。

「うん、分かったわ」

「良かった、キミちゃん、助かるよ」

幸助の疲れの残る顔がほころんだ。キミの頭の中は、村上と由江のことでぐるぐると渦が巻いていた。幸助に合わせて、キミは承諾の笑みを浮かべた。

「キミちゃん、ここに来ていたの？」

キミと一郎は、幸助から分けてもらった材木を、ようやくリヤカーに積み込み終えた。これから一郎がリヤカーを引き、キミが後ろを押して、大野理髪店の焼け跡に戻ろうとしていた時、由江の声が聞こえた。

「由江ちゃん、どうしたの？」

キミは驚いた。由江は、八王子駅から列車に乗って、上野原へ帰ったのだと、キミは思っていた。

「東京までの電車は、今朝から動き出したんだけれど、八王子から西へ行く列車は、明日にならないと出ないそうよ。せっかく駅まで来たんだけれど、残念だったわ」

由江はリュックを背負い、風呂敷包み一つを手に持っていた。昨日、別れた時と同じ姿であった。残念そうではなかった。由江の気持ちが高揚しているのがキミにも分かった。

「村上先生は？」

キミは、訊きたくはなかったけれど、昨日の経緯もあるし、実際に二人一緒の姿を目にした手前もあった。

「村上先生は、東京行きの電車に乗ったわ」

由江は一瞬怪訝な顔をしたが、ケロッとした感じで言った。キミは、由江と村上の仲がどのようになっているのか、考えたくもなかった。でも、今の由江の明るさ、満足気な表情は、二人の繋りが濃くなったからだと、キミに想像させ、いらつかせるに充分であった。

空襲から二日経ち、焼け跡の整理がついた所から、バラックも立ち始めていた。全体的には、まだ燻っている個所もかなりあった。また、燃え残った土蔵に空気が入り、突然火を噴いて崩れ落ちるという光景も見られた。まだ空襲の恐怖が町を覆っており、防空壕暮らしの人達が多かった。

遺体収容の場所となった、極楽寺からは、絶え間なく悲しみに満ちた叫びと嗚咽が炎暑の町に流れて来た。二日の空襲の死者は四百五十名、負傷者二千名の内、重傷者は五百名であった。焼失家屋は、一万四千戸、罹災者は七万七千人に及んだ。

「キミちゃん、私も手伝うわよ」

キミと一緒に由江もリヤカーを押した。甲州街道は、救援物資を運んで来た車や、焼け跡の残骸を運搬する車が眼につくようになった。その間を、リヤカーや荷車が進む。ゆっくりした流れとなり、歩行者も入り交じり、更に遅くなった。キミと由江は、いつもと同じように、他愛ないおしゃべりに興じていた。時折発する大きな笑い声に、後ろの車から警笛が鳴らされた。

「うるさいわね！」

由江が振り返り、車の運転手を睨みつけた。

「由江ちゃん、凄いね」

キミのリヤカーを押す手に力が入った。甲州街道は西に向かって少しの上り坂になっていた。キミと由江は、いつものような仲良しに戻っていた。その楽しい時間は、大野理髪店の焼け跡に着くまで続いていた。

二十一　渡されなかった手紙

八月五日の朝、キミは、駅前の山野洋服店の焼け跡に向かった。八王子の町の中は、日を遮る物はなく、太陽の直射にさらされ、今日も炎暑の日となっていた。

「キミちゃん、朝早くから悪いね。五日市から来る大工さんも、もうすぐ着くと思う」

幸助の実家の長兄が、五日市の大工を何とか手配してくれた。一緒に材木資材も届くはずであった。

焼け跡は、ほとんど片付いており、片隅に昨日届いた材木が積んであった。そして、幸助がその上に座っていた。キミは、立てかけてあったホウキを取り、散らばっていた焼け焦げを掃き集め始めた。

午前八時三十分、東京発の電車が八王子駅に到着した。駅の改札口から人が溢れ出て来るのを、キミはちらっと見た。駅前の広場を出た人の流れは、山野洋服店の焼け跡の前を足早に通り過ぎて行く。キミは、ホウキを動かしたり、止めたりして、ぼんやりと通行人を見ていた。

「キミさん！」

大きな声が響き、キミはびっくりして声の方を見た。村上が立っていた。

「良かった、キミさんがここにいてくれて！」

「村上先生、今の電車で来たのですか？」

「そう、昨日、品川の役所へ行き、今、戻って来ました。子ども達の親御さんが、八王子が空襲にあったことを知って、大変心配していましてね。まあ、色々、大変でしたよ。そのことで、これから元八王子へ急いで帰らなければならないのですよ」

村上はずいぶんと慌てていた。肩から掛けた鞄の中から封筒を取り出した。

「十時に、駅で由江さんと会う約束をしていたんですよ。でも、子ども達のための緊急な仕事が入ってしまって、元八王子へ急がないといけないんですよ。これ、由江さんに渡してください」

村上は、封筒をキミの前に出した。キミは、手に持っていたホウキをゆっくり地面に置いて、封筒を受け取った。由江は、昨日、村上に会うなんて一言も言ってなかった。由江と村上の間には、キミの知らないことがたくさん横たわっているのだと、不快に思った。

「キミさん、由江さんにこの手紙を渡してくださいね。お願いしますよ」

村上は、強引だった。キミは否応もなかった。キミに強く念を押して、村上は駅の方へ駆け足で戻って行った。元八王子行きのトラックが待っているのだろう。

——何なのよ、この手紙！

封筒の表に「由江様」、その下に小さく「村上」と書いてあった。きれいな字であった。村上の真剣な眼差しが、蘇ってきた。気持ちが落ち着かなくなった。キミは、封筒の表をまた見てしまった。キミの気分は最悪になった。

同じ時刻頃、硫黄島の飛行場からP51戦闘機百十三機が、厚木、立川、所沢の飛行場を目標にして出撃を開始した。P51の編隊が伊豆諸島に沿って北上するのが確認され、関東地方に午前十一時十五分、警戒警報が出され、房総半島に近づいた午前十一時二十八分、空襲警報に切り替わった。

九時三十分を回っていた。五日市から大工二人の乗った車が、材木を積んで山野洋服店の焼け跡に到着した。キミは、材木を下ろすのを手伝ったり、お茶の準備をする等して、忙しく動いていた。キミは、由江のことが気になっていたので、時々駅の方を見た。由江が、いつの間にか、改札口の近くに立っていた。由江の所へ行って、村上のことを話そうかと思ったが、なかなか忙しくて手が離せなかった。キミがここにいるのが分かっているのだから、その内、由江はやって来るだろうと、キミは軽く考えていた。

由江は、キミの所になかなかやって来なかった。時間もかなり経っていた。キミは、幸助に断って、駅へ走って行った。

「いくら待っても村上先生は来ないわよ。八時半の電車で戻って来て、急いで元八王子の隣保館へ帰って行ったわよ」

いくらかひやかしの気持ちも混ざっていた。キミは笑いながら、駅の改札口を見ていた由江の背中を叩いた。

「えっ、そうなの！」

由江が、愕然とした顔をして振り返った。

「子ども達のことで緊急な仕事があるので、急いで帰るからと、村上先生が由江ちゃんに伝えて欲しいって」

キミが話している最中に、由江の表情が変わった。

「何よ、キミちゃん、今頃、来て。わたしは、一時間前からずっと村上先生を待っていたのよ。酷いじゃないの！　わたしが、駅で待っているの、分かっていたのでしょ。何で早く知らせに来てくれなかったの？」

由江が怒りで震えていた。今までに見たことのない、由江の凄絶な顔であった。

「だって、わたしも手伝いで忙しかったのよ。なかなか抜けられないし、気づいたら、こんなに時間が経っていたのよ。ごめんなさい」

キミは、こうして由江に知らせに来たのに、なぜこれほどまでに怒られなければならないのかと、不満だった。単に伝言を頼まれただけなのに、由江の方でキミの所へ来るべきことではないのかと思った。

「村上先生が来ないから、何かあったのではないかと、とても心配だった。どこで、空襲に遭うか分からないし、万が一と思ったら、不安でたまらなかった」

由江の目から涙が流れた。キミは、村上に対する由江の強い思いを感じた。二人の間は、どれだけ進展しているのだろうかと、キミは考えた。

「大丈夫、村上先生、元気に帰って行ったから」

「キミちゃん、そういう問題ではないの！　あんたには分からないでしょうよ。まったく！」

由江が吐き捨てるように言った。キミは、心臓が縮み上がった。そして、一気に不機嫌になった。

——分からなくてけっこうよ。村上先生と由江ちゃんのことなど、関係ないし、知らないわよ。

キミは、そう言ってやりたかったが、由江を更に刺激しそうな感じがして、黙って立っていた。

駅員や近くにいた人達が二人の様子を見ていた。

「村上先生は、やっぱり子ども達のことが一番大事なのよ。わたしとの約束なんて、どうでもいいのよ。わたしのことより、子ども達だものね。仕方ないのかな。がっかりしたわ。待ちぼうけよ、一時間も、村上先生のことを心配して、ここで待っていたのにね。

キミちゃんは、わたしが村上先生を待っているのを知っていながら、何も言ってくれなかった。

キミちゃんは、わたしと村上先生が仲の良いのを知って、意地悪したのかしら。わたしを見て、
笑っていたんじゃないの？」

由江は、冷たい眼差しをキミに向けた。

「そんなことないわよ。そんなこと思わないし、しないわよ。ほんとに、仕事が忙しかったんだから」

キミはムキになって言った。でも、そういう気持ちもあったのは確かだと、キミは思った。

——嫉妬、焼もち、あるわよ。

キミは、村上から預かった手紙を由江に渡すのを止めることにした。

鉄骨の骨組みだけになってしまった駅舎に、青空から強い日の光が注いでいた。待合室も崩れ落ちてしまっていた。荷物を抱えた人達が、改札口を通り、線路を越えて、中央線の乗り場に向かい始めていた。横浜線、八高線、中央線の乗り場を繋ぐ渡線橋は、鉄骨がむき出しになって、今にも崩れ落ちそうであった。

「新宿十時十分発長野行きの列車は、二十分遅れで新宿を出発した。車内は酷く混雑していると連絡があったから、早めに乗り場で待っていた方がいいよ」

改札口の駅員が、小さな子供を背負い、更に二人の子どもの手を引いた、若い母親の問いかけに答えていた。背中の子がむずかり泣き出した。

「大変だわね」

由江が、親子の様子を見て言った。

「そうよね」

キミも由江の視線の後を追った。由江の表情が少し和らいでいるように見えた。

「キミちゃん、わたし、次の列車で、上野原の実家に帰るわ。八王子空襲の後、連絡も取れなかったし、心配していると思う。明日か、明後日には、戻ってくるから」

八王子空襲で不通になっていた中央線が、今日から全面開通となり、浅川以西に通じるようになった。機関車ＥＤ16－7に牽引された八両編成四一九列車は、今日二番目の新宿発の長距離列車であった。かなりの混雑が予想されていたが、まさにその通りであった。

「キミちゃん、怒ったりして、ごめんね。村上先生もキミちゃんも忙しかったのよね。わたし、自分一人でかっかしていたんだわ。丁度列車が来るし、家に帰るわ」

いつもの優しい由江に戻っていた。

「いいのよ、わたしも悪かったんだから」

キミは喧嘩別れにならなくて良かったと思った。

「じゃあ、行くわよ」

由江は改札口を抜けると、駆け出した。すぐに前を歩いていた、子ども三人連れの若い母親に追いついた。由江はその母親に何か声をかけ、子ども二人と手を繋いだ。由江達は線路を越え、中央線の乗り場に上る急な階段を注意深く登って行った。

――あっ、手紙を渡さなくては！

と、キミは思ったが、微妙な感覚が走り、そのまま背を向け、駅を離れた。

午前十一時十五分、警戒警報が鳴り出した。キミは、幸助に従って、作業を手伝っていた。大工達が空を見上げて、怯えているようだった。五日市もかなり山奥の集落から来た大工だったので、実際の空襲の経験はなかった。八王子空襲の焼け跡を見て、恐怖だけが先行している感じであった。

午前十一時三十分頃、硫黄島から飛びたったP51の大編隊は、三派に別れて、関東地方に入ってきた。第一派の編隊は、伊豆半島に沿って小田原方面に向かい、北上を開始した。そして、東海道本線の国府津駅、二宮駅、小田原駅、御殿場線の下蘇我駅、松田駅等に機銃掃射攻撃を行った。P51三十機の編隊は更に北へ向かって飛行を続ける。

八王子でも空襲警報が発令された。その直後に、八王子駅に満員の長野行き四一九列車が三十分遅れで到着した。

「旦那、あれは空襲警報でしょ？　仕事を止めて、防空壕に入りましょうや」

山野洋服店の焼け跡では、大工はもう仕事が手に付かなくなっていた。

「大丈夫だ、まだ敵機など飛んで来やしない。こんなことは毎日のことだ。俺は、敵機は飛んで来ないと思う」

幸助は、少しでも早く家を建て、妻の春を迎え入れてやりたいとの気持ちが強かった。

――長野行きの列車は出発するのかしら？

キミは、駅の構内を見ていた。十分過ぎたが、列車はまだ停車していた。

「凄い混みようだった。列車のデッキも連結器の上も、人で一杯だった。乗り込むことができないから、窓から入れてもらっていたよ」

駅の方から歩いて来た人の話し声が聞こえた。

――由江ちゃん、列車に乗れたのかしら？

キミは落ち着かなかった。あの手紙、由江に渡した方が良かった。そう思うと、キミの心が急に重くなった。明日、由江が戻って来た時、あの手紙を渡したら、今日みたいに怒るだろうか？　キミは、由江の笑顔が大好きだった。あんな由江の怒った顔は初めてだった。

列車の出発を告げる汽笛が鳴った。

ゆっくりと列車が動き出すのが、キミにも見えた。列車が建物の影に入って、見えなくなるまでキミは見ていた。目を改札口の方に移した。

――あれは、由江ちゃん？

改札口を出て来る人達の中に、キミは由江の顔を見たと思った。キミはじっとその人の流れを見ていた。だがその後、由江らしい姿は見えなかった。

――錯覚だったようね。由江ちゃん、列車に乗ることができたんだわ。良かった！

キミは、幸助が防空壕から出して来た、家財や仕事道具の整理を始めた。小さな防空壕だったので、たいして物を置くことはできなかった。ほとんどの物が、高熱で蒸されており、使い物にならなかった。大事な洋服の生地やミシン等は、五日市の実家に運び込んであった。

「アルバムもボロボロになってしまっている。お春の着物も炭のようになってしまった」

幸助が寂しそうに見ていた。

十二時近くになっていた。その時、八王子の上空高く、西方から北東に向かって、Ｐ51三十機が飛行して行くのが見えた。

「大丈夫だ、心配ない。目標は八王子ではないよ。どこか北の方の町だ。八王子は、丸焼けの焼け野原だ。空襲する意味がないよ」

幸助が大工達に向かって言ったが、彼らは信じた様子もなく、互いに不平を小声で言い合っていた。仕事の進み具合も悪かった。空襲警報は鳴り続けていた。これでは仕事にならないなと、幸助は思ったようだ。

「昼飯にしようや。ゆっくり昼休みをしている間に、警報もおさまるだろうよ。キミちゃん、お茶の仕度をしてやってくれないか」

隣との境にある、井戸の汲み上げポンプは真っ黒になっていたが、しっかりと残っていた。幸助が作っておいた、レンガで積み上げたかまどにやかんをのせ、キミは火を焚いた。

大工達は、キミの入れてくれたお茶を飲みながら、持ってきた昼飯のサツマイモを咽喉に通していた。


下り電車が、八王子駅に到着した。その時突然、四機のP51が北の方から現れ、八王子駅を襲って来た。所沢飛行場、立川飛行場への攻撃を終え、帰還途中のP51編隊の一部が、攻撃を仕掛けて来たのであった。

午後〇時を過ぎていた。上空から耳を引き裂くような凄まじい金属音が聞こえた。キミ達の頭すれすれにP51が突然出現したかのようであった。

「伏せるんだ！」

幸助が叫んだ。

同時に、バリバリという銃撃音が聞こえ、駅の方から白煙が上がった。

大工達が悲鳴を上げ、逃げ出した。

「伏せているんだ。動くんじゃない！」

幸助がまた叫んだ。

キミは耳を塞ぎ、動かずに、目だけは駅の方を見ていた。四機のＰ51が低空で八王子駅に銃撃を加えていた。攻撃は短時間で終わり、Ｐ51は急上昇して西の方を目指して飛んで行った。

キミは、暫く地面にへばりついていた。

「キミちゃん、大丈夫か？」

幸助が、空を注意深く見回しながら、キミの所にやって来て顔を覗き込んだ。

「大丈夫です。それより駅が大変だわ」

キミは、素早く立ち上がった。

「担架だ！　担架を持って来い！」

駅の方から叫ぶ声が聞こえた。

「相当ケガ人が出ているようだ。行ってみよう。キミちゃん、そこの薬箱を持って来てくれ」

キミと幸助は、八王子駅に駆けつけた。ケガ人があちこちに倒れていた。近所の人達も駆けつけ、駅員と一緒になって救援にあたっていた。瞬時のＰ51の攻撃であったが、死者二名、重軽傷者二十名の被害者が出た。三十分ほどしてトラックが到着し、ケガ人を病院へ運んで行った。キミと幸助は、ケガ人をトラックに乗せるまで手助けをした。トラックを見送った後、キミと幸助は、作業を再開するため、山野の焼け跡へ戻ろうとした。その時であった。

「大変だ！

長野行き四一九列車が、浅川駅の先で、カンサイキの機銃掃射を受けた。

大勢の死者とケガ人が出ている」

浅川駅から八王子駅へ連絡が入った。すぐに、その惨事が八王子駅全体に広まった。

「キミちゃん、聞こえたかい？」

「うん」

キミは、何かまだよく理解ができていなかった。

「由江ちゃんが、乗った列車じゃあないのかい？」

「えっ、由江ちゃんの乗った列車がカンサイキの機銃掃射を受けたの？」

「どうも、そのようだ。さっき、八王子駅を襲撃したカンサイキに狙われたようだ。死傷者がたくさん出ていると言っている。由江ちゃんが無事だといいのだけれど」

幸助の話を、キミはようやく理解ができたようだった。茫漠として不確かなままにしておきたいと、キミは無意識の内に考えていたのかもしれない。キミは、この事実が現実のものであると認識せざるを得なくなった。

四一九列車が浅川駅に到着した時は、午後〇時を少し過ぎていた。空襲警報が発令されていた。Ｐ51の編隊が上空を通過し、北東に向かうのも確認されていた。四一九列車は浅川駅に停車をし、発車するかどうか状況を判断していた。乗客は発車を待っていた。

駅としては、上空にP51が現れるまでは、まだ時間が掛かるだろうとの判断に傾いた。駅に停車しているよりは出発して、この先にあるいのはなトンネル、小仏トンネルに入ってしまうのが安全と考えたようだ。浅川駅から少し短いいのはなトンネルまでは四分、長い小仏トンネルに入ってしまえば、完全に安全であった。列車は、六分で入ることができる。

機関車ED16－7に牽引された八両編成四一九列車は、午後〇時十五分、浅川駅を発車した。満員すしづめ状態で、各車両のデッキにも連結器の上にも人が溢れ、手すりにしがみつき、ぶら下がっている人も見られた。

由江は三両目の車両の後方に身動きできないほどの混雑の中に立っていた。かなりの暑さであったが、列車が動き出し、山の緑が近くに迫ってくると、涼しい風が流れ込んできた。蝉の鳴き声も列車の音に調和するが如くに響いていた。

由江はリュックを背負い、荷物を一つ持っているだけであった。後二十分もすれば、上野原駅に着く。そこから十五分も歩けば、実家にたどり着く。列車のこの混み具合も少しの辛抱であった。実家には一晩泊まって、明日は八王子に戻ろう。明日は村上にも会えるし、キミと仲良くおしゃべりもできるはずであった。

列車は小仏の関所跡を過ぎ、急な坂をゆっくりと登って行った。列車の窓の外には並行して旧甲州街道が続いており、その向こうに小仏川の流れが光って見えた。いのはなトンネルにそろそろ入る。次の小仏トンネルもすぐであった。トンネルに入れば安心だと、お昼の弁当を開く乗客も多くいて、のんびりした空気が列車内に漂い始めていた。

八王子駅を機銃掃射したP51の編隊は、浅川駅を発車し、いのはなトンネルへ向かって走って行く、四一九列車を見つけた。

午後〇時二十分。

「敵機が来た！」

誰かが叫んだ。

P51の飛行機音が聞こえた。

「空襲だ！」

「カンサイキだ！」

列車内は恐怖に蔽われ、慄然とした。

列車の外に機影が見えた。P51は、高尾山の蛇滝辺りの上空で右旋回し、急降下してきた。

P51は、いのはなトンネルに入ろうとしていた四一九列車の機関車を狙い、機銃掃射の銃弾を撃ち込んできた。機関車は黒煙を噴き上げながら、スピードを落として、いのはなトンネルに入った所で動かなくなってしまった。客車は一両目と二両目の半分がトンネル内に入ることができたが、残りの八両目までは、強烈な夏の直射日光の下に置き去りにされた。一回目の攻撃で、前の車両の乗客に多数の死傷者が出た。P51の編隊は北側に抜け、上空で宙返りをし、蛇滝の上から急降下をする行為を繰り返し、白日のもとに晒された四一九列車を何度も襲撃したのであった。死傷者は見る間に増えていった。Ｐ51が上空で反転する合間に、乗客は列車の窓やドアから車外へ逃げ出した。線路の下を流れている沢へ飛び込む人、山の雑木林に向かって走り出す人、また列車の下へ潜り込む人、うまく逃げられれば良いが、機銃掃射の銃弾は容赦なく撃ち込まれていった。

集中攻撃の標的となった列車内は更に悲惨であった。機銃掃射の銃撃音に続いて、大きな悲鳴が上がった。それが何度も繰り返された。

由江が乗っていた三両目が特に見るも無残な光景を呈していた。どの車両も満員で身動きの取れない状態であったが、三両目が特に混みあっていた。Ｐ51の機銃掃射から身をかわすこともできずに、乗客は銃弾を受けたのであった。車内には血だらけの荷物や座席が散乱し、あちこちに肉片が飛び散っていた。座席にも通路にも多くの即死者が横たわっていた。息絶え絶えの重傷者、苦痛に呻き声をあげる負傷者も数多くいた。

他の車両も多くの死傷者を出した。やがて、Ｐ51は飛び去って行った。銃撃を受けた四一九列車が夏の炎天下に無残な姿を晒していた。苦痛と悲しみの声が入り混ざり、遠くの山々まで響いていた。結局、Ｐ51戦闘機による四一九列車銃撃空襲は、死者五十六名、重軽傷者三百名を出すという大惨事となってしまった。七月二十八日に鳥取県の山陰本線の大山口駅東方で、艦載機による列車への銃撃と爆弾攻撃が起きた。その時の死者は四十四名、負傷者は十七名であった。それを上回る、国内で最悪の列車銃撃事件となってしまったのである。

午後四時近くになっていた。

キミは山野の家の焼け跡に立ち、高尾山の方角を見ていた。焼け野原が延々と続いていたが、遠くの方では陽炎が立ち、ぼんやりとしていた。あの山の下に、四一九列車が銃撃されたいのはなトンネルがある。

——由江ちゃん、大丈夫かしら？

キミは由江のことを考えると、不安で胸が張り裂けそうであった。八王子駅では、自駅のP51銃撃の事後処理は終わったようだが、いのはなトンネル銃撃の大惨事に慌てふためいていた。

「キミちゃん、八王子の駅では、詳しいことは分からない。とにかく、死んだ人もケガした人もたくさんいて、今、救助の真っ最中だということだ。由江ちゃんの名前を出して聞いてみたけれど、まだ、誰がどうなっているのか分からないそうだ」

駅の様子を見に行き、戻って来た幸助が言った。五日市からやって来た大工二人は、目の前でP51の八王子駅銃撃を見て、こんな恐ろしい所にいられないと帰って行ってしまった。幸助は、新たに大工を八王子で探さねばならなかった。お春を早く八王子に連れ戻したいが、まだ時間が掛かりそうであった。

「由江ちゃん、どうしているかしら？　何もなければ良いけれど、もし、ケガでもしていたら、心配だわ」

キミは更に不安が募り、幸助に話しかけるでもなく、つぶやいた。キミの脳裏に死という言葉が浮かんだが、考える間もなく、消し去った。

「由江ちゃんが、上野原の実家に戻っているっていうことはないだろうか？」

「列車は動かないのでしょう。由江ちゃん、元気なら、上野原まで歩くのぐらい平気だわ。だけれど、五時間くらいは掛かるわ。それだったら、八王子に戻って来るのではないかしら」

キミはそう言って、由江の元気な姿を思い、駅の方を見た。駅の改札口から、次から次へと人が出て来た。キミは駅へ向かって駆け出そうとした。

「キミちゃん、待って！　あれは、東京から着いた電車だ。ようやく、浅川まで電車が通じるようになったのだ。この電車が戻って来た時が、浅川からの乗客だよ」

不通になっていた中央線が、浅川までは運転できるようになった。走行不能になっている四一九列車を牽引するための蒸気機関車も八王子駅を出発していた。

キミは立ち止まり、ため息をついた。それから、また駅へ向かって歩き出した。今朝、由江はあの改札口の辺りで、村上を待っていた。キミは、今度は自分が由江をあそこで待っていようと思った。

「キミさん！」

呼ぶ声に、キミは後ろを振り返った。村上がキミの方に向かって走って来た。

「キミさん、由江さんはどうしたのだろうか？　市役所の前でいくら待っても、由江さんが来ない。キミさん、由江さんは今どこにいるのだろうか？」

村上は息を切らして言った。

「由江ちゃんは、上野原の実家に帰ると言って、あの列車に乗ったんですよ」

「えっ、あの列車って、四一九列車かい？」

いのはなトンネルで四一九列車が銃撃され、たくさんの死亡者、負傷者が出ていることは、街なかにも知れ渡っていた。村上は、由江を一時間以上も待っていた。村上は、次第に胸騒ぎがしてきた。そして、キミの元に急いだのであった。

「そうです、四一九列車です。列車は由江ちゃんを乗せて、八王子の駅を出て行きましたわ」

「なぜ、由江さんは、四一九列車に乗ったのだろうか？」

「なぜって、上野原の実家に帰るためでしょう」

その時、キミは、いつ村上と由江は会う約束をしたのだろうかと思った。約束があるのだったら、あの時、由江は村上のことで悲しむことはなかったし、あの列車に乗ることもなかったのにと。突然、キミの心臓がどきりとし、背中に冷たいものが流れた。そして、キミは肩に掛けた鞄を手で押さえた。村上の手紙が中に入っていた。

「由江さんは、あの手紙を読んでくれたのだろうか？　わたしは仕事を済ませ、午後三時に市役所の焼け跡で待っているからと書いておいた。読まなかったのか？　それとも、読んでも、あの列車に乗って家に向かったのだろうか？　キミさん、どうだろうか？」

村上の顔が不安で青ざめていた。

「わたしには、分からない」

キミは、村上の手紙を由江に渡さなかった。あの時、キミと由江の感情は珍しくぶつかり合った。そして、手紙を渡さなかった。村上は、手紙に午後三時に市役所の前で待っているからと書いたのだ。由江が手紙を読んだなら、村上と会うために、四一九列車には乗らなかったはずだと、キミは思った。キミの体が震えていた。震えは止まらず、激しくなってきた。由江に万が一のことがあったら、キミの責任は重大であった。

「由江さんが、無事であればいいが……」

村上の思い詰めた目が、キミの不安を更に煽った。

「大丈夫よ。由江ちゃんは、元気に八王子に戻ってくるわ。由江ちゃんに何かが起こるなんて考えられない」

キミの声も震えていた。病的な叫び声のように聞こえた。

「結局、わたしの気持ちが、由江さんに伝わらなかったわけだね。あの手紙が、由江さんの心に届かなかったわけですよ。せっかく、キミさんに頼んであの手紙を由江さんに渡してもらったのに！」

村上は、東京大空襲で恋人を失い、P51の銃撃で教え子の恵介を失い、今また、由江を失うのではないかと恐れ慄いていた。

——手紙はこの鞄の中にある。

キミは、由江の無事を祈った。

浅川発の電車が八王子駅に入ってくるのが見えた。

「電車が来たわ。由江ちゃんが乗っていて欲しい！」

キミは改札口へ向かって歩き出した。

「キミさん！」

村上の声がキミの背中に強く響いた。

「はい！」

キミは、嫌な予感がした。

「キミさん、疑って悪いけれど、由江さんに手紙を渡してくれたのですよね？　由江さんは手紙を読んでくれたなら、必ず約束の時間に来てくれるはずだ」

キミは、村上の真剣な眼差しを背中に感じていた。

「えっ、手紙？」

キミは、思わず鞄に手を遣った。

——実は……。

キミは喉から、「ごめんなさい。渡さなかったのよ」と声が出そうだった。不安が渦巻いて、キミを襲った。由江に万が一のことがあった時、キミがその責めを負うことになるのだろうか？　キミは由江の無事を祈った。二人の歩行が止まり、瞬時、沈黙が流れた。

「何をわたしは言っているのだろうか？

疑ったりして、ごめんなさい！

わたしの頭は混乱しているんです。

わたしの言ったこと、忘れてください」

村上も不安であった。由江にもしものことがあった時のことを考え、動揺し混乱していた。

キミが後ろを振り返ると、村上が深々と頭を下げ、手を固く握り締めていた。

浅川発の電車が八王子駅に到着した。

村上とキミは改札口で待っていたが、由江は電車からは下りて来なかった。四一九列車の無事だった乗客が数人下りて来た。

「酷いものですよ。地獄ですよ。たくさんの人が機銃掃射で殺され、ケガを負わされた。血の海ですよ。車内に肉片が飛び散っていましたからね。わたしは、よく助かったと思っていますよ」

駅員と話している男のシャツには、べったりと乾いた血の跡がついていた。その男に、村上が訊ねてみた。

「無事であった乗客の多くが、小仏トンネルを抜けるか、峠を越えるかして、与瀬の駅を目指したようですよ。与瀬の駅には、上り列車が待避していて、それが下り列車の長野行きになるとの話が広まっていました。皆、早く目的地へたどり着きたい一心で出発しましたよ。わたしはもうとても歩く気力も体力も失せてしまったので、こうして八王子に戻って来たのですよ」

男は、八王子駅に着いて、ようやく安心した心地になっているようだった。シャツに付いた血は、前に座っていた友人が銃撃され、即死した時、飛び散った血だ、と言っていた。

「浅川駅へ行けば、もっと詳しいことが分かるはずだ。探している人の様子も分かるかもしれない。次の電車で行った方がいいと思う」

駅員が村上に話していた。キミの場所から、高尾山と景信山の間にある小仏峠がはっきり見えた。由江が元気ならば、小仏トンネルを抜けて、与瀬駅に着く頃だと、キミは思った。日がだいぶ西に傾いて、空が赤みを帯びてきていた。

次の浅川行きの電車はなかなか来なかった。浅川駅に着く頃には、日は山の影に落ち、辺りは薄闇に包まれていた。

キミと村上は、電車の中から、浅川駅の乗り場で待っている人達の中に、由江の姿がないか探し求めた。混乱しているかと思われた浅川駅は、意外と落ち着いていた。疲れ切った顔をした、四一九列車の乗客らしき人達も待っていたが、由江はいなかった。

キミ達と同じように、四一九列車に乗った家族や知人の安否を心配して、浅川駅に下りた人達が、駅の事務室に集まっていた。

「亡くなられた方の遺体は、事件現場近くの峯尾さんの家に置かれてあります。今のところ、亡くなられた方で、名前の分かっている方は、ここにあるとおりです」

駅員が壁に張ってある死亡者名の一覧を指し示した。

由江の名前はなかった。

「負傷者の名前は分かりますか？」

村上が聞いた。

「たくさんの方が負傷されており、各地の病院に搬送されています。分かっている病院と負傷者の名は、こちらの台帳に書いてあります」

机の上に置かれた台帳を、キミは素早く手に取って、目を通した。ここにも由江の名はなく、キミはすぐに後ろから覗き込む人にその台帳を渡した。

「由江ちゃんは、無事だといいのだけれど！」

キミが村上の顔を見た。

「そうだといいが、この様子だと、死亡者も負傷者もまだ名前の分からない人が多いようだ」

村上は難しい顔をしていた。

下り線乗り場の向こうに、回送されてきた四一九列車八両が、機関車ＥＤ16―7に牽引されたままの状態で停車していた。屋根の吹き飛んでいる車両もあった。どの車両も銃撃の跡が生々しかった。窓は破壊され、黒褐色の外板はめくれ上がり、内側の白木が剥き出しになっていた。弾痕が縦横を問わず車両一面に残っていた。

「中へ入ってみよう。何か由江さんの手掛かりになる物があるかもしれない」

村上とキミは、四一九列車の車内へ入っていった。キミは、入った途端ぬるっとして、すべりそうになった。村上は座席に掴まり、自分もすべりそうになりながらも、キミを押さえた。駅舎の電灯の明かりが、薄暗いながらも、車内の様子を識別させてくれた。床は、血にべったり覆われていた。肉片のような白い物が、壁にいくつも張り付き、髪の毛が網棚や天井からぶら下がっていた。

血だらけになった荷物が散乱し、丸い風呂敷包みは血まみれの首のように転がっていた。どの車両も同じような状態であった。そして、三両目の車両に入った。そこは、今まで以上に目も当てられない状況が広がっていた。駅員が、三両目は一番混んでいたから特に酷いと言っていたが、まさにその通りであった。指が転がっていた。異様な臭いが漂っていた。臓物のような物が、血の海の中にいくつも浮かんでいた。

「キミさん、大丈夫か？　戻ろうかい？」

村上がキミの腕をしっかり掴んでいた。

「いえ、大丈夫です。由江ちゃんの乗ったのが、二両目か三両目のような気がするんです。あっ、これは？」

キミが座席の上に転がっていた防空頭巾を手に取った。

「由江ちゃんのものかい？」

「良く似ているけれど、違うわ」

靴、帽子、防空頭巾、風呂敷包み、リュックサック、服の上着など、様々な物が血だらけの車内に散乱していた。

「あれは、由江ちゃんのリュックだわ！」

キミが網棚の上のリュックを指差して叫んだ。村上がすべりそうになりながらも、リュックを取って来た。

血のついていないきれいなリュックであった。中を開けて、由江のリュックであることをキミが確認した。

「由江さんは、この車両に乗っていたんだ。このリュックに血がついていないってことは？」

「由江ちゃん、無事なのかしら？　リュックを置いたままにして、夢中で逃げたのかもしれないわ」

「そうだといいんだが……」

この三両目の破壊状態からして、由江が逃げ出すことができたのか、村上は難しい顔になっていた。

事務室から出て来た駅員が、懐中電灯をキミ達の方へ向けて振っているのが見えた。

「おーい、そこに大野さんっていう人はいるかい？

山野さんから電話が入っている」

「えっ、山野のおじさんから！」

キミは、その時、由江の無事を思った。

キミと村上は、由江の安否を確認するため、浅川行きの電車に乗る前に、山野幸助に詳しい事情を話した。上野原の由江の実家に連絡を取らねばいけない、それにはまず、由江の勤めている山村理容店に話に行くことだと、幸助がその役を引き受けてくれたのであった。

山村から上野原の由江の実家に連絡がついたのであろう。そしてキミは、幸助から良い話が聞けるのだろうと思って、駅の事務室へ急いだ。

「えっ、由江ちゃん、まだ家に戻っていないの！」

キミのがっかりする声が響いた。

これから、山村と幸助はすぐに、由江の父親はもう少し由江の帰って来るのを待ってから、浅川駅へ向かうと言っていた。

「そうか、由江さん、家に戻っていないのか！　まだ、歩いている途中とも考えられるけれど、ケガをして、病院へ搬送されている確率の方が高いかもしれない」

村上も期待を裏切られ、気持ちが沈んでいた。村上は、向かいの下り線に停車している無残な姿の四一九列車をじっと見ている。

「病院を探してみましょう」

キミは、なんとしてでも、由江に会いたかった。

「負傷者の搬送された病院は、いくつあるのだろうか？」

村上が、傍にいた駅員に聞いた。

「十を超えている。負傷者も三百人以上いたわけだし、氏名も現状では分からない人の方が多いですよ。救護のトラックでまだ戻って来ないのもあるから、連絡の取りようのない病院もあるしね」

電話が鳴っていた。駅員は近くにある電話を取った。負傷者が搬送された病院からのようであった。

「では、メモしますから、お願いします」

その駅員は、電話の向こう側で読み上げる名前を、大きな声で復唱しながらメモを取っていた。

由江の名前はなかった。

「キミさん、遺体の置かれている家に行ってみようと思う。病院に搬送された負傷者を調べるには、だいぶ時間がかかりそうだ。その前に、遺体を確認してこよう。遺体の中に由江さんはいないとは思う。いないのを確認してから、あらためて由江さんを探してみようと思う。キミさんは、ここで待っていてもいいですよ」

村上は、由江の死を予感し始めているようだった。キミは、懸命に由江の生を信じようとしていた。でも、キミは村上の気持ちを理解した。

「わたしも、一緒に行きます」


小仏の集落に戻る警防団のトラックに乗せてもらい、キミと村上は、遺体が安置されている峯尾家に到着することができた。高張り提灯がいくつも掲げられ、僧侶の読経が聞こえて来た。地元の人達や警防団によって通夜が執り行われていた。

キミと村上は、警防団員に案内され、焼香を済ませた後、庭に置かれてあるたくさんの遺体に向かい合った。提灯の薄明かりの下に、むしろに包まれた遺体が地面に並べられていた。読経の声に合わせるかのように、虫の鳴き声が庭の植木や草むらから届いて来た。小仏川のせせらぎも聞こえてくる。山の緑に囲まれた集落であるが、空気の流れは止まり、蒸し暑さが増していた。

キミも村上も手拭いで自分の鼻と口を押さえた。銃撃から七時間が過ぎていた。地面にしみ込んだ血の臭いと、腐敗の始まった遺体の臭いが入り混じり、庭先を覆っていた。

「身元のまだ分からない仏さんは、こっちです」

警防団員が、名前の書いてある札が貼られている遺体の間を通って案内してくれた。

村上が最初の遺体のむしろを捲った。キミは、村上の後ろからその遺体の顔を見た。キミの心臓は激しく鼓動していた。血が乾いて顔の全面にこびりついていた。若い娘であったが、由江ではなかった。村上は、キミに違うことを確認して、むしろを覆った。村上は、むしろを捲るたびに、「うっ！」と声を漏らしていた。損傷の酷い遺体が続いた。普段のキミならば、とても正視できなかったが、勇気を奮って、村上と一緒に確認を続けた。

ここまで由江はいなかった。残るのは、あと五人の遺体であった。キミは何度か吐いたし、目まいもひどくなっていた。由江がいないことを確認して、キミは早くここから去りたかった。村上も相当つらそうであった。疲労の色も濃く、気力体力をやっと維持している感じであった。村上が、手拭いで汗を拭い、鼻と口にあてていた手拭いを締めなおした。キミは、虫の鳴き声が大きくなったような気がして、庭の植え込みの方を見た。暗闇の中に、小さな灯りがゆらゆらと漂っていた。蛍にしては、不自然な動きと発光の具合であった。

「キミさん、見て！　由江さんだ！」

村上が、むしろを捲って、遺体の顔を見ていた。

「……」

キミは、遠くの方から村上の声が聞こえたような気がした。確かに、そこに横たわっているのは、由江であった。きれいな顔であった。胸から腹にかけて白いブラウスが真っ赤に血で染まっていた。

「即死状態だったようですね」

傍に立っていた警防団員が言った。突然、逃げる間もなく、銃弾が由江の体を貫いたのであった。由江の生命は一瞬にして失われたのであった。

「由江ちゃん！」

キミは、ようやく声を出すことができた。

――やっぱり、由江ちゃんは、生きてはいなかったのだ。

キミは、何とか生きていて欲しいと願っていたし、由江と死を結びつけるのを極力避けて来た。今現実にキミは、由江の遺体を目の前にしていた。キミはしゃがみ込み、由江の遺体に手を合わせた。キミはしばらくの間、そうしていた。キミの後ろには、村上が立ち、手を合わせていた。村上が慟哭しているのが分かった。

――ごめんね、由江ちゃん！

キミは、何度も何度も、胸の中で繰り返した。手紙は由江に渡されず、キミの鞄に入ったままであった。何も起こらず、由江が元気であれば、この手紙は鞄から外に出ることができた。

「キミちゃん、意地悪ね、ひどいじゃないの！」

由江は、明日、村上に会って、今日の経緯を知ることになるはずであった。

「由江ちゃん、手紙を渡さなくて、ごめんね！」

キミは、手紙を渡して由江に謝る。

「仕方ないわ。わたしも、昨日は機嫌が悪くて、キミちゃんに当たったりしたからね」

由江は、そう言って、キミを許してくれる。由江は手紙を握って、うれしそうだ。キミは、悔しい気持ちは残るけれど、仲良しに戻れて良かったなと思う。

――ごめんね、由江ちゃん！

キミは、肩に食い込む鞄の重さを感じた。手紙は鞄の中にしまったままにしておこうとキミは思った。由江は、穏やかな顔をして、眠っているかのようであった。由江の冷たくなった頬に、キミの涙が流れ落ちていた。由江は、四一九列車に乗って、遠くへ旅立って行ってしまった。悲しみは深く、キミは子どものような大きな声を上げ、いつまでも泣いていた。

由江の父親と山村理容店の主人、それに山野幸助も遺体の置かれている峯尾家にやって来た。由江の遺体は、幸助が何とかして手配した車に乗せられ、その夜の内に上野原の実家に運ばれた。物資の乏しくなった世情なので、通夜、告別式は簡単に行われた。キミも村上も、運転が再開された中央線に乗って、上野原の由江の実家へ行った。キミは、列車に乗るのが恐かったし、精神が激しく動顚していた。

銃撃のあったいのはなトンネル付近には、悲嘆にくれる遺族や惨事の後片付けをする警防団員の姿が見られた。キミは、手を合わせ目を瞑った。

列車がいのはなトンネルに入った。轟音が響いた。Ｐ51の機銃掃射の銃撃音が聞こえた。昨晩、浅川駅で見た四一九列車の血の惨劇の有様が目に浮かんだ。峯尾家の庭に並ぶたくさんの遺体。由江の顔。キミは瞑っていた目を開けた。列車の窓越しにトンネルの闇が広がっていた。その中を、悲しみに沈み、四一九列車の死者達が、キミの乗った列車の横を歩いていた。キミは、窓に顔をつけ、死者達を追った。由江がいた。キミの方を向いて、微笑んでいた。キミは手を振った。由江も手を振っていた。

「由江ちゃん！　由江ちゃん！」

キミは大声で何度も由江を呼んだ。列車は轟音を発し、いのはなトンネルを抜けて行った。夏の陽射しがまぶしく輝き、汽車の汽笛が山々に響き渡った。

小仏トンネルの手前の谷間から、白い煙が上がっていた。

「何だろう?」

乗客の何人かが不思議そうに窓の外を見た。

キミは隣にいる村上の腕を掴んだ。キミの手は震えていた。村上はキミの手を押さえ、煙が立ち上って来る谷間の方を見ていた。

峯尾家の庭に置かれていた遺体は、引き取り手が来れば良かったが、来ない者、身元の分からない者、すべてが一括して荼毘にふされることになった。朝早くから、トラックに乗せられ、小仏トンネル近くの谷間に運ばれた。そこで、遺体は順序良く荼毘に付されていたのであった。中央線に並行して進む道路を、トラックがその谷間の方へ向かって走って行く。むしろで覆われた遺体が荷台に乗っているのが分かった。

「キミちゃん、ありがとう。村上さんと一緒になって、一生懸命由江を探してくれたから、こうして、由江の遺体に会うことができた。由江を家に連れて帰ってやることができる。そうでなければ、由江は行方の分からないままだったかもしれない」

昨夜、峯尾家の庭で、遅くなってやって来た由江の父親に、キミは感謝された。

山の間から煙が立ち上っていた。暑い夏の盛りであった。遺体の損傷、腐敗は短い時間の内に更に進んでいた。

二十二　終戦

八月六日、Ｂ29が広島に原子爆弾を投下し、死者は十四万人に達した。
八月八日、ソ連が対日宣戦を布告し、満州北部、朝鮮、樺太に侵攻を開始した。
八月九日、Ｂ29が長崎に原子爆弾を投下した。死者は七万人を超えた。
焼け野原になっても、八王子の町に空襲警報の鳴らない日はなかった。Ｐ51や艦載機は突然現れ、街中を銃撃していった。Ｂ29の編隊は、他の中小都市空襲を続け、八王子の上空を通過していった。

キミの家の焼け跡には、焼けたトタンや山野から分けてもらった板材で、一郎が何とかバラックを作り上げた。母親の梅、一郎、キミ、フサ、シズ、ヒサの六人が寝起きする場所と、床屋の商売ができる場所は取り敢えず確保したのであった。

山野の家では、結局、五日市から来るはずの大工は、Ｐ51の銃撃を目の前に見た恐怖で、それきり来なくなった。本格的に届くはずであった材木も、大工が止めたのか、その後運搬されて来なかった。仕方なく、幸助はバラックを作り、そこで洋服仕立ての仕事を再開した。家の建築は、大工もいないし、材木も量的に足りないしで、ずいぶんと遅れることになってしまった。

五日市の実家に疎開し、療養に努めていた幸助の妻、春の病状が悪化した。入院先の病院を探したが、焼け野原の八王子にはなく、聖蹟桜ヶ丘にある小さな病院に入院することになった。それと共に、幸助の四人の子どもも、疎開先の五日市の実家を離れ、八王子に戻って来た。

「キミや、わたしは、桜ヶ丘の病院へ行って、お春の様子を見てくる。あんたは、山野へ行って、清や正夫の世話をしておくれ」

お春の容態は芳しくなかった。戦争末期となり、生活必需品から何もかもが欠乏していた。医薬品も軍優先であり、一般の小さな病院では、満足な治療が受けられる状態ではなかった。

キミは、辛い毎日を送っていた。自分が由江に村上からの手紙を渡さなかったばかりに、由江は四一九列車に乗ってしまった。そして、P51に銃撃され、由江は死んでしまった。由江を失った悲しみは深い。その上に、罪の意識が重なった。キミは自分を責めた。キミの涙が流れる日は続いていた。

「キミちゃん、元気出しなよ！　そんなでは駄目だよ！」

妹のフサが傍に立っていた。

「何よ！　うるさいわね」

キミは、きっとして言った。

「本土決戦が近づいているのよ。いつ、鬼畜米英が上陸して来るか分からないのよ。めそめそしている時ではないわ。由江ちゃんの仇を討たないでどうするのよ。一億総玉砕するつもりで、戦うのよ」

フサは、国民義勇戦闘隊の訓練に参加していた。武器は竹槍であったが、気合が入っていた。

キミは返事をせずに黙っていた。

キミは、フサの言うことはもっともだと思った。

――由江ちゃんは、P51の銃撃で死んだけれど、わたしは米軍と戦って死ぬわ。由江ちゃん、そうするわ。

キミは、うつむいていた顔を上げた。

「山田さんの奥さんは、息子さん二人、戦地で亡くしたけれど、めそめそなんかしていないわよ。名誉の戦死だと誇りを持って、国民義勇戦闘隊の訓練に参加しているわ。神州は不滅よ。戦わなくてどうするのよ」

フサは、調子付いたように話を続けていた。

キミは気持ちを奮い立たせようとした。由江に対する悲しみと自責の念を胸の中にしまいこみ、キミは自分を叱咤し、身を粉にして働くことにした。

山野の家へ行き、幼い子どもの世話をした。元八王子の隣保館へは疎開学童の散髪に、由江の分もしなくてはと、足繁く通った。その合間をぬって、国民義勇戦闘隊の訓練にも参加した。

「キミ、あまり無理するんじゃないよ」

と、梅が心配する程に、キミは働いた。

八月十五日が来た。日本は敗北し、戦争が終わった。その日は、空は青く、朝から日差しは強かった。正午、キミは妹のフサと一緒に、八王子警察署の前で、玉音放送を聞いた。ラジオの音声の悪いせいなのか、キミはよく意味が理解できなかった。フサは、本土決戦に向けて、一生懸命頑張りなさいという、お言葉だったと言う。日本は負けたのだと、涙を流している人もいたし、そんなことはないと、怒っている人もいた。

「日本は、戦争に負けた。これから、どうなるか分からないが、家族皆一緒に今まで通りに暮らして行くしかないと思う」

夕方になり、一郎が警防団の仕事から戻り、家族揃って夕飯を食べる前に言った。夕飯は芋とカボチャの入ったすいとんであった。

「嘘でしょ、日本は、本当に戦争に負けたの？」

フサが、悲鳴のような声を上げた。

「そうだ、負けたんだよ」

一郎は、箸を取り、すいとんをつまみ、口に入れた。

「空襲はないのかしら？」

キミは、由江の顔を思い浮かべた。あれからまだ十日しか経っていないと、キミは思った。

「空襲はもうないはずだ。安心して暮らせる。色々と変わるだろうな」

一郎は、箸を置き、ため息をついた。母親の梅は、すいとんのお代わりを要求するシズとヒサを睨みつけながら、一郎の話に耳を傾けていた。

暑い日が続いていた。空襲の恐れがなくなったせいで、焼け野原にバラックが、見る間に立ち並んでいった。キミは忙しい日々を送っていた。バラックの家の前に、大野理髪店の張り紙を貼って、兄の一郎と妹のフサと三人で床屋を再開した。軍隊から復員した人達も増えて、町に少しずつ活気が戻って来た。間に合わせで取ってつけの床屋であったが、大きなヤカンと鍋を用意して熱いお湯を沸かし、お客にさっぱりした気分で帰ってもらえるだけのことはできた。

キミは、母のお梅と手分けして、山野の洋服屋へも手伝いに行かねばならなかった。幸助の妻、お春の容態は良くなる気配はなかった。入院先の病院でも、医薬品の不足は酷いものであった。充分な医療を受けられる状態ではなかった。幸助は、日に一度は、聖蹟桜ヶ丘にある病院へ自転車をこいで、お春に会いに行っていた。

戦争は終わったが、疎開学童の疎開先からの引き揚げは、まだ先のことになっていた。キミの個人的な勤労奉仕は続き、何とか時間を作って、隣保館の学童の散髪に行ったのであった。とにかくキミは忙しかったし、自分で忙しい状況を作り出していた。体を使って、懸命に仕事をしていれば、悲しみや苦しさから、少しでも離れることができた。重く暗い気分になる前に、体がぐったり疲れてしまい、深い眠りに入ることもできた。

第二次世界大戦での、日本人の死者は三百万人を超え、世界全体では、死者は八千五百万人に達した。誰もが死者と向かい合い、悲痛と哀悼の中にいたのであった。そして、それはそれぞれの悲しみと苦しみであった。

八月二十二日、曇天となり夜から風雨が強くなった。バラックの家のトタン屋根が吹き飛ぶ、板塀が倒れるといった被害があちこちで見られた。二十三日も日中は強い驟雨が降り、各地で出水の被害が出ていた。夜になると、また風雨が強くなった。

「明日、松崎の秀夫ちゃんが、新潟の連隊から復員して帰って来るって、久し振りにトミさん、明るかった。民子さんは勿論大喜びよ」

梅が帰宅するなり言った。松崎の秀夫ちゃんというのは、キミの従兄弟であった。トミは梅の義妹になり、民子は、秀夫の妻であった。民子は、キミと同い歳の小学校以来の友達で、今はトミと一緒に暮らしていた。

「そうなの、良かったわね。おばさんも、これでひと安心だわね」

キミは、トミの悲しみに暮れ、気落ちした顔を思い浮かべた。トミには、四人の息子がいた。二人は、外地で戦死していた。三男の秀夫は、通信関係の特別な技術を持っていたので、内地での特殊任務に当たっていた。四男は中学生になったばかりであった。

「ああ、雨の音がうるさいわね。ずいぶん雨が強くなってきたよ。今夜は大丈夫かね?」

雨漏りがひどくなってきた。梅がそう言いながら、金盥を取りに立ち上がった。屋根はトタン板である。昨日は、強風でトタンが剥がれそうになった。山野から分けてもらった材木や板で、何とか六人の家族が住むことができるバラックが出来上がっていた。

翌朝、キミは豪雨の中、山野の家へ向かった。山野の末っ子の清が、二日前からお腹の具合を悪くして、ぐったりしている上、熱もあった。梅は清の世話をし、病院へ連れて行く予定であったが、一晩中の強い雨音のせいで寝不足になってしまい、更なる風雨の強さに外へ出る気力を失ってしまった。

キミは、途中、駅に夫を迎えに行く松崎の民子と一緒になった。雨は一段と強くなっていた。

「新潟を昨日の夜、発ったようよ。それで、高崎で八高線に乗り換えて、七時頃、八王子に着く予定なのよ」

民子は、戦争が終わり、無事に復員して来る夫に会える喜びで一杯のようだった。顔に雨が当たるが、民子は拭いもせず、駅に向かって急ぎ足だった。

「花も嵐も踏み越えてだね、民ちゃん」

「そうよ。本当、うれしいわ」

キミは、皮肉っぽく、「愛染かつら」の歌の文句を言ったつもりだったが、民子には褒め言葉にしか聞こえていないようだった。キミは羨ましく思った。


「キミちゃん、朝早くからすまないね」

山野は雨合羽を被り、出掛ける仕度をしていた。

「おばさん、どうなんですか？」

「昨日、少し血を吐いたんだ。熱も下がらない」

幸助は、子ども達に聞こえないように、小さな声で言った。雨音が激しい。清がぐったりして、布団に寝ていた。

「キミちゃん、お腹が減ったよ」

七歳になる次男の正夫が、キミの所に寄って来た。

「光子、鍋にある芋を正夫にくれておきなさい」

光子は九歳になる。長男の雄一は十一歳、かまどで一生懸命に火を起こしていた。

「みんな、お父さんは、お母さんの病院へ行ってくるからね。キミちゃんを困らせるようなことをしないこと、いいかい？」

「はい！」

正夫と光子は返事をした。雄一は真っ赤な顔をして、火吹き竹を吹いていた。

「キミちゃん、お昼までには戻って来る。子ども達、朝ご飯まだなので、作ってやって欲しい。清は、お腹の具合が良くないので、何か柔らかい物がいいな」

幸助はそう言いながら、外の雨の様子を見ていた。雨が激しく吹きつけていた。

「おじさん、雨が強すぎるわ。小降りになるまで待った方が良いわよ」

「大丈夫だよ、行ってくる。頼んだよ、キミちゃん」

幸助が扉を開けると、店の前にずぶ濡れの自転車が置いてあった。幸助は、その自転車に乗って、お春が入院している聖蹟桜ヶ丘の病院まで行くのであった。風も強くなり、焼け野原の上を様々な物が吹き飛んでいた。

「キミちゃん、キミちゃん！」

布団に横になっていた清が、力のない声でキミを呼んだ。

「清ちゃん、どうした？　お腹の方はどうかな？」

キミは、布団に寝ている清の傍に寄った。清がキミに甘えるような素振りを見せ、キミの手を握った。

「お腹が空いたよ」

「清、夕飯食べなかったから、腹減ってんだよ」

正夫がキミの肩越しに顔を出してきた。子ども達の母親の春とキミは似ていると言われている。

「顔は、お春さんの方が遥かに美人だけれど、格好はそっくり、後ろ姿はまるでお春さんよ」と妹のフサは棘のあることを言う。

「お母さんの手みたい」

と言って、隣保館に疎開している女の子達が、キミの手を握って離さなかったことをキミは忘れない。

「卵のおじやにしようか?」

「うん」

清の顔に赤みが差してきた。

キミは、山野の台所にある物はだいたい分かっていた。キミの家より、良いものを食べているなと思っていた。

朝食が終わって三十分程した頃、駅の方が急に騒がしくなった。山野の家の前を、大勢の人がバシャバシャ雨をはね上げ、駅へ走って行った。

「駅で何かあったみたいだ!」

雄一が、外の様子を見た途端、駅の方へ走り出した。キミも行きたかったが、風雨の強さにためらってしまった。トラックが、連続して駅へ向かって行った。

暫くして、雄一がずぶ濡れになって戻って来た。

「大変だ、八高線で事故だよ。多摩川の鉄橋で、列車が正面衝突して、たくさん死んだ人が出たと言っている」

「えっ！」

キミの声が異様に大きかった。子ども達がキミを見た。

「わたし、駅まで行ってくるわ！」

キミは、傘を開く間もなく、豪雨の中に飛び出して行った。子ども達は唖然としてキミを見送っていた。

その日、暴雨風で八高線の小宮駅と拝島駅間の連絡が途絶していた。三百六十名の乗客を乗せた上り列車が拝島駅を、四百五十名を乗せた下り列車が小宮駅を、連絡ミスで、両方から出発してしまった。八高線は単線であった。午前七時四十分頃、大勢の復員兵や通勤通学の乗客を乗せた両列車は、八高線多摩川鉄橋上で正面衝突した。小宮駅発の機関車が拝島発の一両目を押し潰し、乗り上げ、大破した状態になった。多摩川は連日の豪雨で川幅一杯に増水し、荒れ狂った濁流となり、鉄橋下を流れていた。死者百五名、行方不明者二十名、重軽傷者百五十名の大惨事となった。

八王子駅は混乱していた。改札口を駅員が、慌てふためきながら行き来していた。警防団の一隊が、現場に救援に行くために、到着したトラックに乗り込んでいた。

民子が放心した顔をして、改札口付近に立っていた。

「民ちゃん、秀夫さんは、無事なの？」

キミは、急に呼吸が苦しいような、胸が痛いような感覚に襲われ、やっとの思いで民子に声をかけた。「四一九列車」、「いのはなトンネル」、そして、「由江」の顔が激しい速さで頭の中を駆け巡った。

「どうなっているのか、分からない」

民子は、助けを求めるようにして、キミの腕に縋った。キミは、十九日前のいのはなトンネルの銃撃事件の最中に戻ったかのような感じがした。

「救援に行った列車が戻って来た。ケガ人が大勢乗っている。身元が八王子と分かった遺体も、一緒に運ばれて来ている」

八高線ホームで駅員が叫んでいた。

キミと民子は、八高線ホームへ急いだ。キミは空を仰ぎ見た。雨の激しさは衰えたが、まだ降り止む気配はなかった。列車が重い音を引きずって停まった。八月五日、浅川駅に牽引されて停車していた四一九列車が、キミの脳裏で重なっていた。列車から線路に血が滴り落ちていた。床は一面の血の海であった。血に染まった壁面には銃撃の跡が連なり、所々に肉片が付着していた。

負傷者が列車から降りてきた。民子は身を固くして、列車の乗降口を見ていた。シャツを血で真っ赤にした女学生、ぐったりした体を抱えられてやっとの思いで歩いてくる男、次々と血だらけの負傷者が降りてきた。救援の駅員や警防団員が手助けに走り寄っていった。

暗い空から雨が降り続いていた。ホームの水溜りが、血で赤く染まってきた。キミには、四一九列車の再現を見ているかのようであった。死者が行進しているかの如く、キミの目には映っていた。

担架に乗せられた重傷者が降りてきた。民子が、担架の列をじっと見ていた。何人かが通り過ぎ、顔を白い布で覆われた担架が降ろされてきた。三番目に運ばれてきた担架を見た途端、民子が悲鳴を上げて、すがりついた。白布の下は、秀夫であった。軍服が血で真っ赤に染まっていた。復員が決まってから民子が送った布袋を秀夫は抱えていた。それも血に染まっており、お守り袋が寂しく吊り下がっていた。

「秀夫さん、ごめんなさい。こんなことになってしまって、わたしが悪いのよ」

そう言うと、民子は秀夫の遺体に抱きつき、離そうとせずに、泣きじゃくるばかりであった。列車から降ろされてきた遺体が、先に進めなくなっていた。キミは、後ろから民子の肩に手をかけ、立ち上がらせた。秀夫の遺体を運ぶ担架が進む。キミは民子を支えながら、その後を追った。

「秀夫さんの復員が決まってから、毎日、早く帰って来てほしいと手紙を送ったのよ。用事が片付いてから帰郷するというのを、無理矢理、一番早く帰るようにと切望したの。早く秀夫さんに会いたいと、神様にもお願いした。昨日、秀夫さんから電報が届いた。朝一番に八王子に着く列車に乗ると。わたしの願いが叶ったと思ったわ。一日も早く、秀夫さんに会いたかった。

それが、こんなことになってしまった。秀夫さん、ごめんなさい。わたしが、早く帰って来るように急き立てなければ、秀夫さんは、あの列車に乗ることも、事故に遭うこともなかったのに」

民子はキミに体を支えられながら、やっとの思いで歩いていた。重く希望のない雨が降り続いていた。

――由江ちゃん、あなたも、あの四一九列車に乗ることはなかったのよ。わたしが、村上先生の手紙を由江ちゃんに渡していたならば、あなたは、四一九列車に乗らなかったでしょう。民子さんが、愛する人に早く会いたいのは、当たり前のこと、仕方ないわよ。秀夫さんは、運が悪かったのよ。でも、わたしは違う……。

民子の足取りが覚束ないのと同じように、キミの足取りも怪しくなった。胸の辺りが苦しくなってきた。改札口にようやくたどり着いた。その先の待合室には、白木の棺がすでに並べられていた。更にそこに、大勢の負傷者が横になったり、座り込んだりして、騒然とした状態となっていた。

「オーイ、キミ！　キミ、こっちよ！」

自分を呼ぶ声に反応して、キミは待合室の方を見た。母の梅が、手を振っていた。梅は片方の手で、青ざめた顔をし、今にも崩れそうな松崎の叔母を支えていた。

民子がそこへ走って行った。キミも後を追った。

「お義母さん、秀夫さんが死んでしまった！」

民子が松崎の叔母にすがりつき、悲痛の声を上げた。

「秀夫！　お前まで死んでしまったのかい！」

松崎の叔母が白布を取り、秀夫の顔を見た。

松崎の叔母は、三人の息子を兵隊に取られ、二人は戦死したが、一人は戦争も終わって無事に帰って来ると安心していたのに、事故に遭遇し、死んでしまった。

「わたしが、悪いんです。早く帰って来てほしいと、あんなにしつこく頼まなければ、秀夫さん、こんな事故に遭わずに済んだのに！」

秀夫の遺体を挟んで、民子と松崎の叔母は向かい合っていた。松崎の叔母が遺体から目を離し、民子をじっと見た。冷たい眼差しであった。民子は、秀夫の事故死の原因を作ったのは自分だと、自分を責めていた。民子は秀夫の遺体に縋りつき、悲嘆の涙を流していた。

「民子さん、秀夫の遺体から離れなさい」

松崎の叔母が、すくっと立ち上がり、民子を見下ろし、鋭い声で言った。今までの、息子の死を悲しむ、弱々しい母親の姿はなく、毅然とした女主人のようであった。

「えっ？　はい……」

民子は、義母の指し示す白い棺を見た。

「いつまでも、ここに秀夫を置いていては可哀相でしょう。秀夫は一日も早く家に帰りたかったのです。

秀夫、さあ家に帰りましょう」

松崎の叔母の指図で秀夫の遺体は棺の中に収められた。民子は、見るも哀れに肩を落とし落胆していた。松崎の叔母は、軍国の母に戻ったかのようであった。戦死した息子二人の遺骨が届いた時も、気を張って、感情の乱れたところは一つも見せなかった。

キミは、母親の梅から、松崎の叔母が「戦争が終わって、本当に良かった。秀夫が無事に帰って来る」と言って、涙を流して喜んでいたと聞かされていた。

「民ちゃん、大丈夫？」

トラックの荷台に棺を乗せ、松崎の叔母と梅が乗った。その後、キミは民子をトラックの上に押し上げた。

「うん、大丈夫と思うけれど。悲しい……」

民子の涙は止まらなかった。

キミは、複雑な心境であった。秀夫を事故に巻き込んだのは自分の責任だと悲嘆にくれる民子を見て、キミは首の回りにねっとりした嫌なものを感じるのであった。トラックが松崎の家に向かって出て行った。叔母は毅然とした態度を崩していなかった。民子は泣き止むことなく、秀夫の入った棺に縋りついていた。梅は、戸惑っているのか、しきりにキミの方を見ていた。

民子と秀夫の結婚は二年前のことであった。秀夫は足に障害があったので、召集されずに済んでいたが、結婚して間もなく、内地勤務の兵役に服することになった。その時、二人の兄は既に英霊となっていた。

民子と秀夫の間に子はなかった。民子は松崎の家の中でどのようになってしまうのだろうか？叔母の夫は大分前に亡くなっていた。かなりの財産があるという。四人の男子の内、三人が亡くなり、残るは中学生の末子一人となった。

キミは、民子がそこまで激しく自分を責めることはないと思っていた。悪いのは、連絡ミスをして、列車を正面衝突させた駅長であり、国鉄であった。そう、由江が死んだのは、P51の銃撃があったからだ、とキミは結論づけたかった。だが、村上の手紙をキミの脳裏から消すことはできなかった。民子には、自分をそんなに責めない方がいいと言えるだろうが、キミの場合は、責任は逃れられないと思った。黙している。黙し続けていく。誰も、キミと由江の間にそんなことがあったとは、考えても思ってもいないはずであった。

――民ちゃんは、素直で良い子なのにね……。

雨は小降りになり、空が少し明るくなってきた。

民子は、その日から秀夫の死を自分の責任だと責め、悲しみ嘆いていた。キミが松崎の家へ民子を慰めに行ったことがあった。うちひしがれた民子の姿は、キミの背筋を寒くさせた。

「民ちゃん、元気出して！　しっかりしなければ駄目よ。民ちゃん、そんなに自分を責めない方がいいわ。これは仕方のない事故なのだから」

キミは民子を慰めた。そして、その慰めは、自分自身にも向かっているのだとキミは思った。

秀夫は、民子の早く会いたいという願いを聞き入れたために、八高線の列車事故に遭遇して命を落としてしまった。由江が四一九列車に乗ったのは、村上の手紙をキミが渡さなかったせいである。キミはそう思っている。

いくら慰めても、民子の悲しみは失せることはないだろうとキミは感じている。自分も同じだ。だが、違うのは民子が自分の責任を口にしていることであった。

「民子さんが、あんなに秀夫さんを急かせなければ、事故に巻き込まれなくて済んだのにね」

松崎の家から帰って来るなり、梅が言った。

「そんなことないわよ。仕方ないことよ。私は、民ちゃんにあまり思い詰めない方がいいと言っていた。

キミは民子を弁護するが、どうも世間の声は、民子を非難する方に流れていた。

「まさか、三人も息子を失うとは、トミさんも考えていなかった。何とか気を取りなおし、しっかりしようとするのだけれど、今度ばかりは難しいね。戦争が終わって、命を失う危険がなくなったというのに、こんな目に遭うなんて、と言ってさ。トミさん、可哀そうだよ」

梅は、松崎の叔母に同情することしきりであった。そして、キミは松崎の叔母が、民子に冷たく当たっている様子も感じ取っていた。松崎の家の中は、陰鬱で重い空気が漂っていた。

「お義母さん、このところ、口もきいてくれないわ。私を恨んでいるのでしょうね。近所の人も、あの嫁さんのせいで秀夫さんは事故に遭ったと噂している。辛いわ。いつまでこの苦しみは続くのかしら。秀夫さんの後を追いたくなってしまう」

民子の苦しみは、キミの心を揺さぶる。

——由江ちゃん、ごめんね。民ちゃんを見ていると、村上先生の手紙を由江ちゃんに渡さなかったなど、とても言えないわ。

キミは、ずっと鞄の奥にしまい込んでいた村上の手紙を取り出した。キミは燃やしてしまおうと思った。封筒を破り、キミは初めてその手紙を見た。何が書いてあるのかずっと気になっていた。この手紙のせいで、由江は四一九列車に乗り、キミは悲しみと後悔の苦衷の日々を送ることになった。

「午後三時に、市役所の前で待っています。村上」

村上が言っていた通りのことが書いてあった。恋など愛などの文字は一つもなかった。

——こんなふうに封筒に入れ、思わせぶりに由江ちゃんに手紙を渡してくれなんて言うからいけなかったのよ。手紙なんかにしないで、伝言してくれって口で言えば良かったのよ。

焼け跡の片付けは、まだあちこちで続いていた。不用品を焼く焚火の中に、キミは破いた手紙を投げ込んだ。民子は結局、松崎の家を出ることになってしまった。秀夫の死の責任は民子にある。民子自身そう思っていたし、義母も無責任な関係者もそう思っていた。

キミは自身で自分を責めるが、キミを責める人はいない。戦争の最中、誰もが命を失う危険にさらされていた。由江は戦争の犠牲者であった。キミが手紙のことを言わない限り、キミは誰からも責められないし、非難されなかった。民子は松崎の家を出て、実家に戻ったが、辛い日々は続いていたようだ。その年の暮れ頃の話になるが、立川の進駐軍の基地近くで、派手な格好をした民子の姿を見かけたと、嫌な噂が流れた。


八月二十八日朝、米軍先遣隊百五十名が、厚木飛行場に到着した。飛行場に残されていた零戦のプロペラは全て外されていた。三十日、連合国軍最高司令官マッカーサー元帥も厚木に到着し、日本本土進駐が開始された。

九月二日、米戦艦ミズーリ号艦上において、日本と連合国との間で、降伏文書の調印が正式に行われた。五年にわたる太平洋戦争は公式に終了し、日本の降伏が完全に決定したのであった。これより、昭和二十六年九月の対日講和条約調印まで、日本は連合国の占領下に置かれることになった。

九月三日には、米軍が立川に進駐を開始した。横浜街道、甲州街道を米軍のトラック、自動車が頻繁に往来するようになった。このため、要所で米兵が車の交通整理を行った。八王子には、米兵の進駐は行われなかったが、町の中で米兵の姿を見る機会は多くなった。

二十三　お春の死と疎開学童の帰郷

お春の危篤状態が続いていた。聖蹟桜ヶ丘の小さな病院に入院したお春は、九月になると、全身の衰弱が酷くなり、呼吸が難しくなっていた。医薬品不足は恒常化しており、栄養状態も一層悪くなっていた。

「お春は、今日か明日かの状態だね」

朝早く、梅はお春の入院する病院へ出かけて行く。

「子ども達は、お母さんに会えないのかしら?」

キミはこれから山野の家に向かう。山野幸助は、家にはいないであろう。病院には、早朝の内に出掛けたか、家に帰らずそのまま泊まったかしているはずであった。どっちにしても、キミは、山野の子ども達の食事の世話に出掛けねばならなかった。

「結核の症状が出ているからね。万が一、子ども達に感染したらと、幸助さん、心配している。お春もそこのところは分かっている。辛いね、可哀相だね」

梅が寂しそうな顔をしていた。九月九日、真夏と変わらない暑さであった。太陽がギラギラと照りつけて、梅は汗を拭きながら、京王線の東八王子の駅へ向かった。

キミは家を出て、甲州街道を駅の方へ歩き出してすぐに、「キミさん！」と呼ぶ声を聞いた。トラックの荷台に乗った村上が手を振って、通り過ぎて行った。朝一番の始発電車に乗って都内から戻り、元八王子の隣保館へ帰るところであろう。三日前、キミは隣保館へ子ども達の散髪に行ってきた。勤労奉仕に一緒に行った由江のことが強烈にキミの心を揺るがしていた。悲嘆に暮れ、良心を苛まれ、キミは苦しかったが、あえて隣保館へ行った。子ども達の散髪をしていると、並んで由江も子ども達の散髪をしているかのような感じがした。横を見ると、由江はいない。キミは、目を瞑り、由江の像を結んだ。涙が流れて来た。

「キミお姉さん、どうしたの？」

きれいにオカッパ頭に散髪された女の子が、キミを見上げていた。キミは辛かったが、耐えねばいけないと思った。村上が、キミ達の方を見ていた。由江の生きていた日を思い出しているのだろうか？　気づいた女の子が、村上に手を振った。村上も手を振り、笑顔で応えながら近づいて来た。村上の顔が生き生きとしているようにキミは感じた。

疎開している子ども達が、親が待っている品川へ帰る日が近づいて来た。そのため、村上は品川と八王子の間を行き来する日が多くなった。

今朝も、そうだったのだろうと、キミは思った。

「九月中に、子ども達を親元に帰せるかと思ったのですが、難しいですな。東京もまだ焼け野原ですからね。焼け残った家もいくらかあるけれど、ほとんどバラックや壕で暮らしていますよ。食料事情は悪いし、学校の建物もないんだから、そこへ子ども達を帰していいものやら、品川区の役人と何度も話し合っていますが、結論はまだ出ませんね。それと、空襲で両親を失くした子ども達をどうするかですよ。帰るべき親も家もないのですからね。可哀想ですよ。重大問題ですよ」

村上の現在は、子ども達のためにだけあった。村上は懸命に行動していた。由江は遠くへ行ってしまった。由江の思いはもう届かなかった。村上が由江のことをどれだけ考えていたのかは分からない。

「午後三時に、市役所の前で待っています。村上」

キミが手紙を渡したなら、由江はどんなに喜んだろうか！　四一九列車に乗らずに、村上に会いにいったはずだ。村上は、由江を待っていた。由江は来ずに、四一九列車に乗ってしまった。すべてがそこにあった。

キミは寂しかったし、辛かった。

「でも、近い内には、皆さん、品川へ帰るんですね？」

キミは、次の順番の男の子を呼び寄せ、椅子に座らせた。吹く風はずいぶん湿気を帯びていた。

「どうなりますかね、まだ先に延びるかもしれません。元八王子村で赤痢の患者が出ましてね。子ども達の中にもあやしい子が何人かいるのですよ。赤痢の患者が出ると、大変ですからね」

村上に由江のことで、キミのように落ち込んでいる時間はなかった。キミに会った時だけ由江を思い出すのかもしれない。由江に渡して欲しいと、キミに預けた手紙はもうない。キミが燃やしてしまった。村上は子ども達の帰京のことで頭がいっぱいのようであった。

甲州街道を行き来する、米軍の車が多くなっていた。土埃と排気ガスが混ざり合い、通りの先が霞んでいた。村上の乗ったトラックは、すぐに見えなくなった。


九月十日、お春が息を引き取った。お春の遺体は病院から、焼け残った寺の本堂に運ばれ、簡単な葬儀が営まれた。四人の子どものうち、長男の雄一、長女の光子は居住まいを正し、様々なことに思いを巡らしているようであった。下の男の子の正夫と清は、初めは静かにしていたが、すぐに落ち着きがなくなり、あちこちと動き回り出した。

山野幸助の悲しみは深かった。子ども達の前では、親は毅然としているものだが、幸助はお春との別れに体を震わせ、涙を流し、声を上げて悲しんでいた。

「幸助さん、お春のこと、大事にしてたからね」

親戚の者も、最初は好意的に仕方ないことだと思っていたが、挨拶も満足にできない幸助の嘆き様に、あきれたと顔をしかめていた。

キミは、正夫と清を本堂から連れ出し、境内で遊ばせていた。二人は、母親の死を理解できていないようであった。本堂から聞こえてくる幸助の嘆き悲しむ声に驚いていたが、彼等の関心は、木に取りつき鳴いている蝉を捕まえることにあった。

お春の死に顔はきれいであった。

「美人はいいよね。死んでも美人だよ。でもね、美人薄命とは良く言ったものだね」

親戚の女達が、故人と最後の別れをしてから、壁際でこっそり話していた。市の火葬場は、空襲で焼けることはなかったが、空襲で死んだ人達の火葬には、満足に対応できなかった。九月になっても、火葬場は充分に稼動していなかった。焼却に使用する、木材が不足していた。木材は、家の建築用が優先されていた。

結局、幸助は自分の家の建築用の木材を運び込み、妻のお春の火葬に使ったのであった。お春が荼毘にふされる時、幸助はもう正気ではなかった。悲しみで動顛し、棺にしがみつき、泣いていた。幸助の兄が、幸助を引き離すほどであり、しっかり押さえていないと、焼却炉に一緒に飛び込みそうな気配も感じられた。

——おじさん、お春おばさんのこと、いくら愛しているからって、取り乱しすぎだわ。お春おばさん、最後の最後まできれいだった。おじさんの気持ちも分からないでもないけれど、あの様子はみっともないし、男として恥ずかしい。お春おばさんだって、困ってしまうのではないかしら。それとも、満足しているのかな？

キミは、骨壷を入れた箱に涙を落とし、首をうなだれて火葬場を離れる幸助の背中を見ていた。キミは、正夫と清の手を引き、その後ろをゆっくりと進んだ。

戦争が終わっても、人は死んでいった。

防空壕やバラックで暮らす八王子市内の家庭はまだ六千世帯以上あった。九月十八日には枕崎台風の影響で豪雨、十月四日もまた豪雨となり、氾濫した泥水が道路を流れ、バラックも防空壕も水浸しとなった。食料事情が益々悪くなり、生活は一段と苦しくなっていった。キミはフサと一緒に、千葉や埼玉の農村地帯に何度も米麦や芋の買出しに出かけた。配給だけの暮らしでは、栄養失調になって死ぬだけであった。町の闇市には、何でも揃っていたが、闇市価格は公定価格の数十倍から百倍を超えるものもあった。誰もが生活に追われていた。

忙しい中でキミは、週一回は元八王子の隣保館へ子ども達の散髪に行っていた。隣保館へ行くのは辛いなと思っても、自分を叱咤して、キミは出かけた。由江に対する償い、自責の念、懐かしさ、別離の悲しみが複雑に絡み合っていた。

「キミさん、いよいよおうちに帰れるのよ」

五年生の美佐子が、キミが隣保館に着くなり、駆け寄って来た。美佐子の髪はだいぶ伸びていた。

「良かったわね。いつになるのかしら？」

少しずつ秋らしくなってきていた。学童疎開が始まって一年が過ぎ、戦争が終わり、子ども達が家に帰る日が来たのであった。

「十月末には帰ることができるって、村上先生が言っていた」

「いや、もう少し早くなるかもしれない」

後ろから近づいて来た村上が言った。

「あっ、村上先生だ！」

美佐子が振り向いた。

「キミさん、ありがとうございます。今日も、子ども達の散髪、よろしくお願いしますね」

村上は、キミの横に並んだ。キミは村上を見上げた。キミの背丈は村上の肩しかなかった。由江は村上の耳の辺りまであった。村上を挟んだ向こう側に、いつも由江がいた。由江がいない今、キミの村上に対する思いは、薄く儚い夢のように消えていた。

「子ども達の帰る日が、近づいているんですね」

「そうなんですよ。考えていたより、少し早く」

村上は、にこやかに続け、

「来週には、みんなでおうちに帰れるぞ、美佐子！」

村上は美佐子の頭を撫でた。

「本当？　先生！」

「そうだ、本当だよ。お父さんとお母さんのところへ帰れるんだよ」

「うれしい！」

美佐子が飛び跳ねて喜んだ。

「みんなに教えてくるわ」

「いいよ、行っておいで！」

美佐子が教室の方へ向かって走り出した。

「良かったですね。美佐子ちゃん、あんなに喜んで走って行くわ。あっ、危ない！」

美佐子が小石に躓いて転びそうになった。キミは一瞬どきっとして、村上の服の袖を掴みそうになった。

「おーい、美佐子、気をつけるんだよ」

村上の腕がすっと伸び、高く大きく振られた。キミは村上の手の先の静かな青空を見ていた。

「村上先生、来週、もう一度、来ますよ。子ども達、頭をきれいにして、おうちに帰してあげたいわ」

「それは有難い。本当に、キミさん、そして由江さんには感謝していますよ。子ども達の散髪をしてもらって、どれだけ衛生面で助かったか分かりませんよ。

由江さんのことは本当に残念でした……」

村上は肩を落として由江の名を口にした。由江の笑顔がキミの脳裏に浮かんだ。

――ごめんね、由江ちゃん。

風が少し出て来たのか、木の葉が揺れている。去年の今頃、初めて由江と一緒に隣保館を訪れたのであった。キミは深く息をして、こみあげる悲しみを抑えた。

「来週、おうちに帰れるんだって！」

美佐子の叫ぶ声が隣保館の方から聞こえた。続いて、子ども達の歓声が上がった。

キミは、出発の前日までの三日間、毎日隣保館に通い、子ども達の散髪に取り組んだ。大野理髪店の仕事は、兄と妹に任せておいた。山野の家の手伝いの方はというと、このところ、行っていなかった。

お梅がキミに、山野には行かなくていいと言っていた。山野幸助の妻お春が亡くなって一ヶ月が過ぎた。幸助はお春を失った悲しみから抜けきれないどころか、益々失意と傷心の中に沈みこんでいた。仕事に対する意欲を失い、子ども達のことも考えずに、お春のことを忘れようとしているのか、思い出に浸っているのか、昼から酒を飲み、だらしない生活を送っていた。

「あんなところに若い娘を手伝いにやる訳にはいかない。おキミ、山野には行かなくていいからね」

お梅は、山野の家の様子を見に行っては、がっかりして帰って来た。雄一と光子は、先生達の戻って来た国民学校に通い始めていた。焼け跡の学校では満足な授業はできなかったが、それでも子ども達は集まって来た。正夫と清は、同い年の子のいる近所の母親達が一緒に面倒を見てくれていたが、お梅はやはり一番心配であった。

「山野の家で働いてくれる女中さんを探そうと思うんだけれどね。幸助さん、あのままでは、どうにもならないよ。何とか働く気になってもらわなければね」

昨晩、梅が山野の家の心配をしていた。

「女中さんって、知らない人でしょう。正夫ちゃんも清ちゃんも、人見知りする方だから、心配だわ」

「キミ、おまえが手伝いに行こうっていうんじゃあないだろうね。学童疎開の子ども達が家に帰ってしまい、時間が取れるからなんて考えなくていいからね」

梅はそう言うと、キミの口を挟む間も入れず、幸助をこき下ろし始めた。お春の死んだのも、もとはと言えば、幸助のせいだと責め立てた。

翌朝起きてからも、キミの頭の中に、昨晩の梅のお喋りがまだこびりついていた。キミはその日、八王子駅から甲府行きの列車に乗り、学童疎開の子ども達とお別れをする浅川駅に向かった。周りの山々が黄ばみ始めていた。駅に降りて、キミは冷やりとした空気に触れた。秋の気配の冷たさであったが、キミの体を震わせて悲しみの中に導くのに充分であった。

甲府行きの列車が出て行った。

すじ雲が高尾山から景信山の空高くに流れていた。列車はしばらくすると、いのはなトンネルに入るのだろう。あの暑い夏の日、由江の乗った四一九列車は、P51戦闘機に銃撃され、多くの死傷者を出した。

「由江ちゃん!」

キミは、遠くなって行く列車を見送りながら、手を合わせた。列車の警笛が犠牲者の冥福を祈るかのように、悲しく響いて来た。

キミが浅川駅の改札口を出ると、駅前広場には、荷物を持ったたくさんの子ども達が集まり始めていた。

「キミさ〜ん!」

駅近くの食堂の前に集まっていた子ども達の一団が声を上げた。隣保館に寄宿していた子ども達であった。

元八王子と恩方に集団疎開していた、品川区立南原国民学校の子ども達が、家族の待つ家に帰る日であった。家といっても焼け野原に立つバラックであり、防空壕暮らしであった。でも、家族が待っていた。戦争が終わり、空襲の心配もなく、家族一緒に安心して暮らすことができる。子ども達は、この日が来るのをどれだけ待っていただろうか、思う存分に親に甘えることができるのであった。この日のために、子ども達は疎開生活を耐え忍んできたのであった。

「キミさん、ありがとうございました。いよいよ、子ども達が帰る日が来ました。昼頃には品川に着くことができると思います。親御さん達も、品川駅で待ち焦がれていることだと思いますよ」

村上は子ども達を駅前広場の中心に導き入れ、整列させた。これから、品川区立南原国民学校の学童を送る会が始まる。キミを認めた村上が傍に来た。

「本当に良かったです。とうとうこの日が来たんですね。子ども達があんなに喜んでいますもの」

キミは、この日のために、村上がどれだけ一生懸命動いていたか知っていた。村上は何か元気がなかった。疲れているのかしらとキミは思った。

「この一年とちょっとの疎開生活も色々なことがありました。子ども達は辛い思いをしながら、よく耐え忍んで頑張ってきましたよ。戦争が終わって、本当に良かったと思いますよ。昨日は、みんなで恵介のことを偲びました。恵介の使っていた机を花で飾って、恵介と一緒に帰りたかったと、手を合わせました」

駅前広場は三百人を超す子ども達で埋まっていた。打ち寄せる波のように子ども達のざわめきとどよめきが聞こえていた。元八王子、恩方で子ども達の世話をしていた人達も大勢見送りに来てくれていた。

「恵介くんは本当に残念でした。こうして、みんなと一緒に家に帰りたかったでしょうに！」

キミの耳の中で、Ｐ51戦闘機の機銃掃射音が響く。心臓が激しく鼓動を繰り返した。

――恵介くん！　由江ちゃん！

キミの眼に涙が溢れて来た。駅前広場の子ども達の喜ぶ顔が歪んで見える。

「キミさ～ん！」

「キミさ～ん！」

キミは涙を拭き、呼ぶ声の方を見た。美佐子に健二にみち子が手を振っていた。キミも大きく手を振った。すると、キミに散髪をしてもらっていた元八王子の集団疎開の子ども達が一斉に声を上げ、キミに向かって手を振った。

「キミさ～ん、ありがとうございました」

キミも夢中で手を振った。涙がうれし涙に変わった。

「キミさん、本当にありがとうございました」

村上が、キミに向かって深々と頭を下げていた。

「いえ、そんな、村上先生、困りますわ。頭を上げてください」

それは、キミの本心だった。由江にどこかから見られているような感じがした。

学童疎開の子ども達を送別する式が終わり、大勢の人達に見送られ、子ども達を乗せた電車は、浅川駅を出発して行った。

「また、近いうちに来ますから」

村上がキミに手を振っていた。

「さようなら、キミさん！」

「ありがとう、キミさん！」

子ども達が電車の窓から顔を出し、キミに向かって大声を上げていた。

子ども達を乗せた電車が遠く、小さくなっていった。見送りの人達も、がっかりしたような寂しげな感じでホームを離れ、改札口を出て行った。


「三郎と康子と正彦のことが心配なのですよ」

村上が疲れて見えたのは、三人のことであった。

「やはり、三人とも引き取ってくれる人はいなかったんですか？」

キミは浅川駅の駅前広場に集まった子ども達の中に、三郎と康子と正彦がいないことに気づいていた。

「三人の親戚を訪ねてみましたが、どこでも自分の家族だけでも食べていくのが精一杯で、とても面倒を見られないと断られましたよ」

三人は、東京の空襲で両親を失い、孤児となってしまった。三人の他にも、両親を亡くした子ども達はいたが、村上が苦労して親戚に頼み込み、引き取ってもらうことになった。両親が待っている子ども達は良かった。父親が戦地で亡くなった子ども達もいたが、母親が待っていた。村上は子ども達一人一人のことを真剣に考えていたし、身を粉にして都内と八王子の間を行き来していた。

「三人は、どうするのですか？」

「戦災孤児寮が多摩地区に八か所できるそうです。取り敢えず、そこで暮らすことになるでしょう。何とかしてあげたいけれど、仕方ないですね」

村上は、出発の日、隣保館に残され、寂し気にみんなを見送る三郎と康子と正彦の姿を思い浮かべているようだった。村上は自分の非力を知り、本当に辛そうであった。

当時の全国孤児一斉調査によると、全国の孤児は十二万人を超えた。その内、空襲や戦地で親を亡くした戦災孤児は二万八千人、国外からの引揚げ孤児が一万千三百人となっていた。一般孤児の八万一千人は、父母共に病死等のために孤児となった者と調査ではなっているが、ほとんどが戦災孤児であった。孤児の多くは、親戚や知人に預けられ、施設に収容された子どもは一万二千人、共に親のいない苦しい戦後の生活を強いられた。この他に、調査に入っていない浮浪児が三万から四万人いたと推測される。

戦争が終わり、Ｂ29やＰ51戦闘機による空襲の恐怖はなくなったが、食料不足、あらゆる物資の不足、極度のインフレ、苦しさは増すばかり、困窮と飢餓の生活が続くのであった。十月中旬、戦後映画の第一号「そよかぜ」が封切られ、映画の中で歌われていた「りんごの唄」がラジオから流れ始めた。

二十四　キミの告白と決意

　妻のお春を病気で失い、悲歎にくれ、酒浸りとなり、碌に仕事もせずに荒れた生活を送っていた山野幸助が、突如立ち直った。五日市の実家の兄に再度頼んで、材木を送ってもらい、山野洋服店の店舗を含めた一戸建ての家を建てた。幸助はその後、酒も一切断ち、一生懸命に洋服仕立ての仕事に励んでいたのであった。

　十一月の中旬、幸助はたくさんの人でごったがえす闇市を通り、大野理髪店を訪ねた。梅も仕事に励むようになった幸助に、一安心という感じで、このところ山野の家へ足を運ぶようになっていた。

「幸助さん、散髪以外でうちへ来るなんて珍しい。うちは相変わらずのバラック住まいだけれど、どうぞ中へ入ってくださいよ」

　理髪店では、一郎が客の髪を整え、ブラシをかけて散髪を終えようとしていた。妹のフサは、床に落ちた髪を箒でかき集めていた。キミは、妹のシズを連れ、加住の農家を回り、サツマイモや野菜の買い出しに出かけていた。

「義姉さんには、いつも世話になって」

　幸助は風呂敷包みを開いて、手土産の饅頭の折り箱を差し出した。

「なにも気を遣わなくていいのに」

梅は、目ざとく万年堂の饅頭だと確認した。これは今時滅多に食べられない美味しいものが来たと、梅は顔には出さず喜んだ。

「実は、頼みごとがありまして。本当は、人を立ててお願いに来なければいけないのですがね。浅井のおじさんに間に入ってもらおうと思ったのですが、お前が自分で行ってしっかり頼んだ方が、気持ちが通じていいと思うと、言われまして」

幸助は、何だかまどろっこしい言い方をしていた。幸助は洋服屋らしい良い服を着ていた。五日市の実家に預けておいた洋服生地が、物資の窮乏している今、役に立ち、幸助の立ち直りの源泉となっている。

「何だろうね、幸助さん？」

親戚の中で、再起した幸助の再婚話が話題になっていた。梅は、死んだ妹の夫だが、四人も子どもを抱えた中年男なので、相手を見つけるのは難しいと思っていた。

「気持ちを入れ替え、家を建て、店も作りました。洋服の注文も順調に入り、とても忙しい毎日になっています。子ども達の世話が大変になってきまして、義姉さんにも面倒かけてますけれど、このままだとどうにもならなくなりそうなんですよ。女中を雇っても、うちの子ども達のせいか、長続きしないんですよ。再婚話も来ましたが、相手に子どもがいたりで、うまく行きそうにもなかったので断りました」

幸助は上着を脱いで、お茶を飲んだ。四十二歳の中年男であった。最愛の妻を亡くし、悲嘆にくれていたが、ようやく立ち直ったのであった。

梅は、幸助の話が核心に近づいて来たなと思った。先日、浅井のじいさんが、幸助の後妻に、キミはどうだろうかと探りを入れてきた。梅は、とんでもない、四人も子どものいる所へなんか大事な娘をやれますか、と断った。今、床屋仲間が息子の嫁にキミをくれないかとの縁談も来ていると話してやったら、じいさんはすごすごと帰っていった。

「それで、是非お願いしたいのです。キミちゃんを私の嫁にもらえないでしょうか？　今、仕事の大事な時です。キミちゃんに家庭を守ってもらい、私は仕事に専念したいのです。子ども達も、キミちゃんは、うまく行きますよ。キミちゃんには、以前から良く懐いていますし、子ども達は喜ぶと思います。キミちゃんには、苦労はかけません。幸せにします。是非、キミちゃんと結婚させてください」

木枯らしの吹く季節になっていた。トタン板の屋根がカタカタと音を鳴らしていた。幸助は懸命に話し、終わると梅の方をじっと見た。

梅は、やはりキミを嫁にもらいたいとの話であったかと、得心した。さてどうしたらいいのかと、梅は考えた。しばらく幸助の視線を感じながら、間を空けた。ふと、店との境の扉の向こうに人の気配を感じた。梅は、次女のフサが聞き耳を立てているなと思った。

「幸助さん、話は分かりました。幸助さんが立ち直って、一生懸命仕事をしていることもよく分かっています。幸助さんが、キミに苦労をかけない、幸せにするという気持ちも分かりました。でもね、四人も子どもがいるんですよ、わたしは、とても「はい、いいです」と返事はできませんね。とにかく、キミの気持ちが大事ですから、キミに聞くだけ聞いてみますよ。それでいいですね、幸助さん！」

それから梅は、扉の向こうで聞き耳を立てているだろう、フサに向かって、「エヘン！」と咳をした。扉の向こうで、物がぶつかり合う音がした。「痛い！」とフサの声が響いた。

幸助が驚いて後ろを振り返った。

「気にしなくていいですよ。店も暇なんでしょう」

梅が、笑いながら言った。幸助は正面を向き、姿勢を正した。

「分かりました、義姉さん、キミちゃんに、私の気持ちを話してください。キミちゃんが、イヤと言えば、仕方ありません。諦めます。よろしくお願い致します」

幸助は手を畳につき、深々と頭を下げた。


「うわーっ、すごい！　万年堂の饅頭だ」

フサが叫び、一番下の妹のヒサも叫んだ。店の三時の休憩の時間であった。卓袱台の上に、折詰の万年堂の饅頭が置かれていた。

「万年堂の饅頭とは、滅多に口にできないものだよ。幸助おじさん、手土産に持ってくるとは、よほどのことで来たんだね」

万年堂の饅頭は、闇市で売っている饅頭とは訳が違う。本物の砂糖と北海道産の小豆を使っていた。大野の家では、サッカリンを使った闇市の饅頭でさえ、そう簡単に買うことができなかった。

客の散髪を終えた一郎にも、幸助の話が途切れ途切れだが、聞こえていた。

「それでさあ、幸助さんが、キミを嫁に欲しいと言って来たんだよ。どうしようかねえ」

梅が饅頭を一つ取ってヒサに渡した。

「あんたは、外に行きなさい。大人の話だからね」

ヒサは饅頭を丸々一個もらえたのが意外だったのか、にこにこしながら外へ出て行った。

「わたしはね、死んだ妹のことを考えると、キミが後妻に入るならば、お春も安心するとは思うけれどね。四人も子どものいる所へ嫁に行くのは、いくら子どもがキミに懐いているからって、大変なことだよ。幸助さん、苦労はさせないっていうけれど、どう考えても苦労をしに行くようなものだからね」

梅が、各自の湯飲みにお茶を注ぎながら言った。フサは幸せそうな顔をして、饅頭にかぶりついていた。

「俺は、この話に反対するよ。母さんの言う通りだと思う。幸助おじさんは、良い人だし、俺も好きだ。でも、キミとの結婚となると、話は別だ。十八歳も年の差がある。子ども四人は大変だ。女中の代わりみたいに思っているところも感じられるしね」

一郎は、徴用先で知り合った娘と結婚の約束をしていた。一緒に住む家は、このバラックの家しかない。一人減ってくれれば、一人入る空きができるという状態であった。でも、一郎はキミの幸せを真剣に考えていた。

「キミちゃん、村上先生を好きだったのよ。由江ちゃんもね、村上先生が好きだった。由江ちゃんの方が優勢みたいだったけれど、それでも二人は仲良しだった。由江ちゃんは、あんなことになってしまったし、村上先生は学童疎開の子ども達と東京へ帰って行ってしまった。キミちゃん、このところ、元気がないし、寂しそうだ。キミちゃんに幸せになってもらいたいわ。キミちゃんが結婚して家を出て行けば、今度はわたしの番よ。でもね、キミちゃんと幸助おじさんとの結婚は、どう考えても止めた方がいいと思うわ」

フサは一個目の饅頭を食べ終わり、二個目に手を出そうとした。梅がフサの伸びてきた手をピシャリと叩いた。

ちょうどその時、

「お饅頭があるんだって！」

声を上げて、荷物を両手に抱え、背中にはリュックのシズが入口から飛び込んで来た。加住の農家を回って、買い出しに行っていたキミとシズが戻って来たのだった。家の外でのんびりと饅頭を食べていたヒサを見つけ、シズが慌てて駆け出してきた。その後を、重い荷物を背負い、抱えたキミが家の中に入って来た。

「お帰りなさい。今日はずいぶんたくさん分けてもらえたんだね」

梅が立ち上がり、キミとシズの運んで来た買い出しの品物を点検した。

「いいお芋だこと！　フサ、これを台所へ運んでよ」

梅は、リュックや包みを開けると、白菜、ネギ、大根と色々出てくるので、にこやかな顔をしていた。

「やっぱりね、このバリカンとハサミが物言うわよ」

キミは、床屋なのですけれどと言って、農家を訪ねた。農家では、町場の床屋へ行くのは大変なので、ちょうど良いとばかりに、喜んでくれた。お代は野菜で済むから、農家にとってはなおさら都合がよかった。

キミは、自慢げに今日の買出しの成果を話していた。フサが、荷物を片付け終え、キミの横に座った。

「このお饅頭、誰が持って来たと思う?」

「すごい! 万年堂の饅頭じゃあないの、誰なの?」

「フサ、わたしが、きちんとキミに話すから、余計なこと言わないの! 大事な話があるから、シズはお饅頭を持って外へ行ってなさい」

梅は、シズに饅頭を渡し、外に追いやった。そして、キミにもお茶を入れてやり、あらたまった感じでキミの方を見た。

「山野の幸助さんが来たんだよ」

梅が、少し緊張気味に言った。

「ええ、それで?」

キミは、自分に関係あることだとはさらさら思っていなかった。フサは、姉の鈍感さに苛立っているようだ。

「じつはね、幸助さんがね、おまえをね、嫁にもらいたいと頼みに来たのよ」

「えっ……！　本当なの？」

キミは目を見開き、息を飲んだ。

「本当よ。わたしが幸助さんから話を聞きました。新しく家も建て、仕事も順調だ。キミ、おまえを幸せにする、苦労をさせないから、是非、嫁にもらいたいと言っていましたよ」

「四人も子どもがいて、苦労をさせないなんてよく言えるよね」

フサが口を挟んだ。

「フサ、口を挟まないで、黙っておいで！」

梅が、フサに二つ目の饅頭を渡した。フサはしめたとばかりの顔をしてキミの様子を見た。

キミの頭の中は混乱していた。

十一月三十日が来れば、二十四歳になる。今が結婚の適齢期であった。同じ適齢期の男たちの多くは、戦場で命を散らし、女性の方が多い状態であった。それでも、復員して帰って来た若い男達の姿が目立つようになった。知り合いの床屋に、復員してきた息子がいた。兄の一郎とは修業時代に同じ床屋に勤めたことがあった。その床屋から、キミに縁談の話が持ち込まれていた。

軍服を着たきりりとした感じの写真を一郎が見せてくれたが、キミはまだその相手の男とは会ってはいなかった。床屋に嫁ぎ、夫婦共々一緒に仕事をするようになるのは、順当な先行きかもしれないと、そのくらいのことを、キミは考えていた。

「キミ、幸助さんには、おまえの気持ち次第だからと言っておいた。イヤならば、イヤでいいからね。

四人も子どもがいて、十八歳も年上だからね」

梅は、妹の春が死ぬ時、キミが四人の子どもの母親になってくれたら、どんなにうれしいことかと言ったのを忘れはしない。だが、それとキミの幸せは別のことだと、梅は思った。これはキミにとって重大なことであった。キミ自身で考えねばならないことだと思った。

「……」

キミは黙ったままだった。幸助の顔を思い浮かべた途端、急に疲れが出て来た。

幸助は四十二歳になるが、もっと年を取っているように見えた。お春おばさんの連れ合いだから、おじさんと呼んで、ちょうどそれが相応しかった。キミがどちらかというと若く見えるので、二人並べば親子のようにも見える。幸助の四人の子どもを世話する時は、弟や妹のつもりで接してきたし、姉のように慕われてもいた。子ども達は、キミの妹のシズやヒサとは年が近く、仲のいい遊び友達であった。

村上に対して抱いた恋心、ときめき、あこがれとは、はるか遠くに幸助は位置していた。一郎の友人との縁談の話が来た時には、キミはときめいた。

お春が、

「キミちゃん、みんなのこと、よろしく頼むね」

と言って、キミの指に嵌めてくれたダイヤの指輪は、このことを意味していたのだろうか？　空襲で家は丸焼けになってしまったが、焼け跡の黒焦げた廃材の隅に、その指輪は残っていた。

妻のお春の遺体にすがって泣き続け、悲嘆にくれて仕事もせずに、酒浸りとなった幸助であった。お春に対する愛情の深さを感じたけれど、やはりキミはいい年のおじさんが何ともみっともないものだと思った。

「母さん、疲れたわ。頭も痛くなってきたから、少し横になって休むわ」

キミは部屋の隅に行き、横になった。

「キミ、どう考えても、幸助おじさんとの結婚は止めた方がいいと俺は思うよ。家も新しく建てたし、暮らし向きもうちより良いけれど、結局は、四人の子どもの世話のことが一番の問題だ。おじさん、きっとこれから一生懸命働くだろうと思う。でも、この問題を解決しないことには、働くにも働けない。

おじさんにとって、最良の再婚相手はキミだと考えるのは当然なことだ。他の女の人では駄目なのさ。俺だって、キミがおじさんと結婚すれば、山野の家は安泰し、もっと良くなると思う。母さんもそう思っている。

でもね、それは本当にキミにとって、良いことなのだろうか？　俺は、この結婚には反対する。俺の友人と結婚した方が良いと言っているのではない。苦労するのは目に見えている。なまじの苦労ではないと思うよ」

一郎の熱のこもった声が、キミの心を揺さぶっていた。一郎も結婚が間近になっていた。自分の結婚相手も、姑と妹四人のいる家に嫁いでくることになる。苦労をかけることになるだろうと思うだけに、キミの大変さをもっと厳しいものがあると感じているのかもしれない。

「キミちゃんはね、お春おばさんに一番良く似ている。きれいな所は今一つだけれど、背格好はそっくりだものね。後ろ姿なんかお春おばさんが立っているかのように見えるわ。おじさんは、キミちゃんにお春おばさんの面影をきっと見ているのだと思うわ」

フサが言うことは、一つ一つがキミの気に障る。でも、的確かもしれないとキミは思った。本当に、幸助はキミ自身に愛情を持ってくれるのだろうか？　あんなにお春叔母さんを愛していたのだから、忘れることはないだろうとキミは思った。

今日は、加住の丘陵にある農家を回った。丘陵の木々も少しずつ色づき始めていた。丘の上から、奥多摩の山々、陣馬、景信、高尾、そして富士山を挟んで丹沢の山並みまでくっきりと見えた。元八王子の隣保館の辺りからも同じ風景が望める。去年の紅葉はとてもきれいだった。キミは由江や集団疎開の子ども達と、夕日に輝く紅葉の中を歩いていたことを思い出した。あの景信と高尾の手前にいのはなトンネルはある。

「由江ちゃん！」

キミは手を合わせ、目を瞑ったまま暫くじっとしていた。由江の顔が浮かぶ。優しいにこやかな顔だった。

「今日は、よくこんなにたくさん野菜をもらえたものだよ。まあ、キミ、本当疲れたと思うよ」

一郎とフサは、お茶の時間を終え、店に戻って行った。梅が、キミの背中に声をかけた。

「母さん、幸助おじさんの話、どうしようか？」

キミは背中を向けたままだった。

「苦労はすると思うよ。お春おばさんのことは考えなくていい。おまえが決めればいいことだ。

母さん、おまえが決めたことには反対しない、応援するからね」

夕飯までまだ時間があった。戸の破れ目から差し込んできた西日が、キミの目の前の畳の上で揺れていた。


一週間が過ぎ、幸助の娘の光子が、正夫と清を連れて、大野理髪店にやって来た。キミが清を、フサが正夫を散髪し、待合所の椅子では一郎がタバコを吸い、光子が二人の弟の様子を見ていた。

「闇市はすごく混んでいた。正夫と清が迷子にならないように、しっかり手を握って来たわ」

光子は、十歳になる。弟達の世話をしたり手伝いもよくするのだが、まだ幼かった。弟達を散髪に連れて来たのも、本当はシズやヒサと遊びたかったからであった。

「ヒサとシズは、おばさんと買い物に行っている。もう帰って来ると思う」

一郎がタバコの煙を白い輪にしながら言った。清が顔を横に向け、白い輪を目で追った。

「駄目よ、清ちゃん、前を向いて！　兄さんも止めなさいよ、そんなことするの、子どもの気が散ってしまうでしょう！」

キミは、清の頭をぐいっと正面に戻した。頭半分、バリカンで刈り上げているところであった。

「光子ちゃん、闇市の道は、通らない方がいいよ。人が一杯で、迷子になったら大変だよ。悪い人も大勢いるし、人さらいもいるっていうから」

キミの人さらいという声に反応して、清がびくっとした。正夫は気持ち良さそうに居眠りをしている。

「浮浪児も多いのかな？」

「そうみたいよ。東京の方から流れてくる子もいるみたいよ。光子ちゃん、闇市に浮浪児がいたの？」

「汚い子が何人もいて、わたしたちのこと、ずっと見ていたわ。気味悪かった」

光子は、女の子だから自分で身だしなみには気をつけていた。弟達は、幸助も手が回らないのか、髪の毛もずいぶん伸びていたし、着ている物も薄汚れていた。一般家庭の子どもも食べるだけで精一杯の時代であり、浮浪児とさして変わらない格好の子も多かった。

「正夫ちゃん、起きて、もう少しよ！」

フサが、正夫を揺り動かした。

「なに、お母ちゃん？」

正夫が寝ぼけたようだった。清も驚き、正夫を見た。

「お母さんが恋しいのね！」

フサが意味有り気な顔をして、キミの方を見ながら言った。

「光子ちゃん、おじさんは元気？」

フサが突然、光子に訊いた。

――フサ、余計なことを言うんじゃないよ。

キミは、フサを睨んだ。

「お父さん、ちょっと心配なの！　元気がなくて、お酒がまた多くなってきたわ」

光子が心配そうな顔をした。

「変なおばさんが来たからだよ」

正夫が目覚めて、頭がすっきりしたようだ。

「いいの、正夫、黙っていなさい」

フサは正夫の頭をきれいに刈り上げたところだった。キミは清の襟足を整えていた鋏を止めた。

フサがまたキミの顔を見た。


先日、梅が山野の家へ様子を見に行った。

「キミちゃん、どうですか？」

幸助が、キミの返事を待っていた。

「まだね、何とも言わない。キミもね、自分の将来のことだから、慎重に考えているのだと思うわ」

梅も考えれば考えるほど難しい話だと思っていた。

「キミちゃん、まだ若いしね。こんなおじさん相手では嫌なんだろうね」

幸助も甘い考えは持っていなかったが、時間が経つにつれて、その難しさを痛感するようになっていた。

「キミはキミなりに一生懸命考えているのでしょうよ。もうちょっと待ってやって欲しいわ」

「一郎君やフサちゃんは、どう思っていますか？」

幸助は、是非ともキミを嫁にもらいたかった。兄妹がどう思っているかも心配だった。

「あの二人ね、はっきり言って、この結婚には反対している。わたしだって、キミが嫌だって言ったら、説得する気はないですよ。キミの気持ちを大事にしますよ」

梅はそう言ってから、しまったと思った。幸助が、急激に落ち込んで行った。

「そうですか、そうですよね。無理は無理ですよね」

首をうなだれた姿は、お春を亡くした時と重なった。

「幸助さん、待ちなさいよ。キミはまだ何も言っていないわ。考えている最中よ」

梅は、それ以上話すのは止めて、帰って来た。


正夫が言っていた「変なおばさん」のことは以前にも話に聞いていた。キミは気になり、梅に訊ねてみた。

「三宝庵のお菊さんが、幸助さんの後妻にどうかと世話している、お洋さんじゃあないかね」

梅は、面白くなさそうに言った。

「あの三宝庵で働いていたお洋さんのことかしら?」

お洋は、以前、梅と春の実家である蕎麦屋の三宝庵で働いていた。春とは仲良しであった。お洋の夫は兵隊に取られ、戦地で亡くなっていた。八歳と六歳の子どもがいた。キミもお洋とは何度か話したことがあったが、お高くとまった嫌な感じで、接触はできるだけ避けたいと思っていた。

「そうよ、あのお洋さんよ。お菊さんが、積極的に幸助さんの後妻に送り込もうとしているのよ。

時々、山野に手伝いに来ているわ。でも、幸助さんも子ども達も迷惑そうな感じだよ」

「そうなんだ！」

キミは、複雑な心持ちになった。幸助の後妻に、お洋が入るかもしれないと思った途端、キミの胸の辺りがざわつき出した。

「幸助さんがいない時、正夫と清の食事の世話に、お洋さんが子どもを連れてやって来たそうよ。その時のことを、正夫が後でわたしに言ったわ。『自分の子どもに美味しそうな物を作って食べさせ、俺達には芋をごろんと皿に盛って出してくれただけだよ』って。お洋は、継子いじめをしそうだよ。困ったね」

梅は、ため息をついた。

キミは幸助からの縁談は断ろうと七分方考えていたが、その割合がゆっくり逆転して行くのが分かった。

「幸助おじさんは、どう思っているのかしら？」

「幸助さんは、とにかくキミ、お前の返事を待っている。断わるなら断っていいのだよ。山野の家のことなど心配しなくていい。自分のことだけを考えなさい」

梅もそうは言うが、山野の家のことは気掛かりだった。お洋は、なかなかの美人だったし、自分達家族の行く末を考え、必死に再婚のことを考えていた。その後ろに、梅の義妹のお菊が控えていた。

キミがこの縁談を断ったならば、幸助はお洋と再婚することを選ぶだろうと梅は思った。

「キミちゃんは、四人も子どものいる男などに嫁ぐことないよ。苦労は目に見えているからね」

義妹のお菊が何度も言っていた。キミのことを考えて言ってくれているのかと思ったら、お洋を幸助と再婚させようとの魂胆だった。幸助にとっては、お菊は義姉であり、しっかり者の三宝庵の女主人であった。


「あんなおばさん、嫌だよ。キミちゃんが母ちゃんになってくれればいい」

散髪が終わろうとした時、正夫が言った。続いて、

「おれは、フサちゃんの方がいい」

清が言った。

キミとフサはびっくりして、顔を見合わせ、笑った。正夫と清は椅子を下りてからも、まだ言い合っていた。

「あんた達、なにを言っているの！　いい加減に止めないと、姉ちゃん怒るからね！」

顔を赤くして黙っていた光子が叫んだ。光子はすまなそうな顔をして、キミとフサの方を見た。

「気にしなくていいんだよ、光ちゃん。キミとフサのどっちがいいか、清君と正夫君、じゃんけんで決めたらどうだい？」

一郎が笑いながら言った。

「一郎兄ちゃん、ふざけないでよ。何で、わたしがキミちゃんの問題に巻き込まれなければいけないのよ？」

フサが顔を膨らませていた。

「冗談だよ、冗談」

一郎がそう言っている間に、正夫と清はじゃんけんを始めようとしていた。

「止めなさい！」

光子の手が伸び、正夫と清の頭を叩いた。正夫は、憮然としたが、清は当たり所が悪かったのか、突然、声を上げて泣き出した。

大野理髪店は一段と混乱した。


キミの心は揺れ動いていた。答えは、二つに一つであり、決めればそれで終了し、新しい出発となる。それができないから、キミは困っていた。母親の梅も、キミの悩んでいる様子が分かるだけに、余計な口を挟まないように注意して、いつもより口数が少なくなっていた。

「今日は、元八王子の方へ買い出しに行って来るわ」

キミは、散髪道具をしまい込んだリュックを背負った。

「シズを連れて行かないのかい？」

「いいのよ、元八王子の方はよく知っているから」

キミは一人で行って、思い出に浸りながら、幸助との縁談のことを考えてみようと思った。

「そろそろ、幸助さんに返事をしないとね」

梅が、言いづらそうに言った。

「分かっているわ」

秋も深まり、紅葉も色あざやかであった。田の稲は刈り取られ、束にされて、稲木に干されていた。一年前も同じ風景だった。集団疎開に来ていた子ども達が、隣保館の庭を歓声を上げ、遊び回っていた。

午前中、二軒の農家に立ち寄った。キミのことを覚えていて、隣保館に来ていた床屋さんだと歓迎してくれた。一軒目はお爺さんと孫、二軒目は子ども二人の散髪を頼まれた。そして、お礼に芋と麦を分けてもらった。

昼食時、キミは隣保館の庭の片隅にあるベンチに座っていた。留守番のおばさんがキミを見かけると、お茶を淹れて持って来てくれた。

静かな時間が過ぎて行った。去年の今頃も、青空に紅葉が映え、美しかったのを覚えている。由江と二人で子ども達を散髪していたのも、ちょうどこの場所であった。風景は同じだが、子ども達の元気な声も、遊び回る姿も今はなかった。遥か向こうの道を、恩方行きのバスが走って行く。静かだった。空襲警報の鳴る心配も要らなかった。キミは過ぎ去って行ったこの一年のことを考えていた。

「おーい、キミさん！」

隣保館の賄い場の方から声がした。キミは振り返り、村上の姿を見た。村上がこちらに向かって走って来た。キミは、一瞬、これは現実のことかと疑った。キミの胸が高鳴っていた。由江はどこかにいるのだろうか、キミは由江の気配を感じた。

「キミさん、留守番のおばさんが、キミさんが来ていると言うので、本当に驚いた！」

村上はいつもの国民服で、肩に掛けた鞄をしっかり抱えていた。

「村上先生は、どうして、ここへ」

キミも目を瞠って村上を見た。

「集団疎開の書類が、まだ整理できていないもので、元八王子の村役場や国民学校に資料をもらいに来たのですよ。早く用事が済んだので、懐かしい隣保館にちょっと寄ってみようかなと思って。キミさんは？」

キミは村上に、元八王子村に買い出しに来たのだと話をした。

「どこも食料難で大変ですよ。配給だけでは、とても生きていけない。戦争中より酷くなっていますよ。キミさんも大変ですね」

村上も痩せてはいるが、活力がみなぎっている感じだった。子ども達のためと頑張っているのだろうとキミは思った。

「生徒さん達は、元気ですか？」

「いやあ、やっぱり食べる物には困っていますよ。でも、みんな元気にやっていますよ。学校に来ることのできる子ども達は、まだいい。東京には、戦災孤児の浮浪児がたくさんいますよ。かわいそうですよ。

ほら、キミさん、純一と京太って覚えていますか？」

「二人とも、両親が空襲で死んでしまったんですよね。純一君は、親戚の家に、京太君は知り合いの人に引き取られたとか……」

二人は、四月、五月の品川・大森方面の空襲で両親を亡くしていた。

「わたしもね、戦災孤児の施設に入れるよりは、親代わりになって、世話をしてくれる人に預けた方が良いとあの時は思いました。難しいですね。幸せに暮らしている子どももいますが、我慢している子どもの方が多いでしょう。純一と京太は、よほど我慢ができなかったのでしょう、その家を飛び出してしまいました」

今二人は、どこで暮らしているのやら、上野で浮浪児仲間にでも入っていないか、心配ですよ」

生活の苦しさは、日毎に増していた。これから冬の厳しい寒さが待っている。戦争は終わったけれど、生命の安全は保証されていなかった。

「村上先生とこうしてお会いできて、とても良かったです。ここで先程まで、思い出に浸っていたんですよ。子ども達がいて、村上先生がいて、由江ちゃんがいた。楽しかったなと思って」

村上の背後にある紅葉に日が差し、まぶしく輝いていた。キミは、はっとして目をこすった。木の影から由江が顔を出し、笑っているではないか。

「キミさんが明るく元気なので安心しました。わたしも、ちょっと良いことがありまして」

「えっ、何ですか？　村上先生」

キミには由江が見えたのだ。由江が興味深そうにこちらを見ているのが分かった。

「実は、来年の春、結婚することにしました。大変な世の中ですけれど、わたしと一緒に新しい家庭を作りたいという女性がいましてね。品川区の学校担当の職員なんですよ」

村上は頭をかき、少し照れた感じで言った。

「それはよかったですね。おめでとうございます」

キミはあっさりと言って、由江の方を見た。由江が、苦虫を噛み潰したような顔をキミの方に向けていた。

村上が何か気配を感じたのか、後ろを振り返った。由江の姿はなく、紅葉がゆっくりと舞い落ちていた。

「ありがとう。大変ですが、何とかなると思いますよ。

ここで、子ども達と疎開生活を送っていたのは、ちょっと前のことですけれど、遠い昔のような気がします。日本は戦争に負け、世の中は変わったんですよ。暫くは辛い時期が続くでしょうけれど、頑張りましょう、キミさん！」

村上が手を伸ばし、キミに握手を求めた。

キミはじっと村上の手を見た。

頭がクラクラし、胸が激しく波打った。あの手紙が、村上の手中に浮かんで見えた。

──由江ちゃん、ごめんなさい！

キミは心の中で叫んだ。

すると、

「キミちゃん、いいって、戦争の最中のこと、仕方ないわ。そんなに苦しまなくていいから」

由江の声がキミには聞こえた。キミは深く考えた。長い時間が過ぎたように思えたが、一瞬のことであった。

キミは大きくため息をついた。

「村上先生、あの時の手紙ですけれど」

「えっ、あの時の手紙って。あの日、由江さんに渡してくれと、キミさんに頼んだ手紙ですか？」

「そうです。村上先生、あの手紙、由江ちゃんには渡さなかったんです。ごめんなさい」

キミは、深々と頭を下げた。

――由江ちゃん、ごめんなさい！

キミは再び心の中で叫んだ。

「そうだったんですか……」

村上は差し出した手もそのままに動きが静止した。

澄み切った秋の空に落ち葉が舞い飛んで行く。風に乗って、隣保館の方から、子ども達の笑い声、騒ぎ立てる声が流れて来るようだ。

「あの時の手紙ですね。やはり、由江さんには、あの手紙は届かなかったんですね」

村上は、体の位置をいのはなトンネルのある小仏峠の方に向け、手を合わせた。

「キミさん、よく話してくれた！　わたしにはキミさんを責める資格などありません。由江さんは、あの手紙を読まなかった。読んだ上で、四一九列車に乗ったのか疑問に思っていました。それが分かっただけでいいです。

わたしは子ども達のことで頭がいっぱいでしたからね。由江さんの気持ちを深く考えていなかったんですよ。それが由江さんには分かったんでしょう。

わたしが、由江さんと約束した時間に八王子駅に到着すればよかったんですよ。そうすれば、手紙は必要なかったんですから。あんな薄い手紙が、大変な重さになってしまった。今考えると、キミさんに責任を押し付けてしまったんですからね。

戦争の最中、誰もが死の危険にさらされていました。由江さんは四一九列車に乗った。そして、列車はP51戦闘機に銃撃されてしまったんです」

村上はキミに背を向けたまま話した。村上の大きな背中の向こうには、いのはなトンネルがある。キミも頭を下げ、手を合わせた。

──由江ちゃん、ごめんなさい。わたしが手紙を渡せば良かったのよ。由江ちゃんは四一九列車に乗らなかったと思う。村上先生はあのように言ってくれるけれど、わたしの責任は一番重い。わたしは、そのことを決して忘れないで生きていくわ。楽に生きようなんて思わないわ。

キミは、手を合わせたまま眼を閉じた。由江の顔が大きく浮かんだ。笑っている。

「そんなに気を張って、難しく生きることはないわよ。もう少し、ゆったりとキミちゃんらしくした方がいいわよ。わたしの好きなキミちゃんが、悲しみ苦しんだりするのは見たくないわ。明るく元気のよいキミちゃんでいてほしい」

由江が言った。

──由江ちゃん、ありがとう。

キミが目を開けると、村上がちょうど振り向いたところであった。村上が時計を見た。

「八王子行きのバスがもうすぐ来ます。そろそろ行かなくては。キミさんは？」

「わたしは、午後もう少し仕事をして行きますので」

「そうですか！　キミさんに会えて、本当に良かった。由江さんも一緒にいたような気がして、とても懐かしく思えた。これからが大変だと思います。でも、きっと良い世の中が来ますよ。キミさん、がんばって生きていきましょう」

村上の手が再び握手を求めてきた。

肉の厚いがっしりした手がそこにあり、キミの伸ばした手をしっかりと握った。村上は明るく笑っていたが、目から涙がこぼれていた。

「キミさん、本当にがんばりましょう！」

村上はキミの手を両手で包み、何度も振った。キミの手が痛くなるほどだった。由江が木の影から顔をのぞかせていた。

「キミちゃん、もうちょっと何とかならないのかねえ！　胸がどきりともしないわよ」

一瞬、由江の鼻がぴくぴくと動き、少し眉毛が吊り上がった。でも、すぐに微笑みが広がった。

「キミちゃん、がんばってね！　村上先生もね！」

由江の声が、キミにしっかり届いた。

村上が、バスの停留所を目指して、坂道を下って行く。キミは、背中に、由江の気配を感じた。

「キミちゃん、幸助さんとの結婚の話はどうするの？」

由江の声が聞こえた。

「決心がついたわ」

キミが言った。

「やっぱりなの？」

「そうよ！」

由江の手が、キミの肩に触れるのを感じた。

「村上先生！」

キミが大きな声で呼んだ。

「何ですか？」

村上が、坂道の途中で振り返った。

「実は、わたしも結婚するんです！」

「えっ、本当ですか、それは良かった」

バスが走ってくるのが見えた。村上も振り返りながら、走り出した。

「どなたですか？」

村上の声が大きく響いた。

「山野の幸助さんと結婚することにしました！」

由江がにやりと笑っていた。

「幸助さんならいいですよ。幸助さんの子ども達も喜びますよ」

バスが到着する前に、村上は停留所にたどり着いた。キミが手を振っているのが見えた。その横に、女の人が立っていた。村上は、誰だろうかと思った。

「村上先生、お幸せに！」

二人の合わさった声が聞こえて来た。バスの車掌が扉を開け、村上は素早く飛び乗った。バスは出発し、隣保館の二人の姿はすぐに小さくなった。

「村上先生も寂しいのよ」

由江が皮肉を込めて言った。

「そうなのかなあ！」

キミは素頓狂な声を上げた。

「そうよ、そうなの！」

由江が断定した。そして、続けた。

「キミちゃんも幸せになりなさいよ。大丈夫だから、何とかなるわよ」

キミは、幸助とその子ども達の顔を目に浮かべた。

「本当に大丈夫かな？」

キミの不安は何度も頭を持ち上げてきた。

「何言っているの！　幸助さんと結婚するって決めたんでしょう。キミちゃんらしく、前を向いて、進みなさい。絶対、大丈夫だから」

「そうよね、由江ちゃん、わたし、がんばるわ」

キミの背中を、由江がそっと押した。

二十五　キミの旅立ち

八王子まつりも終わったが、暑さは相変わらずであった。医者に後何日でもないだろうと言われた時から十日は経っていた。キミは何も食べないし、水も飲まなかった。隆と妻の咲子は、水をふくませた脱脂綿で口の中や周りを洗浄したり、痰を取ったりした。

「延命治療はしない方がいいと思いますよ。穏やかな死を迎えさせてあげるのが一番だと思います」

隆も担当医の言う通りだと思った。母も胃ろうにしたり、人工呼吸器を付けたりの延命措置はしなくていいからと、認知症の症状が出る前に話していた。

「だいぶ痩せてきたよな」

厚かったキミの耳たぶも薄くなり、顔の肉も落ち、腕や足は、骨に皮が付着しているだけのように見えた。

「苦しくはないんだろうか？」

隆がキミの顔を撫でた。

「大丈夫よ、見て、安らかな顔をしているわ」

咲子は、夏掛け布団の裾を引いて、キミの足を中に入れた。冷房は程良く効いていた。

――よしとくれよ、隆！　おまえのざらついた、血管の浮き出た手でわたしの顔を撫でるのを。ふっくらとした柔らかな小さな手を思い出すよ。

「お母ちゃん！」と言って、一年生になっても抱きついてきて、わたしの乳房を吸おうとしていた。可愛かったね、隆や！

キミは、首を動かすのも面倒になってきた。禿げ頭の隆の顔が、キミの目の前を行きつ戻りつしている。

「お墓のこと、どうしようかと思って、考えたんだけれど、お金の算段がどうしてもできない。やっぱり、無理かな」

隆が、キミの顔から手を離し、咲子を見た。

「だけど、あなた、うちのお墓はいつかは造らないといけないのよ。今、算段できなかったら、先へ行ってもできないわよ」

――咲子さん、がんばって！　隆は、愚図だから、あんたが尻を叩かないと、踏ん切りがつかないのよ。

キミは、眠っているようだが、意識は冴え冴えしていた。音もはっきり聞こえるし、何でも鮮明に像を結ぶことができた。

「そうだよな。それは分かっている。さて、どうするか？　分からない。分からなくなってくる」

隆は、窓の外に目を遣った。二つの大きな建物が、この部屋から見える。手前が警察署で、その後ろが市役所であった。同じような建物で、よく間違える人がいるという。陽射しが益々強くなっていた。

——体がまた軽くなったような気がする。わたしは、山野の家のお墓には入りません。入りたくないです。

隆、しっかりしておくれよ。山野のお墓に入ったとしたらさぁ、どうなると思う？

雄一さんだって、そう長いことないでしょうよ。わたしが死んで、二、三年もすれば、お春さんの長男の雄一さんが、お墓に入ってくるでしょう。その後は、雄一さんの奥さんでしょう。そうすれば、お墓を守るのは雄一さんの長男よ。そして代々雄一さんの家系がお墓を守って行くのでしょう。幸助さんとお春さんの子孫が続いて行くのよね。わたしはお墓の隅の方で、小さくなっているわ。お春さんが、先妻でしょう。わたしは、後妻よ。幸助さんは一緒に来いと言っているけれど、お春さんにでれでれじゃないの。お春さんはわたしより遥かに美人で若いのよ。九十六歳の後妻のばあさんなんか、見向きもされない。これから先は、お春さんは自分の子どもや孫曾孫玄孫に囲まれ、幸せでしょうよ。わたしは一人ぼっち、その内「この人誰？」「二号さん？」なんて言われたりするかもしれない。

だんだん気分が悪くなってきた。山野の墓に入るのは嫌だよ。隆、何とかしておくれよ。隆、どこへ行くの？　咲子さんも行ってしまうのかい。

キミの閉じた眼が少し動いた。眼を開けようとしているのか。唇も微妙に揺れていた。隆と咲子が気づかないほどであった。二人は、介護施設の前にあるコンビニへ昼食の買い物に出かけた。

「キミちゃん！」

由江がベッドの横に立っていた。

「由江ちゃんだ！」

キミは眼を開け、じっと由江を見た。

「話は聞いたわ。キミちゃん、どうするの？」

由江が手を伸ばし、キミの腕を掴んだ。力を入れた感じもしないのに、すっと、キミは体を起こした。

「どうするのと言ったって、すべて隆次第だわ。あの子がどうするかだけれども、混乱しているわね」

キミはベッドを下りて、由江と手を繋いで窓際に歩んで行った。

「ほら、隆さんと咲子さんよ」

由江が指を差した先に、コンビニへ入ろうとする二人の姿があった。

「何も二人で、昼の弁当を買いに行くことはないでしょう。咲子さんに任せておけば済むことでしょう。そういうところからして、隆の人物の小ささが分かるでしょう。大きなことができずに、すぐにくよくよぐずぐずが始まってしまうんだから。まあ、幸助さんに似ているのね」

「キミちゃん、それにしても、後何日もないわよ。一週間持つかどうか。その間に、隆さん、うまく話をまとめられるかしら？」

由江は白のブラウスに絣のもんぺ姿で、背中に防空頭巾を背負っていた。

「長くて後一週間の生命なのね？」

「そうみたいよ」

由江は、景信、小仏峠、高尾の山の連なりを見ていた。猛暑のせいでくっきりとは見えず、薄ぼんやり霞んで見えた。由江の眼から涙が落ちていた。

——今日の八月五日は、由江ちゃんの乗った四一九列車が、いのはなトンネルに入る直前にＰ51戦闘機の銃撃を受けた日だった。その時、由江ちゃんは亡くなった。七十三年も前になるわ。由江ちゃんはその時のまま、若くてきれいだ。わたしは年老いて、こんなに醜くなって、老衰で死ぬことになる。

「いのはなトンネルは、あの辺りかしら？」

由江が指を差した。浅川駅は高尾駅と名前が変わり、周辺は高層のマンションが立ち並んでいた。

「そうよ、あの窪んだ所が小仏峠、その手前にいのはなトンネルはある。そこは今も七十三年前と変わらない。

由江ちゃん、ごめんね」

「いいのよ、キミちゃん。七十三年も前の、昔の戦争の最中、いつ死ぬか分からない時のことよ。キミちゃんもこんなに年を取ってしまった」

由江の白い柔らかな手が、キミの皮だけになった手を、そして頬を撫でた。あの日のように、空は青く、太陽はまぶしく照りつけていた。

「ありがとう、由江ちゃん。

わたしも、ようやく由江ちゃんの所へ行く時が来たのね。わたし達、昔と同じ仲良しなのね」

「そうよ、あなたは、わたしの一番の友達よ」

由江の声が、キミの心の中を優しく流れていった。

「疲れたわ。横になるから、由江ちゃん、手を貸して」

「いいわよ」

由江がキミをベッドに連れ戻し、体を横にした。キミは由江のなすがままになっていた。清々しい空気が部屋に満ち、懐かしい由江の笑顔がキミの眼に映っていた。

「とても気分が良いわ。苦しい所もない。息も楽にできる。このままがいい。気持ちの良い疲れが、体の中を巡っていく。少し眠ることにするわ。

由江ちゃん、本当にありがとう」


それから一週間が過ぎた。

キミは、穏やかな顔をして、眠ったままであった。

「見て、あなた！」

咲子がタオルケットを捲って、キミの足先を隆に見せた。足の指から甲にかけて紫色の斑点が広がっていた。爪や手が青白くなり、体温が下がっていた。隆が脈をとってみると、脈に触れにくく、だいぶ弱くなっていた。

「母さん、大丈夫かい？」

隆が、思わず声を出した。

——大丈夫なわけはないよ。そろそろだよ。仕方ないよ。何も食べていないし、水も飲んでいない。わたしの体が受けつけないのだからね。こんな状態になって、今日で二十五日目じゃあないのかい。もう限界だろうね。

キミは眼を閉じていたが、外の様子ははっきり分かっていた。いつものことだが、隆がずいぶんと慌てていた。ちょうどその時、ドアをノックする音がした。介護士の立花が三十分おきにキミの容態を見に回っていた。

「いいところに来てくれた。母親の容態は、こんなで良いのだろうか？」

隆はベッドから離れ、立花に場所を譲った。立花は慌てる風もなく、キミの体に触れながら、容態を確認していた。脈を取り、検温もした。

「先程来た時と変わりはないですよ。キミさんの体は徐々に弱って来ています。確かに、限界には来ていると医師も言っていますので、三十分おきには見回っています。酸素吸入器も使わない、点滴もしない、ゆっくりと自然な死を待とうというお考えですので、それに従って私達介護士も動いています」

立花はそう言いながら、キミの胸元を直し、頬を撫でた。隆はその時、キミの表情が和らぎ、心地良さそうに笑みを浮かべたような気がした。

——そうよ、立花くん、何もしないでこのままでいいのよ。自然と生命が尽きてしまうのを待っていますよ。

それにしても、隆は何を慌てているのだろうね。医者と隆と良子とで、延命治療はしないと決めたじゃあないの。それがわたしの意志だってこと、確認したでしょう。隆、静かに、わたしが死ぬのを待っていればいいのよ。混乱して、わたしを可哀想だなんて思っては駄目よ。少しでも長生きさせたいなんて考えないでいいのよ。このままにしておいておくれ。

隆は憮然とした顔をして咲子を見た。

「仕方ないのよ、あなた。お母さんは徐々にあの世へ向かって行くのだから。何とかしてやりたいという気持ちは分かるけれど、お母さんは、自然死を選んだのだし、みんなも同意したはずでしょう」

「そうだ。そうだが、母さんのこの姿、この死に向かっていく有様を見ていると、何とかならないかと思いたくなるよ」

隆は、背を向け、窓に近づき、ポケットから出したハンカチを目に当てた。目は閉じているが、キミの位置から、隆の背中が見えた。窓の外は、暑さのせいで陽炎が立ち上っていた。焼けた屋根瓦の熱が伝わってくるかのようだった。

——隆や、お墓の話は、その後どうなったのかい？　もうギリギリの所まで来ているのだよ。お父さんとお春さんが、すぐそこに来て、早くお出でよと待っている。わたしは山野の墓には入りたくないのだからね。

キミは、最後のエネルギーを振り絞るようにして、隆の心を揺すった。

「咲子、お墓の件だけれど。母さんの気持ち通りにしてやりたい。誰もが、母さんは山野の墓に入ると思っている。でも、俺は、母さんの気持ち通り、山野の墓に入れないことにした」

「本当なのね?」

咲子は隆の意志の弱さを知っていた。何度、決まったことがひっくり返されただろうか。うじうじと考えすぎて結局後戻りしてしまう。

——隆!　山野の墓に入らなくて良いのだね。確かだろうね。後で、止めたなど言わないでよ。

キミは息も絶え絶えではあったが、隆に気持ちを伝えた。隆は、心臓に強い圧力を感じた。一方、幸助の顔と長兄雄一の顔が隆の頭の中を行き来していた。

「そう決めた。大丈夫だ」

隆は、咲子に向かって言った。胸を張って言ったはずなのに、隆は胸がざわつくのを感じた。

——しっかりしなさいよ、隆。おまえの口からわたしに向かって、はっきりとそのことを言っておくれ。


三日前のことだった。隆は、意を決して長兄の雄一を訪れた。キミの思いが、隆を動かしたのだ。隆は、母の望みも、長兄の雄一が納得しないと先に進まないだろうと思った。キミの死は、目の前に迫っていた。

「義母さんは、どうだ?」

雄一は、もうすぐ八十五歳になるはずであった。耳が少し遠くなってきたが、健康状態は良く、頭脳の衰えもなかった。

「寝たままですね。医者も、もうすぐだろうと言っています。実は、今日は話がありまして」

「何だい話というのは？」

隆と雄一はテーブルを挟んで、椅子に座って向かい合っていた。雄一が椅子を前に引いた。

「母のお墓のことなのです。母が生前、それもかなり前のことですが、山野の墓に入りたくないと言っていたのです。私も、母の介護が大変だし、母に認知症の症状が出てくるわで、墓のことまで頭が回りませんでした。私は、母は山野の墓に入るのだと思っていました。兄さんともその件では話しましたよね。母が亡くなったら、山野の墓に入るのは、当然のことと誰もが思っていました。

母がこのところよく夢に出てくるんですよ。山野の墓には入りたくない、入れないでくれと私に頼むのです。私も、母が山野の墓に入りたくないと言っていたのを思い出しましてね。それから、よくよく考えました。母の寿命が後何日もないわけですよ。葬式の準備も始めています。知らぬ顔して、このまま葬式を済ませ、山野の墓に入れてしまえばいいのですが、どうも母の気持ちを考えると、私にはできないのです。兄さん、すいませんが、母を山野の墓に入れるのを止めようと考えています」

隆をじっと見ていた雄一は、隆が話し終えると、目を閉じ、しばらく沈黙した。隆は、まずいことを言って雄一を怒らせたのかと不安になった。

「隆よ、それは急な話だし、俺にとっては、ずいぶん迷惑なことだな。義母さんが、そんなことを考えていたとは思いもよらなかった。親父が死ぬ時も、義母さん、後から行くからね、待っていてねと確かに言っていたからな。そうではないんだ。義母さんは、親父のいる墓には入りたくないと言っているんだな」

雄一の家の庭が窓越しに見える。冷房は穏やかに部屋を冷やしていた。雄一の視線が庭の百日紅に止まっていた。ここの百日紅の花は、赤紫であった。

「そうです。今、母は話すこともできないけれど、そう思っているのです。わたしに、最後の力を振り絞って訴えています。夢の中に何度も現れては、山野の墓には入りたくないと言うのです」

隆は、キミが何故山野の墓に入りたくないかの理由を雄一の面前で話す勇気は持っていなかった。話がこじれた時は、どうするか？　雄一の言いなりになるか？　隆は不安になった。沈黙が少しの間、流れた。

百日紅の花が揺れていた。ひよどりの鳴く声が聞こえた。雄一が「うーむ」とうなずき、目を大きく開いて、隆を見た。

「義母さんの気持ちは分かるような気がする。山野の墓に入りたくない理由も想像がつく。義母さんの好きなようにさせてやればとも思う」

雄一の湯飲みを持つ手が少し震えていた。

「本当ですか？　母さんを山野の墓に入れなくてもいいのですか？」

隆は、雄一がどこまで母の気持ちを理解したかは想像がつかなかった。何でもいい。雄一の賛同さえ得れば、後は何とかなりそうだと浮き足立った。

「慌てるな！　世間体がある。山野家の長男としての俺の体面もある。お前は、義母さんの気持ちを大事にして、山野の墓には入れたくないと言う。その辺は、俺も分かった。だがなあ、自然というか丸く治まるのは、やはり義母さんが父さんの墓に入ることだと思う。ところで、お前は何歳になるのだ？」

「えっ、わたしですか？　今年でちょうど七十歳になりますよ」

雄一が隆の目を覗き込むようにして見た。隆は一瞬どきっとしたが、今年は古希になるはずだと、安心して答えることができた。

「そうか、そうすると良子は七十二歳だな、親父と義母さんが結婚して、七十三年になるわけだ。親父が死んで二十二年が経つ。義母さんが、ようやく親父の待っている所へ行くのだなと誰もが思うだろう。

それが親父の墓に入らないとなると、世間では何があったのだろうかと思うわけだよ」

雄一は腕を組み、目を閉じた。疲れているかのようにも思えた。義姉は麦茶を出しに来てから、台所からは出て来なかった。夕食の支度に掛かる時間であった。話は聞こえているはずであった。いつもの義姉らしくなく、落ち着かない様子であった。

「世間一般ではな、義母さんが山野の墓に入らないではなく、義母さんを山野の墓に入れないと取るだろうな。継母継子の関係だから、長男は山野の墓に入れたくないのだとね」

「そんなことはないですよ。わたしの母が、山野の墓に入りたくないと言っているのですから」

山野の家では、継母、継子、後妻とかの言葉は禁句だった。父幸助は、みんな仲良く一緒に暮らせる家庭を作りたかった。そして、かりそめにもそのようになってはいた。隆は、苦虫を噛みつぶしたような顔をした幸助を思い浮かべた。

「長男の俺が、継母を山野の墓に入れないのだと、誰もが思うさ。キミさんは、小さな継子四人を育て上げ、山野の家を守ってきたのに、最後は墓に入るのを拒否された。何て薄情で酷い話だと言われるだろう。俺がその張本人になるわけだ。俺の友達に、継母を自分の家の墓に入れなかった奴がいる。継母は夫と一緒の墓に入れると思っていたのに、友達は断固拒否した。薄情な男だと随分言われていたよ」

目を見開いた雄一は、ちらっと隆を見て、庭の方へ目を転じた。庭の植え込みの中に野仏が置かれていた。

「兄さん、思い過ごしですよ。母が山野の墓に入りたくないと言っているのですから、親戚や世間が何と言おうと構わないことですよ。人の噂も七十五日と言うじゃないですか。みんなその内、お墓の話など忘れてしまいますよ」

「お前なあ、俺の立場をもう少し考えてくれないかな？　親父を助け、山野の家を守って来たのは、義母さんだってことをみんな知っているし、認めている。俺も、本当に義母さんには感謝している。義母さんの気持ちは、俺も分からないでもない。義母さんの考えている通りにしてやるのが一番だろうが、残念だが、その点が引っ掛かってしようがない。俺の立場が非常に悪い。やっぱり、キミさんは、後妻で継母だったのだ、継子に追い出されたよと、山野の家は色々と言われるだろうな。結構面倒な話だし、俺の名誉に関わることだ」

雄一はそう言うと、再び目を閉じ、眉間にしわを寄せ、何かを考え始めていた。雄一は、自身が結婚すると同時に山野の家を出た。注文洋服店の仕事に行き詰まりを感じていた雄一は、友人とアパレル系の会社を立ち上げ、成功させた。既製服全盛の時代になっても幸助は一人、注文洋服店を続けた。隣でキミが菓子店を営み、子育てをし、家計を支え、幸助を助けたのであった。

幸助が亡くなった二十二年前、雄一はその会社の社長だった。社長の父親が亡くなったということで、社員を始めとして、業界の関係会社の人達がたくさん弔問に訪れた。雄一は、華やかで立派な父親の葬儀を取り仕切り、充分に山野の家の長男としての役目を果たした。その後のことも、義母のキミが幸助のいる墓と仏壇を守っていけるようにと、心を配ったのであった。山野家の長男としての雄一と義母キミは、円満で穏やかな関係を保っていたのであった。

「兄さん、どうなのでしょうか？　母さんの希望を叶えるのは難しいですかね？　兄さんがうんと言わなければ、無理に進める訳にはいかないし」

山野家は長男の雄一を中心に動いていた。隆もそうだと思っていた。困ったことがある時は、父親の幸助に相談するより雄一の所へ行きなさいと、キミも言っていた。

「義母さんの希望だ。何とかしてやりたい」

雄一は、隆と十五の年の差だった。いくら健康であり、頭脳も明晰とはいえ、八十五歳の年齢は隠すことができなかった。目は閉じたままだった。少しイビキが聞こえたような気がした。

その時、突然、雄一が目を開いた。

「お前、義母さんのことを、くどくど言うのを止めるんだな！」

強い口調だった。

「えっ、何ですって！」

隆は、急に雄一が考えを変えたのかと耳を疑った。

「義母さんが、義母さんがと、義母さんのせいにして、この墓の話を進めるな、ということだ」

「どういうことですか？　兄さんの結論は、この話は駄目ということですか？」

隆は、話の展開が読めなかった。雄一も年老いて、意味不明のことを言い出したのかとも思った。

「駄目なのではない。この話、もちろん義母さんの話なのだが、義母さんが前面に出て来ると、話が重くなってしまう。義母さんが、山野の家に果たしてくれた恩恵は測り知れないものがある。一般の母親の倍の苦労をしたはずだ。それは七十三年の歴史だと思う。山野の家とは切っても切れない絆で繋がっている」

雄一は一息入れ、茶を飲もうとした。湯飲みに茶がないのに気づき、義姉を呼んだ。隆は、まだ雄一が何を言おうとしているのか分からず、怪訝な顔をしていた。義姉は、隆の湯飲みにも茶を入れながら、隆の顔を不思議そうに見ていた。

「隆よ、お前が自分自身で考えて、義母さんの墓を別に造りたいと言うべきだと思う。それは、お前の家の墓だ。お前が、自分達のために墓を造って、そこに自分の母親を入れるのに不自然なところは何もない。話は落ち着いてくる。

義母さんが、山野の墓に入りたくないと言うと、重い話になってくる。七十三年前の山野の家のことから始まってしまう。継母だとか、後妻だとかの話に繋がっていく。そうなると、俺が墓に入れたくなくて、追い出したのではないかという人も出て来る。

隆よ、義母さんが、山野の墓に入りたくないと言っていたとか、夢に出てきて言うとかの話は、これからするな。隆が自分の意志で、自分の母親の墓を造る、それなら俺が文句を言う筋でもないし、賛成するよ」

雄一は話し終えると、湯飲みを取り、お茶を啜った。隆は首を少し傾げた状態で、雄一を見ていた。

「分かりました。確かに、兄さんの言う通りだと思います。母親のことを、くどくど言うのを止めます。わたしが自分の母親の墓を造る、それだけの話にして葬儀に備えますよ。もう本当に、母は今日明日の命です。母の気持ちを大事にするのが一番ですから」

隆は何だかんだと言われようと、雄一の承諾を得られて安堵していた。まずは丸く収まった感じがした。取り敢えずは先に進めると隆は思った。

隆が義兄の家を辞去する際には、義姉だけが玄関まで送りに出てきた。

「隆さん、この部屋を見て！」

義姉が、玄関右横の部屋の襖を開けた。そこが床の間の付いた和室だということは、隆も承知していた。正面の床の間に、黒光りした大きな仏壇が見えた。扉は閉まっていた。

「一週間前に届いたばかりなのよ。特別注文だったので時間が掛かったわね」

「これは立派な仏壇だ！」

「そうでしょう。お父さん、我が家に相応しい仏壇を置こうと言って、色々と研究していたわ」

義姉が自慢気に言った。

山野の墓と仏壇は、キミがずっと大事に守って来た。その仏壇は、先妻の春が亡くなった時、戦後すぐの物資のない中で、幸助が仏具屋に頼んで作ってもらったものであった。キミが一人で暮らしていた駅前の家に、昔のままに仏壇が置いてある。

キミが亡くなった後、山野家の祭祀を取り仕切るのは、長男の雄一である。駅前の家にある古くなった仏壇を、自分の家に持って来る気持ちは雄一にはなかったようである。新しい仏壇が黒色に輝き、床の間に鎮座していた。

雄一は、自分の母親の春、弟の明彦、父の幸助、そして、継母のキミの霊をこの立派な仏壇に納めようと思っていたのであろう。キミは山野の墓に入り、この威厳と静寂のある仏壇に位牌を並べられる予定であった。

隆は、薄暗い和室の奥に佇む仏壇をもう一度見た。

「うちのお父さんも、もう二、三年もすれば入るかもしれないし、立派な仏壇を用意しようと考えたのでしょうね。お義母さんが、この仏壇には入らないのはとても残念だわ。良いお義母さんだったですものね」

義姉も八十歳になるはずであった。嫁姑として、キミと義姉は長い付き合いであったが、こじれることもなくうまい具合にいっていた。

隆は、この部屋に漂う違和感は何なのだろうと思った。その感覚はあっという間に、この家全体に広がって行った。母親が死ぬのはもう間近であった。別れであった。それは仕方ないことであった。だが、この家の仏壇の中に母を置いてくれれば、まさに二度と会うことのできない永遠の別れのように思えた。とにかく、長男の雄一から、母を山野の墓に入れなくてもいいと許可をもらった。隆は、良かったと思った。早くこの家から離れようと、隆は帰りを急いだのであった。

キミの容態はいよいよ生命の灯が消えそうな地点に来ていた。先ほども、呼吸がゆっくりになり、脈拍も弱くなった。四肢にチアノーゼが広がっていた。隆がキミの死を感じ、動揺していた。

——慌てたってしょうがないんだからね、隆、わたしはもう死ぬよ。だから、死ぬ前にわたしに向かってはっきりと言っておくれ！　また裏切って、わたしを山野の墓に入れるようなことをしたら、お前を恨むからね。

キミの気持ちがぐいぐいと隆の中に入りこんで来た。

隆が、長兄の雄一を訪れてから三日が経った。隆は、母を山野の墓に入れないで自分の所に迎え入れる方法、金の工面のことなど、ずっと考えて来た。良い考えが浮かばなかった。だが、決断しなければならなかった。

——わたしの生きているうちだよ。まだおまえの声が聞こえるからね。

隆に向かってキミからの強い圧力があった。

そして、隆はキミに向かって、はっきりと言ったのであった。

「母さん、母さんを山野の墓に入れないよ。大丈夫だよ、そう決めた！」

キミには、もう体外に出す水分は一滴もなかった。でも、目の中が微かに潤んだのであった。

「良かったね、キミちゃん！」

由江の声が聞こえた。

「そうよ。ようやく、隆が決断してくれた。これで山野の墓に入らないで済むわ。でもね、隆は、後で考えを変えることがあるから、ちょっと心配よ」

「大丈夫よ、キミちゃんの気持ちが、隆さんにはちゃんと伝わっているから」

「そうかな、そうよね、いくら心配したって切りがないものね。最後には、隆を信じなくては駄目よね」

「さあ、そろそろ終わりの時が来たわよ。キミちゃん、大丈夫かな？」

「大丈夫、いいわよ」

由江が差し伸べた手を、キミが掴んだ。キミは体を起こし、ベッドから降りた。由江に導かれ、キミは窓辺に立った。隆と妻の咲子が、ベッドに横たわるキミを見もせず、夢中で話し合っていた。


「お義兄さんの所では、そんなに立派な仏壇を買っていたのね。お義母さんが死んだ後、山野家の墓守はお義兄さんだから、好きなようにすればいいけれど、あなた、何か変だと思わない？」

咲子は、隆からようやく長兄の雄一を訪ねた時の話を聞いたのであった。隆の決断は、雄一が納得したからであった。隆は、雄一を説得したかのように言うが、どうも説得されたのは隆の方のように咲子には思えた。

「それは、いくらかはあるけれど、兄さんが俺の話を聞いてくれて、母さんは、山野の墓に入れなくてもいいと言ってくれた。それで、良いじゃあないか。後は、こっちの問題だよ。墓もないし、仏壇もない。何といっても金がないじゃあないか。俺達の老後のことを考えたらとても大変なことだよ」

隆は、キミの思いが叶えられる、まずはそれで良いと思った。その先のことは、金の問題であった。考えると頭の中が混乱してきた。

「お義兄さんは、さすが頭の良い人だわ。あなたの話を聞いて、最初は驚いたのでしょうけれど、自分の有利になるよう話をすり替えていったという感じがするわ」

「そうかもしれない。それは感じた。母さんも、母さんの気持ちも、もう表に出て来ない。俺が正面に出て、自分の母親を供養する。当然のことをするのだと誰もが思う。兄さんは、山野家の長男であって、すべてを自然に丸く収めたいのだと思う」

「お義兄さんは、本当のところ、お義母さんを山野の墓に入れたくなかったのよ。お義母さんに山野の墓に入りたくないと言ってもらって、ちょうど良かったのよ。

ただ、お義母さんを墓に入れなかったとか、追い出したとかは絶対に言われたくなかった。お義母さんが七十三年の間、山野の家を守って来た事実は誰もが知っている。お義母さんには、お義兄さんも絶対に敵わないわ。お義兄さんは、お義母さんと向き合いたくないのよ」

「それで、俺に前へ出て来いってわけか！」

「そうなのでしょう。あなたは人が好いから、お義兄さんの言うがまま。弟が、自分の母親は自分で供養したいと言うものでと、お義兄さんは本心を隠して、お義母さんを追い出すことができるわけね」

「もういい、分かった。おまえはよくそこまで邪推できるね。お金のことで頭が痛いのに、よけい頭が痛くなってきた」

隆は、咲子の言うことは図星だと思った。それだけに癪に触って、いやな顔をして見せた。

「何よ、邪推というのは！　本当のことだと思うわ。あなたは、きちんと物事を見ないから駄目なのよ」

「駄目とは、俺のことか？　母さんが、山野の墓に入りたくないと言うから、俺は何とかしようと頑張っているんだ。兄さんから承諾を得た。これは第一歩だ。これからだよ。墓を造り、仏壇を揃えて、母さんを落ち着かせて、ようやく終わりになる。それができなかった時は、駄目な男と言われても仕方ない」

隆は、咲子に向かって語気を強めて言い放った。だが、言った途端に、冷房の冷たい風が、隆の首の回りから背中にかけて吹き抜けて行った。面倒なことになったと、すぐに弱気になった。母さん、どうしたらいい？　どうにかしてよと、隆はキミを見た。

「あれ、母さん、母さん……。息をしていないよ。咲子、介護士を呼んでくれ」

咲子が、介護士室に通じる緊急のボタンを押した。

「山野さん、どうしました？」

「母の息が止まっているのです」

「分かりました。すぐ行きます」


「キミちゃん、いいの？　ちょっとの間なら、まだ戻れるわよ」

由江が、キミの手を軽く揺すって言った。

「もう、いいわよ。行きましょう。隆にすべて任せたから、何とかするでしょう。あの慌てぶり、まったくしょうがないわね。しっかりね、隆！」

「じゃあ行きましょうか！」

「うん、いいわよ」

キミと由江は顔を見合わせて微笑み、青い空に向かってゆっくり飛び立っていった。

完

あとがき

小説を書きたいと若い時から考えていました。ようやく七十二歳を迎える年齢になって、『キミ達の青い空――八王子空襲から七十五年』という小説を完成させ、出版することができました。もう自分の老い先も見えてきました。この小説の評価に関しては、あまり気にしないようにしたいと思います。この辺りが、自分の限界なのでしょうから。それでも、あと一、二作は書いてみたいと思っています。

私の母は、大正十年（一九二一）十一月生まれで、平成三十年（二〇一八）の夏に九十六歳で亡くなりました。母は戦争の終わった翌年の一月に、四人の子どものいる父と結婚しました。『キミ達の青い空――八王子空襲から七十五年』の主人公キミは、私の母をモデルとしています。母も父も私によく昔の話をしてくれました。やはり戦中から戦後にかけての大変苦労した時期の話が多かったです。それらを基にして、小説の世界は作られています。

八王子における空襲の恐怖は、昭和十九年（一九四四）の秋から翌年八月二日の八王子大空襲を含めて、戦争の終わる八月十五日まで続きました。その間に、たくさんの方が犠牲になられました。キミは生き残り、仲良しの由江は死んでしまいます。歴史的事実は違えることのないようにして、キミと由江という若い女性の銃後の生活を描いてみました。学童疎開の子ども達の話も書いてみました。いのはなトンネルでＰ51戦闘機に銃撃された四一九列車の惨事も加えました。七十五年の歳月が過ぎましたが、忘れてはならないことです。

戦後、八王子の戦災復興区画整理事業が実施されました。八王子駅が今の場所に移動し、駅前広場、西と東の放射線通り、駅前大通りが新たに造られました。私の家も区画整理で旧駅駅前通りから、西放射線の現在の位置に移動することになりました。昭和二十八年に、父が営む洋服店の隣に母はアサヒヤという菓子屋を開店させました。戦後の復興に合わせて、駅と甲州街道の繁華街を繋ぐ西放射線通りは、商店の立ち並ぶ賑やかな商店街になっていきました。戦後のベビーブームの時代でしたから、近所にもたくさんの子ども達がいましたし、お母さん達も母と同じ位の年齢でした。お母さん達は皆仲良しで、商売に家事に子育てにと毎日一生懸命働いていました。苦労も多かったでしょうが、母にとっては充実した時期だったと思われます。

戦後の高度経済成長期に合わせて、八王子の街も発展していきましたが、繁華な地区が次第に八王子駅周辺に移って来ました。西放射線通りにも「長崎屋」、その隣に「西武百貨店」が、駅前に「丸井八王子店」が出店し、駅には「八王子そごう」が入った駅ビルが完成しました。昭和五十八年から西放射線通りの車の通らない買物公園道路化工事が始まり、現在のユーロードが完成しました。西放射線通り商店街振興組合というのが、ユーロードの商店会の正式な名前で、私がどういう訳か、その理事長を長いこと続けています。

街に七十五年前の痕跡など目に触れることはありません。私は難しいことを言うつもりはありません。戦中戦後を生き抜いて来た女性が九十六歳で穏やかに亡くなっていったという小説を書くことによって、何かを残すことができれば良いなと思っています。

新型コロナ・ウィルス感染拡大の危険な状態が続いています。七十五年前の戦争以来の危機とも言われています。大きな変化の波が押し寄せるかもしれません。まずはこの危機が無事に終息することを願っています。

なお、文章表現上で、現代からすれば不適切な言葉の使用がありますが、その時代を表すためにそのまま使用しました。ご了承ください。

二〇二〇年五月吉日

著者

参考文献

『八王子空襲と戦災の記録〈総説篇〉〈市民の記録篇〉〈資料篇〉』（八王子市郷土資料館）八王子市教育委員会1985年
『八王子市史・上下』（八王子市史編さん委員会）八王子市1963年
『新八王子市史・通史篇・近現代（下）』（八王子市史編集委員会）八王子市2017年
『盆地は火の海――八王子大空襲体験記録全三巻』（八王子空襲を記録する会）1980、82、83年
『ブックレット・八王子空襲』（八王子市郷土資料館）八王子市教育委員会2005年
『八王子市議会史全三巻』（八王子市議会）1988、90年
『旭町史』（旭町史編集委員会、八王子駅北口商店会）旭町町会1988年
『中小都市空襲』（奥住喜重）三省堂1988年
『八王子空襲の記録（米軍新資料）』（奥住喜重）揺籃社2001年
『東京を爆撃せよ』（奥住喜重）三省堂2007年
『中央本線四一九列車』（斉藤勉）のんぶる舎1992年
『中央本線四一九列車』（いのはなトンネル列車銃撃空襲遭難者慰霊の会）揺籃社2018年
『東京大空襲』（早乙女勝元）岩波書店1971年
『東京が燃えた日・戦争と中学生』（早乙女勝元）岩波書店1979年

『戦時下の子どもたち』（太平洋戦争研究会）ビジネス社２００６年
『ランドセルをしょったじぞうさん』（古世古和子）新日本出版社１９８０年
『写真で伝える東京大空襲の傷あと・生き証人』（鈴木賢士）高文研２００７年
『学童集団疎開史・子どもたちの戦闘配置』（逸見勝亮）大月書店１９９８年
『疎開の子ども６００日の記録』（学童疎開記録保存グループ）径書房１９９４年
『地図で読む東京大空襲』（菊地正浩）草思社２０１４年
『浮浪児１９４５』（半藤一利、石井光太）新潮社２０１４年
『ガラスのうさぎ』（高木敏子）金の星社２０００年
『夏の葬列』（山川方夫）集英社１９９１年
『本土空襲全記録』（ＮＨＫスペシャル取材班）ＫＡＤＯＫＡＷＡ２０１８年
『日本大空襲』（別冊歴史読本60号）新人物往来社２００７年
『私の空襲体験』（全国各都市からの公募手記）ノーベル書房１９６９年
『戦災孤児の記録・戦火に生きた子ら』（田宮虎彦）太平出版社１９７１年
『昭和二十年夏、子供たちが見た日本』（梯久美子）角川書店２０１１年
『東京大空襲の全記録・グラフィックレポート』（石川光陽）岩波書店１９９２年
『「大列車衝突」の夏』（舟越健之輔）毎日新聞社１９８５年
資料・『品川の学童疎開――戦時下の子ども達』（品川区立品川歴史館）
その他、たくさんの資料を参考にさせて頂きました。

著者略歴

1948年、八王子市旭町に誕生。

八王子市立第四小学校、八王子市立第三中学校、都立国立高校、早稲田大学卒業。

八王子市旭町にて小売店を経営。

現在、西放射線通り商店街振興組合理事長、八王子商工会議所議員、八王子市商店会連合会副会長。

キミ達《たち》の青《あお》い空《そら》
――八王子《はちおうじ》空襲《くうしゅう》から七十五年《ななじゅうごねん》

2020年（令和２）７月１日印刷
2020年（令和２）７月15日発行

著者 前《まえ》野《の》 博《ひろし》

発行 揺 籃 社
〒192-0056 東京都八王子市追分町10-4-101
TEL 042-620-2615 FAX 042-620-2616
URL http://www.simizukobo.com/

ISBN978-4-89708-427-5 C0093 落丁・乱丁本はお取り替えいたします